낭만광대 전성시대

낭만광대 전성시대

초판 1쇄 발행 2013년 10월 25일

지은이 | 오광수
발행인 | 전상삼
발행처 | 세상의 아침

편집 | 박광덕
디자인 | 전병준

출판등록 | 2006년 6월 26일 제 2002-126호
주소 | 서울 마포구 구수동 6-2
전화 | 02-323-6114
팩스 | 02-325-2114

값 14,000원
ISBN 978-89-92713-07-8 03810

한국언론진흥재단
Korea Press Foundation
이 책은 한국언론진흥재단 저술지원으로 출판되었습니다

조용필과 아날로그 시대의 대중문화 사수기

낭만광대
전성시대
全 盛 時 代

오광수 지음

세상의 아침

낭만의 혁명, 70년대 대중문화에 바친다

강 헌
대중음악평론가

1970년대는 한국 대중문화사의 결정적인 분기점이었다. 당시 언론이 명명했던 '청년문화의 시대'라는 말에서 드러나듯이 이 시대는 처음으로 어른이 아닌 새로운 '세대'가 출현하는 시대였다. 그리고 이 새로운 세대가 문화적 헤게모니를 순식간에 장악함으로써 유사 이래 정치·경제의 영역뿐 아니라 문화의 권력까지 독점적인 지위를 누려왔던 이 땅의 어른들은 처음 경험하는 이 무례한 도전에 대해 무력으로 진압하기를 의결한다.

도발과 응징, 이것은 결코 대한민국에서만 일어난 일은 아니다. 이미 50년대 중반 미국에서 트럭 운전기사 출신의 청년 엘비스 프레슬리를 앞세운 로큰롤이라는 10대문화가 어른들의 강고한 아성을 순식간에 허물어뜨렸을 때 P.T.A 같은 보수적인 시민단체와 의회, 정보기관을 동원한 '어른'들은 자신들의 자녀들과 10년 문화전쟁을 치렀다. 이 10년

전쟁은 1964년 비틀스의 전설적인 성공과 함께 10대문화의 승리로 끝났고, 미국에서 타전한 10대-20대 문화는 60년대 중후반 세계 젊은이들의 심장을 뒤흔들기에 충분했다.

한국에서 새로운 문화의 움직임은 비틀스가 미국을 상륙하던 해부터 송출을 시작한 FM 방송에서 조용히 싹이 트기 시작했다. 이 음악 전문 채널의 진행자는 더 이상 아나운서라 불리지 않고 새로운 이름인 디스크자키(DJ)라고 부르게 되었다. 1호 DJ 최동욱은 입시 경쟁으로 밤늦게까지 책상에 앉아 있던 10대의 고등학생과 대학생 혹은 막 시작한 경제개발 5개년 계획 아래 우후죽순으로 늘어나던 공장의 어린 노동자들에게 심야의 스타로 부상했고, 미국과 유럽의 최신 대중음악을 소개하는 매력적인 디스크자키들이 줄줄이 등장한다.

학생들이 주도한 이른바 68혁명이 파리에서 일어나던 1968년 한국의 FM 채널은 보이소프라노의 아름다운 음색을 갖춘 윤형주라는 대학생 스타가 출현했다. 또 송창식과 짝을 이룬 트윈폴리오라는 듀오의 청신한 화음은 어른들의 닳고 닳은 노래에서는 결코 느낄 수 없었던 새로운 감수성을 이 땅의 젊은이들에게 선사했다. 트윈폴리오는 70년대 청년문화의 여명의 전주곡이었다.

한대수가 미국에서 귀국하여 〈행복의 나라로〉를 선보이고 송창식이 솔로로 데뷔했으며 은희가 대학가의 아이콘으로 부상하는 1971년 여름, 3선개헌(1969)이라는 무리수를 둬야 했던 공화당 박정희 후보가 40대 기수론을 앞세워 등장한 민주당 김대중 후보를 지역감정까지 조장해 가며 간신히 누르고 사실상의 영구집권의 문을 연 직후의 바로 그

여름에 김민기와 양희은 합작의 〈아침이슬〉이 등장한다. 이 노래는 시장의 성공을 거두진 못했지만 이후 비극적인 정치사를 관통해야 하는 7080세대들의 성가로 자리잡았다.

조국 근대화를 외친, 박정희로 표상되는 70년대 보수적인 어른 세대와 자유와 민주를 내세운 70년대 청년 지식인 세력과의 충돌은 이제 불가피한 것이 되었다. 70년대의 개막에 어두운 그림자를 던진 평화시장의 노동자 청년 전태일의 분신은 70년대 국가 주도의 자본주의의 비인간성을 향한 절규였고 대학의 동맹휴학과 시위는 박정희가 주창한 '한국적 민주주의'가 바로 독재에 다름 아님을 증거하는 최후의 몸부림이었다.

이 긴장의 한가운데에 70년대 청년문화가 자리한다. 그리고 이 청년문화의 슬로건은 문화부 기자이자 시인인 오광수가 이 책의 제목으로 붙인 '낭만'이다. 그리고 박정희 정권은 궁정동의 총성으로 마감하게 되는 70년대의 마지막 순간까지 이 낭만적 상상력을 압살하는 문화적 분서갱유를 수행했다. 수많은 '조치'들과 '파동'에도 불구하고 70년대 청년문화는 셀 수도 없는 통기타의 전설들을 분만했고 신중현과 조용필, 산울림, 사랑과 평화 같은 록밴드를 출격시켰으며 최인호를 위시한 새로운 세대에 의한 문학을 선보였고 이장호와 하길종으로 대표되는 젊은 영화의 물결을 일구었다.

70년대 학번 세대인 이 책의 저자는 기자의 눈과 시인의 감성으로 70년대 한국 대중문화의 현장들을 따뜻하게 추억한다. 이소룡 영화를 이 본동시상영하던 변두리 극장과 어설픈 쌍절곤 흉내로 뒤통수가 온전

할 틈이 없었던 70년대 10대의 풍경이나 문희·남정임·윤정희로 대표되는 여배우 트로이카 시대의 열광, 음악다방의 DJ들과 '레지'의 이야기까지 그의 이야기는 담담하고 그윽하게 한 시대의 문화적 상황을 우리에게 펼쳐 보여준다.

어언 40년의 시간이 흘렀고 이제 그 시대의 문화는 거개가 흔적도 없이 사라졌다. 하지만 또한 동시에 문화는 소멸과 부재를 통해 더욱 진한 존재의 향기를 내뿜는 것이기도 하다. 바로 이 책이, 사라져간 것들의 아름다움에 대한 기억으로 이루어진 이 글들이 그런 수많은 증빙 중의 하나이다.

프롤로그

"그래도 옛날이 참 좋았어."

크고 작은 모임에서 꼭 한마디씩 나오는 얘기다. 나이 든 사람들은 물론 하다못해 초등학생들도 대화를 나눌 때면 옛날을 들먹인다. 왜 옛날이 좋을까? 모든 이들의 책상 위에 컴퓨터가 반짝거리고, 사통팔달로 포장된 도로들이 뚫려 있으며, 수많은 먹거리들이 넘쳐나는 이 시대의 한가운데서 남녀노소 누구나 옛날을 그리워한다.

디지털 시대 한가운데를 사는 사람들이 아날로그 시절을 그리워하는 건 편리함과 불편함의 간극을 따지는 것과는 거리가 멀다. 생각해보면 옛날의 삶이 오늘의 삶에 비해 훨씬 더 낭만적이고, 열정적이며, 인간적이었기 때문이다. 페이스북과 트위터 등 소통을 앞세운 모든 온라인 매개체들이 실시간으로 깜박거리지만 인간의 삶은 갈수록 사이보그화하고 있다. 갈수록 인간과 인간 사이의 스킨십은 떨어지고 공허한 소통만 오가다보니 인간은 자꾸만 외로워지고 고립될 수밖에 없다. 지구상에서 가장 잘사는 선진국 국민에 비해 개발도상국이나 미개인들이 사는 나라의 행복지수가 높은 것 또한 그러한 이유가 아닐까.

한 권의 책을 세상에 내놓는다. 역시 옛날이 좋았다고 생각하는 한 연예기자의 기록이다. 따져보니 기자생활의 대부분을 '딴따라'들과 보냈다. 방송담당 기자부터 가요담당 기자로, 연극이나 무용담당 혹은 문학담당 기자를 할 때도 '이 시대 광대'들과의 인연이 끊긴 적이 없었다.

나는 광대들을 사랑했다. 그들은 삶에 대해 열정적이었으며, 인간적이었고, 낭만적이었다. 대부분의 광대들은 당장 쌀독에 쌀이 떨어져도 자신의 일을 사랑했으며, 당장 주머니에 돈이 없어도 일단 친구를 만나면 술잔부터 기울였다. 인간사에 대해 치열한 계산을 할 줄도 몰랐고, 높고 낮음을 따지지도 않았다. 적어도 옛적에 만난 광대들과 그들의 주변 사람들은 모두 그러했다. 당대의 광대들은 조선시대 광대패들의 전통을 이어받아 유랑극단 시절을 거쳐, 극장식 쇼단을 넘어 라디오를 거쳐 TV와 스크린으로 들어왔다. 그들을 가수라 부르고, 개그맨이라 부르고, 탤런트라고 부르고, 배우라 부른다.

그러나 아주 짧은 시간 동안 광대들이 만들어가는 '판'은 참 많이도 달라졌다. 이제 광대들의 일상이 온라인을 통해 실시간으로 전국에 생중계되고, 그들이 발표한 노래가 순식간에 전 세계를 뒤덮는 세상이 됐다. 이 때문에 이 나라 장삼이사들에게 광대는 '나와는 다른 세상에 사는 사람들'로 인식돼 가고 있다. 그것은 나와 같은 연예기자들에게도 마찬가지다. 서로 그리우면 아무 때나 주점에 앉아 소주 한잔하던 광대와 기자 사이도 간극이 매우 멀어졌다. 이제는 기자가, 광대들이 소주 먹는 장면을 취재하기 위해 잠복근무를 하는 시대가 됐다. 일부 온라인 연예매체 중에는 이를 업으로 삼는 그룹도 생겨났다.

언젠가 정치인과 연예인을 같은 반열에 두고 기사를 쓴 적이 있다. 이들을 비교하면 재미있는 점이 많다. 우선 모두가 인기를 먹고 산다는 공통점을 갖고 있다. 그러나 정치인에게서 권력을, 연예인에게서 인기를 떼어내면 하루아침에 몰락한다.

그 때문에 이들은 관리에 능하다. 정치인은 지역구를, 연예인은 팬클럽을 잘 관리한다. 또 힘있고 인기가 있을 때 부지런히 벌어야 한다는 공통점도 있다. 인기를 이어가기 위해서 유지비도 만만치 않다. 품위 유지비가 많이 드는 것이다. 이미지를 잘 만들어가야 하는 자기관리도 필수다. 또 방송 뉴스나 신문 사회면에 나오면 인생이 나락으로 추락한다. 그러나 결정적인 순간마다 이 땅의 정치인들은 연예인을 탄압해 왔다. 그들의 정치적 야망을 실현하기 위해 그들의 권력을 이용하여 연예인들을 희생양으로 삼았다.

그래서인지 광대들의 세계는 그들이 부르는 노래나 출연하는 드라마 못지않게 드라마틱한 이야기로 넘쳐난다. 대중들은 내가 아는 사람들의 이야기에 관심을 가진다. 내가 모르는 사람들의 이야기에는 관심이 없다. 이 때문에 당대의 광대들에게 소문이나 스캔들은 그들의 숙명이다. 아무리 사생활을 보호해 달라고 하소연해도 대중들의 관심이 떠나지 않는 한 소문이나 스캔들로부터 자유로울 수 없다. 요즘처럼 연예매체들이 넘쳐나는 시대엔 더더욱 그렇다. 그런 연유로 광대들 세계의 기록은 우리 시대의 생생한 기록과 맥을 같이한다. 과거 김대중 대통령이 서태지를 '문화대통령'이라고 칭한 것은 정치와 연예의 생리를 정확하게 꿰뚫은 데서 나온 표현이었다.

각설하고, 이 책은 옛날 광대들의 이야기를 담고 있다. 그리 옛날도 아닌 60년대 말부터 80년대에 걸친 이야기들이지만, 신세대들에게는 호랑이 담배 피우던 시절의 이야기쯤으로 들릴 수도 있겠다. 그러나 나이 지긋한 독자들에게는 청춘의 한때에 대한 기록으로 읽힐 수도 있을 것이다. 대부분의 이야기들이 기자생활을 하는 동안 직접 취재하고 만났던 광대들의 이야기보다는 많은 분으로부터 전해들은 전 시대의 이야기가 많다. 기자생활 동안 보고 듣고 취재한 기록은 다음 책으로 미루려 한다.

어쨌든 독자들이 이 글을 통해 삶의 비릿한 내음을 음미했으면 좋겠다. 비록 그 시절의 방송과 영화, 가요, 만화 등에 한정된 글이긴 하지만 되도록 사람 사는 이야기에서 벗어나지 않으려고 애썼다. 또 정치권력이 한 인간 혹은 한 시대를 어떻게 난도질했는지도 보여주고 싶었다. 그와 더불어 대중문화가 우리네 삶의 당의정이나 조미료 역할을 넘어서 시대정신을 만들어가는 데 큰 역할을 해왔다는 점도 강조하고 싶었다.

이 책의 재료가 된 모든 '낭만광대'들에게 감사한다. 그들의 삶을 좀 더 깊이있게 들여다보고 싶었지만 언변이 모자라고, 필력이 달려서 그러지 못한 아쉬움이 있다. 한여름 동안 이 책을 쓰는 데 큰 도움이 된 많은 대중문화의 기록자들—임진모, 최규성, 박성서, 강헌, 한 시대의 연예기자들—에게도 감사드린다. 편집과 교열, 디자인을 위해 힘써준 박광덕·전병준 님을 비롯해 '세상의아침' 전상삼 대표에게도 심심한 감사의 인사를 드린다.

마지막으로 부족한 아들을 늘 지켜봐 주시는 부모님, 변변치 못한 가장을 믿고 이해해 주는 아내와 아들, 딸에게도 고맙고 사랑한다는 말을 전한다.

2013년 가을
오광수

차 례

진격의 거인 조용필

★ ★ ★ ★ ☆

낭만광대의 시대

★ ★ ★ ★ ★

노래가 인생에게 물었다

★ ★ ★ ★ ★

그 많던 영자는 어디로 갔을까

★ ★ ★ ★ ★

진격의 거인
조용필

나는 조용필과 잘 안다. 아니 조용필을 전혀 모른다. 말장난 같지만 사실이 그렇다. 조용필과의 인연은 80년대 후반부터 시작됐다. 취재원과 기자로 만나 열 살 연상인 그를 형이라 부르면서 가까이 지내왔다. 그러나 조용필은 벗겨도 벗겨도 또 나오는 양파 같은 존재여서 그를 잘 안다고 말하기엔 여전히 뭔가 부족하다. 하여 그를 잘 안다고 말하는 것은 거대한 킬리만자로 산을 멀리서 바라보고 킬리만자로를 잘 안다고 말하는 것과 같다.

첫 만남은 강렬했다. 첫 인터뷰를 하던 날, 그는 새파란 30대였다. 그때도 조용필은 대한민국 조용필이었다. 그와 인터뷰를 끝내고 술을 마셨다. 결과부터 얘기하면 나는 새벽 다섯 시, 그로부터 도망쳤다. 초저녁부터 시작된 술자리는 차수를 변경하여 동틀 무렵 포장마차까지 갔으나 끝이 나지 않았다. "한잔 더 하러 가자"는 조용필의 제안을 뿌리치고 도망쳐 왔다. 초저녁에 몇몇 사람이 술자리를 시작했지만 동틀 무렵

에는 나와 조용필 두 사람뿐이었
으니까.

그로부터 근 30년이 지난
2013년 6월, 조용필의 서울공연
'헬로'가 펼쳐지던 올림픽공원 체
조경기장 VIP룸. 그는 공연을 하
루 앞두고 리허설을 하고 있었
다. 리허설 중간에 잠깐 쉬고 있

◆새 앨범《헬로》로 건재를 과시한 조용필

는 그를 만나러 VIP룸에 갔을 때 그는 넓은 방에 홀로 앉아 있었다. 마
치 '눈 덮인 킬리만자로의 표범'처럼 고독한 모습이었다.

"형의 노래 인생 절정은 어디쯤일까? 도대체 웬 인기가 갈수록 올라
가는 거야?"

그랬다. 조용필의 새 앨범《헬로》는 〈바운스〉와 〈헬로〉 등이 잇달아
히트하면서 조용필 신드롬을 다시 불러일으키고 있었다. 언론에서는
'가왕歌王의 귀환'이라고 했고, 그를 모르던 초등학생들조차 '조용필'을
얘기했다.

"늘 새로우니 좋지 않냐?"

그의 짧은 답변에 많은 것을 내포하고 있었다. 물리적인 나이로야 환
갑을 넘겼으니 이제 '초로의 노인' 반열에 올랐지만, 그렇게 대답하면서
씩 웃는 모습에서 나는 미소년의 수줍음을 봤다. 어쩌면 그의 일신우일
신日新又日新하는 삶의 태도, 음악적 태도가 '가왕의 귀환'을 만들었을지
모르겠다.

말술을 마시면서 끊임없이 줄담배를 피워대던 30대의 조용필은 이제 없다. 하루 두 갑 이상 피우던 담배는 2005년도에 끊었고, 요즈음엔 술도 한 달에 한두 번 반주 정도가 고작이라고 했다.

"아, 옛날 같지 않아. 이젠 공연을 마치고도 술을 안 마셔. 모레 공연 끝나고 친구가 술자리를 만들겠다고 했는데도 사양했어. 일주일 뒤에 또 공연이 있는데 조심해야지."

그는 이제 줄담배 대신, 또 좋아하는 술 대신 공연과 음반을 피우고 마신다. 그의 인생에서 공연과 음반 작업 외에 또 다른 뭔가가 있을 것이라고 생각한다면 큰 오산이다. 내가 20년 넘게 예리한(?) 기자의 눈으로 관찰한 결과 세인들의 입에 오르내리는 열애설 등은 모두 낭설이다.

언젠가 하도 답답해서 "연애도 좀 하시라"고 권했을 때 "아, 그게 뜻대로 되는 일이 아니다"라면서 손사래를 쳤다. 그래서 "프러포즈하는 여자도 없냐?"고 물었더니 "없을 리가 있겠냐?"면서 계면쩍게 웃었다. 하긴 대한민국 최고의 가수, 게다가 혼자 사는 그를 이 땅의 여성들이 그냥 놔둘 리 있을까? 그의 핸드폰 번호는 몇 달 안 되면 어김없이 다른 번호로 바뀐다. 극히 일부의 몇몇 사람에게만 공개된 핸드폰 번호지만 어떻게 알았는지 '적극적인 여성'들에 의해 봉인이 해제된다. 그녀들은 밤낮없이 전화를 해서 구애작전을 펼친다. 개중에는 이름만 들어도 알 만한 유명인사들도 있다.

"제가 아는 점쟁이가 저와 결혼하면 세계적으로 유명한 가수가 된다고 했어요. 저도 그럴 자신이 있어요. 제발 저랑 결혼해 주세요."

"저는 몸매도 좋고 얼굴도 예뻐요. 한번 만나보시면 저한테 반하실

거예요."

밤낮없이 전화를 하는 여성들 때문에 조용필은 어쩔 수 없이 기존 전화번호가 노출되면 다른 번호로 바꿀 수밖에 없다.

대한민국 최고의 유명인으로 산다는 것, 쉽지 않다.

평범하고 조용한 아이, 화성에서 집을 나서다

조용필은 경기도 화성에서 태어났다. 1950년 3월 21일, 염전업과 정미소를 경영하던 아버지 조경구(1986년 작고)와 어머니 김남숙(1991년 작고) 사이에서 3남 4녀 중 여섯째 막내아들로 태어났다. 할아버지는 화성 일대에서 손꼽히는 부자였고, 그 재산을 아버지가 고스란히 물려받았기에 조용필의 어린 시절은 풍족한 편이었다. 초등학교 무렵 하모니카 연주에 매료되어 하루 종일 하모니카를 불곤 했지만 그때까지만 해도 가수의 꿈을 키우던 소년은 아니었다. 남 앞에 서는 것을 두려워하는 내성적인 소년이었고, 홍역을 앓다 시력이 나빠져서 한동안 학교를 쉬기도 했던 약골이었다.

중학교 시절 서울로 전학 온 그는 경동중학교에 들어간다. 잘 알려져 있다시피 그곳에서 배우 안성기와 같은 반 친구로 교유했다. 안성기의 회상에 의하면 조용필은 그 당시에도 기타를 열심히 쳐서 손가락이 까맣게 변할 정도였다고 한다. 청소년기에서부터 어느 정도 음악에 대한 열정을 가지고 있었던 것이다. 그 당시 니니 로소의 트럼펫 연주를 듣고 매료된 사춘기의 조용필은 자신도 언젠가는 멋진 트럼펫을 부는 연주자가 되리라 마음먹는다.

◆ 경동고 시절(왼쪽)과 경동중 시절(오른쪽)의 조용필(사진 오른쪽 위, 오른쪽 아래는 안성기)

경동고등학교 시절에도 그는 여전히 기타리스트를 꿈꾸면서 열심히 기타를 연습하곤 했다. 그러나 아버지는 막내아들이 '딴따라'가 되는 걸 달가워하지 않았다. 아버지가 기타를 부수면서까지 공부할 것을 종용했지만 그럴수록 소년 조용필의 음악에 대한 열정은 커져만 갔다.

심야 음악방송에서 흘러나오는 비틀스와 롤링 스톤스, 레이 찰스와 벤처스 악단의 음악을 들으면서 그는 더욱 열심히 기타 줄을 골랐다. 고등학교 시절 벤처스 악단의 내한공연을 보면서 조용필은 피가 끓어올랐다. 무대 위에서 혼신의 힘을 다해 연주하는 멤버들에게서 느껴지는 인간의 무한한 능력에 하염없이 감탄했다. 기타를 열심히 치면 언젠가는 나도 사람들을 감동시키는 멋진 연주를 할 수 있을까? 교과서보다는 기타와 하모니카가 더 좋아졌다. 아버지가 형을 데리고 사냥을 나가면서 함께 가자고 했으나 조용필은 방에 틀어박혀 기타를 치고 하모니카를 불었다. 그런 막내아들이 아버지는 영 마뜩치 않았다.

결국 조용필은 1968년 고등학교 졸업과 함께 음악을 위해 가출을 단행한다. 음악학원에서 만난 네 명의 친구와 함께였다. 그는 돈이 될 만한 물건이라고 생각하여 둘째 형의 독일제 제도기와 백과사전 등을 챙겨 집을 나섰다.

욕망이 들끓는 기지촌, 그곳에서 비틀스를 꿈꾸다

가출과 함께 시작된 그의 음악인생은 미8군 무대로부터 시작된다. 친구들과 함께 '애트킨즈'라는 록밴드를 결성하여 처음 들어간 곳은 경기도 파주군 장팔촌이었다. 그곳에는 미8군을 상대로 하는 나이트클럽이 즐비했다. 조용필은 친구들과 제일 만만해 보이는 'DMZ'라는 클럽에 들어갔다. 주인 남자는 무대에 올라가 연주를 해보라고 했다. 쓸 만하다고 생각했는지 다음 날부터 무대를 내줬다.

조용필은 친구들과 근처에 하숙방을 얻어놓고 언젠가는 비틀스 같은 유명한 밴드가 되리라 다짐하고 또 다짐했다. 그러나 갓 고등학교를 졸업하고, 연주곡이래야 열댓 곡이 고작인 그들에게 하루 40분씩 5~6회를 올라가야 하는 무대는 너무 벅찼다.

호기롭게 가출한 친구들이 하나둘 떠났고, 혼자 남은 조용필은 용주골 기지촌으로 갔다. 그곳의 미군 상대 클럽에서 제법 이름이 있던 밴드 '파이브 핑거스'의 일원이 됐다. 그러나 조용필의 음악에 대한 열망 못지않게 '딴따라'를 막으려는 아버지의 집념 또한 만만치 않았다. 전국 방방곡곡을 이 잡듯 뒤지고 다니던 아버지가 용주골에 숨어 있던 아들을 잡으러 왔다. 집으로 끌려간 조용필은 6개월 동안 삼엄한 감시망 속에서 감금당하다시피 지내야 했다.

어느 날 감시가 느슨한 틈을 타서 도망친 그는 경기도 광주에 있는 무명 밴드의 일원이 되었다. 그가 기타를 치면서 보컬을 시작한 것은 이 무렵이었다. 보컬을 맡고 있던 친구가 군대에 가는 바람에 그가 노래까지 할 수밖에 없었다.

한번은 생일을 맞은 미군 병사가 〈리드 미 온Lead Me On〉을 불러달라고 청했다. 조용필은 밤새 연습을 한 끝에 이 노래를 미군 병사 앞에서 불러주었다. 그는 노래를 듣다가 주르륵 눈물을 흘렸다. 자신이 불러준 노래를 듣고 누군가 눈물을 흘리는 걸 보면서 조용필은 보컬에도 매력을 느꼈다. 1971년 〈리드 미 온〉 등을 수록한 앨범을 몇몇 친구들과 발매했으나 크게 빛을 보지 못했다. 그러나 이 앨범은 훗날 대한민국 최고 가수가 된 조용필의 음색이 담긴 첫 번째 앨범으로 기록되었다.

우리 대중음악사에서 미8군 무대는 아주 중요하다. 그곳은 신중현을 비롯한 작가주의 뮤지션들을 탄생시킨 자궁이고, 패티김 등 걸출한 보컬리스트들의 전초기지였기 때문이다. 조용필 역시 미8군 무대에서 기타 솜씨며 음악에 대한 태도, 보컬의 기본기를 닦았다고 해도 과언이 아니다. 무슨 일이든 시작하면 끝장을 보는 성미여서 그는 이 시기 동안 많은 음악적 발전을 이루었다.

미8군 무대에서 두각을 나타낸 조용필은 당대의 기인 김대환을 만나며 본격적인 음악활동을 시작한다. 조용필은 김대환·최이철·이남이 등과 함께 '김트리오'로 활약하며, 보컬리스트가 아닌 기타리스트로 각광을 받는다. 하지만 시간은 길게 가지 못했다. 곧 김트리오는 해체됐고, 조용필은 군에 입대하게 된다.

김대환은 조용필에게 크고 작은 영향을 많이 미쳤다. 김대환에 얽힌 일화는 여러 가지가 있다. 그중에 완벽하게 드럼을 치기 위해 면도칼로 혀를 자르고 창고에 처박혀 1년 반 동안 나오지 않고 드럼에 열중했던 일화는 유명하다. 음악에 열중하기 위해 혀까지 자르던 기인 김대환은 특히 조용필에게 가혹했다. 한번은 김대환이 조용필에게 그 당시 한국에는 몇 대 없던 퍼즈(기타 사운드를 변형시키는 전자용품)를 사줬다. 조용필이 새로 산 퍼즈를 친구들에게 자랑하다가 연습 시간에 늦자 김대환은 마구잡이로 폭력을 행사했다. 조용필은 훗날 "그때 대환이 형에게 흠씬 두들겨맞고도 마음이 편안했다"면서 "누군가 내 음악을 위해 관심을 갖고 채찍질을 해주는 게 고마웠다"고 회상했다.

영광과 좌절을 동시에 안긴 〈돌아와요 부산항에〉

〈돌아와요 부산항에〉는 가수 조용필을 이 땅의 대중들에게 알린 출세작이다. 원래 이 곡은 김트리오 시절인 1972년 이남이와 통기타로 연주했던 것으로, 2/4박자 트로트였던 것을 당시의 젊은 층이 좋아하는 4/4박자로 편곡했다. 작곡가인 황선우가 실연의 상처를 겪은 뒤 만든 곡이었다. 레코드 도매상 최동권의 권유로 취입까지 했던 이 노래는 원래 가사가 '형제 떠난 부산항에 갈매기만 슬피 우네'가 아닌 '님 떠난 부산항에 갈매기만 슬피 우네'였다.

1976년 군에서 제대한 조용필에게 킹레코드사 박성배 사장이 연락

◆조용필의 〈돌아와요 부산항에〉 앨범 재킷

해 왔다. 그 당시 조용필은 '조용필과 그림자'라는 밴드를 만들어 미8군 무대에서 벗어나 부산 등지의 나이트클럽에서 노래하고 있었다. 박성배 사장은 〈돌아와요 부산항에〉를 타이틀곡으로 한 독집 앨범을 내자고 제안했다. 킹레코드 박성배 사장은 대한민국 대중음악사의 한 획을 그은 제작자이자 프로모터였다. 지구레코드 등 유명한 음반제작사들이 있었지만 '킹박'으로 불리던 그는 실력 있는 신인을 발굴하고 그들을 스타로 만드는 데 비상한 재주가 있었다.

〈돌아와요 부산항에〉가 '님 떠난'에서 '형제 떠난'으로 가사가 바뀌고, 처음 발표할 때와 달리 크게 히트한 배경에는 당시 사회적으로 이슈가 됐던 재일교포 모국방문단이 큰 역할을 했다.

70년대 남북은 극도의 긴장상태를 유지하고 있었다. 이 때문에 일본에 있는 재일교포들은 민단과 조총련계로 나뉘어 극한 대립관계에 있었다. 때마침 광복절 행사장에서 재일교포 청년 문세광의 총에 맞아 육영수 여사가 절명하는 사건까지 일어났다.

박정희 정부가 유화책으로 들고 나온 것이 조총련계 재일교포들의 모국방문 추진이었다. 모국방문단은 포항제철을 비롯해 울산공단, 구로공단, 부천공단, 창원산업단지 등 조국 근대화의 현장을 두루 돌아보면서 '한강의 기적'을 눈으로 확인했다.

'가고파 목이 메어 부르던 이 거리는 / 그리워서 헤매이던 긴긴 날의 꿈이었지 / 언제나 말이 없는 저 물결들도 / 부딪혀 슬퍼하며 가는 길을 막았었지 / 돌아왔다 부산항에 그리운 내 형제여'

2절 가사는 마치 재일교포 모국방문단을 위해 만든 노래 같았다. 이 노래가 방송에서 흘러나왔고, 부산을 시작으로 전 국민의 눈과 귀를 사로잡는 노래가 됐다.

고등학교 졸업 이후 철저하게 무명 밴드의 일원으로 떠돌았던 조용필에게도 서광이 비치기 시작한 것이다. 그러나 그 서광이 부메랑이 되어 암흑천지의 악몽으로 돌아오고 있음을 그때는 알지 못했다. 그의 이름 석 자가 전 국민의 입에 오르내릴 즈음 '조용필이 대마초 가수였다'는 투서가 날아들었다. 조용필과 대마초 사건, 그가 이제 막 날갯짓을 시작하려는 순간 조용필의 발목을 잡은 사건이었다.

그 사건을 설명하려면 1년 전으로 되돌아가야 한다. 1975년 박정희 정권은 가요정화 조치라는 이름으로 청년문화의 상징이던 록과 포크를 말살시킨다. 그 시발점에 대마초가 있었다. 훗날 대마초 사건이 터진 이유가 박 대통령의 아들 지만이 대마초를 피우는 사람들과 어울려 다니자 이에 분노한 박 대통령이 대마초 가수들을 모두 잡아들이라고 명령했다는 것이다.

그 결과 이 땅의 로커들과 포크 뮤지션들은 정권의 칼날 아래 대량학살을 당하기에 이르렀다. 신중현은 물론 한대수나 이장희 등은 이 사건

◆ 대마초 흡연 시비로 활동을 중단해야 했던 조용필의
은퇴 기사, 1977년 5월, 경향신문

을 계기로 조국을 떠나기도 했다. 록
과 포크가 주류를 이루던 한국 대중
음악이 스탠더드 팝의 길들여진 음
악으로 회귀하는 데도 대마초 사건
은 큰 영향을 미쳤다.

조용필은 1969년 의정부 기지촌
에서 '파이브 핑거스'의 멤버로 활동
할 때 4차례에 걸쳐 대마초를 피운
적이 있었다. 같은 하숙집에 살던 미
군 병사가 담배라면서 건네준 것을
신문지에 말아 피웠는데, 머리가 어
지럽고 구역질이 나서 몇 번 피우다
말았다.

수년 전의 전과 때문에 1975년 겨
울 조용필은 밤무대를 끝내고 나오
던 길에 사복경찰들에게 체포되어 남산의 마약반 취조실로 끌려갔다.
그들은 대마초를 피우고 있는 동료가수들 이름을 50명 써내라고 다그
쳤다. 주전자에 있는 물을 얼굴에 붓는 물고문부터 조그만 통 속에 집
어넣고 각목으로 마구 구타하는 등의 고문이 밤새 이어졌다. 그때까지
만 해도 밤무대에서 노래하는 무명가수였기에 조용필은 늘씬 두드려맞
는 것으로 마무리되었다.

그러나 그가 〈돌아와요 부산항에〉로 스타덤에 오르자 주변의 투서

로 악몽이 되살아난 것이다. 결국 조용필은 1977년 5월 장충체육관에서 은퇴공연을 했다. 그날 밤 조용필은 밤새 술을 마시면서 울었다. 10년 동안 밤무대를 전전하면서도 비틀스를 꿈꾸던 그가 이제 막 비상하려다가 추락한 것이다.

내가 만나온 조용필은 늘 정치적 입장이나 견해를 밝히는 데 인색하다. 당대의 여당이나 야당 대표는 물론 대기업의 회장 등에 이르기까지 많은 사람이 조용필을 좋아했다. 그들은 때때로 조용필을 이용(?)하기를 원했지만 그는 한 번도 응한 적이 없다. 그 이면에는 정치적인 이유로 짓밟혔던 쓰라린 경험이 자리잡고 있다. 그 이후 조용필은 정치적인 이슈나 정치인들에 대해 불가근불가원不可近不可遠의 입장을 고수하고 있다. 그의 생일이 되면 대통령은 물론 대기업 회장, 많은 팬이 화환과 선물을 보내지만 늘 조용필은 가수 조용필에서 한 발짝도 벗어나지 않았다. 그것이 어떤 흉기가 되어 자신에게 돌아올 것인지 조용필은 너무도 잘 알고 있었기 때문이다.

〈한오백년〉이 그의 노래인생을 바꾸었다

조용필은 대마초 사건 이후, 자의 반 타의 반으로 가요계를 은퇴하고 일본으로 밀항할 생각까지 한다. 그러나 그는 음악을 떠나서는 살 수 없는 사람이었다.

당시 조용필은 국가대표 축구팀에서 부동의 스트라이커로 활약하던 이회택과 친분을 쌓고 있었다. '조용필과 그림자'가 일하던 이태원 이스턴호텔에 술을 마시러 왔던 이회택과 호형호제하는 사이가 돼 있었다.

조용필보다 나이가 많았던 이회택은 불같은 성격의 소유자였지만 누구보다도 조용필의 음악을 인정하고 아껴주었기에 조용필은 그를 형처럼 따랐다.

조용필이 낙심해 있을 때 마침 이회택도 그 성격 때문에 국가대표에서 탈락하여 화를 삭이고 있었다. 두 사람은 서로를 위로해 주는 마음으로 전국 해안을 도는 낚시여행을 떠났다. 이회택은 "낚시꾼이 찌를 바라보는 마음으로 때를 기다리자. 사람은 누구나 슬럼프가 있기 마련이다. 이를 얼마나 잘 이겨내느냐에 따라 또 다른 길이 나타난다"면서 조용필을 위로했다.

어느 도시였는지 언제였는지 기억이 희미한 어느 날이었다. 낚시를 끝내고 저녁에 여관방에서 TV를 보던 조용필은 드라마의 배경음악으로 흘러나오는 민요 〈한오백년〉을 들었다. 온몸에서 소름이 돋았다. 그래, 바로 저 소리다!

그는 그 길로 서울로 올라와 판소리며, 민요며 우리 가락이 수록된 음반을 닥치는 대로 샀다. 그리고 예전에 선배 김대환이 그랬듯이, 집으로 돌아와 방문을 걸어 잠그고 그 소리를 내기 위해 피나는 연습을 시작했다. '득음'을 하려는 소리꾼의 심정으로 전국 명산명찰을 돌면서 혹독한 수련을 했다. 하도 소리를 질러서 목이 붓고 침을 삼킬 수 없을 정도로 아팠지만 참고 또 참았다.

그처럼 모질게 연습하며 6개월쯤 지나니 아무리 소리를 질러도 더 이상 목이 아프지 않았다. 목에 근육이 생긴 느낌이었다. 어느새 조용필의 목소리가 타고난 미성과 독특한 탁성이 어우러진 누구도 가질 수 없는 목소리로 변해 있었다.

그는 자신의 밴드를 데리고 미친 듯이 음악에 몰두했다. 새벽 4시까지 온갖 취객을 상대로 밤새 노래한 뒤에도 다섯 시부터 아침밥을 먹을 때까지 노래하고 또 노래했다. 잠깐 눈을 붙이고 일어난 뒤에 다시 밤무대가 시작될 때까지 밴드들을 독려하면서 연습했다. 그는 그의 선배 김대환이 그랬듯이 게으름을 부리는 밴드 멤버에게는 매까지 드는 일도 서슴지 않았다.

1979년 10월 26일, 박 대통령의 서거로 그는 또다시 무대를 잃었다. 멤버들도 뿔뿔이 흩어졌다. 다시 혼자 남은 그는 방구석에 처박혀 기타에 매달렸다.

그해 12월 6일, 대마초 연예인 전면 해금조치가 발표된다. 조용필에게 다시 기회가 온 것이다.

〈창밖의 여자〉, 80년대를 관통하다

우리 시대의 명반을 얘기할 때 빠지지 않는 앨범이 있다. 바로 1980년 벽두를 장식한 조용필의 앨범 《창밖의 여자》가 그것이다.

나는 지금도 〈창밖의 여자〉를 처음 듣던 순간을 기억한다. 그해 캠퍼스는 온통 최루탄투성이였다. 박정희 대통령이 그의 심복이었던 김재규 중앙정보부장의 총탄에 최후를 마친 직후 모두들 민주화의 봄을 얘기하고 있었다. 그러나 권력의 상층부에서는 이상 징후가 발생했다. 1979년 12월 당시 정승화 육군참모총장이 체포되면서 군부는 박정희 살해사건의 수사를 맡았던 전두환 합동수사본부장의 손아귀에 넘어갔다.

◆조용필의 부활을 알린 불후의 앨범 〈창밖의 여자〉

1980년 개학과 함께 대학가는 '전두환은 물러가라'는 구호가 휩쓸었다. 그리고 그 우려는 현실이 되었다. 전두환은 모든 정치활동을 금지시키고 온 나라를 군부의 손에 넣었다. 그 과정에서 광주항쟁으로 수많은 민간인이 이 나라 군대의 총칼에 희생됐다.

아이러니하게도 〈창밖의 여자〉는 그 아비규환 속에서 태어났다. 그해 봄 나는 최루탄 냄새가 가시지 않은 학교 정문을 나서다가 레코드점에서 울려퍼지는 〈창밖의 여자〉를 들었다. 그 순간 나는 그 자리에서 얼어붙었다.

'누가 사랑을 아름답다 했는가. 누가 사랑을 아름답다 했는가. 차라리 그대의 흰 손으로 나를 잠들게 하라.'

절규하는 듯한 보이스 칼라에 단조의 정서가 어우러진 노래가 가슴을 후벼팠다. 그의 절규는 어쩌면 군부정권의 군홧발에 짓밟혀서 민주화의 꿈을 한꺼번에 날린 민초들의 한을 대변하는 듯했다. 그 노랫말이 결코 군부정권에 반기를 든 운동권 가요가 아리라 그저 사랑노래인 데도 듣는 이들에게는 그렇게 해석됐다.

지구레코드가 1980년 봄 내놓은 이 앨범의 타이틀곡 〈창밖의 여자〉는 원래 1979년 방송된 동아방송 라디오연속극 〈인생극장〉의 주제가

◆무대에서 기타를 치며 열창하고 있는 조용필

였다. 당시 지구레코드 문예부장이었던 임석호는 훗날 인천방송에 출연하여 〈창밖의 여자〉 탄생 비화를 얘기했다.

그에 의하면 원래 작사가인 배명숙이 노랫말을 만들어놓고 모 작곡가에게 곡을 의뢰했으나 그가 펑크를 냈다. 그러자 당시 동아방송 안평선 담당PD가 방송이 임박하여 임석호에게 연락했고, 임석호의 추천으로 조용필이 곡을 쓰고 노래를 부르게 된 것이다. 국민가수, 가왕의 본격적인 등장은 그렇게 시작됐다.

'누가 사랑을 아름답다 했는가, 누가 사랑을 아름답다 했는가'라는 가사를 받아 적으면서 조용필은 전율을 느꼈다. 마치 자신을 위해 작사한 노랫말 같았다. 그러나 밤을 꼬박 새우면서 곡을 썼지만 마음에 들지 않았다. 그렇게 닷새째 되는 날, 잠깐 지쳐 잠이 들었는데 꿈속에서 불현듯 악상이 떠올랐다. 바로 일어나서 일필휘지로 작곡한 곡이 〈창밖의 여자〉였다.

1980년 3월 발매된 앨범은 파죽지세로 대중의 눈과 귀를 사로잡으면서 7월에 각종 인기가요 차트를 휩쓸었다. 〈창밖의 여자〉는 물론 그 앨범에 수록된 〈단발머리〉를 비롯해 〈한오백년〉, 〈사랑은 아직도 끝나지 않았네〉, 〈대전블루스〉 등 모든 곡이 대중의 사랑을 받았다. 70년대에 송창식이라는 걸출한 가수가 장기집권했다면 80년대는 조용필이라는 이름 석 자가 화려하게 빛을 뿜기 시작한 것이다.

미국에 다녀오니 국민가수가 돼 있었다

〈창밖의 여자〉가 서서히 인기를 얻어갈 무렵 한 신문사의 요청으로 미국 LA공연을 가게 됐다. 재미교포 위문공연이었다. 한창 재기의 몸부림을 하고 있던 시절이어서 한동안 망설이다가 일단 떠나기로 했다.

미국 LA 슈라인 오디토리엄 공연장을 가득 메운 관객들이 〈창밖의 여자〉를 따라 불렀다. 〈돌아와요 부산항에〉와 〈한오백년〉을 부르자 교포들은 여기저기서 눈물을 흘렸다.

뉴욕 카네기홀에서의 공연은 참 특별했다. 조용필이 무대에 서기 전 프랭크 시내트라도 그곳에서 공연했다는 얘기를 들으니 더더욱 힘이 났다. 미국에 와 계시던 조용필의 부모님이 공연장을 찾았다. 막내아들이 딴따라가 되는 걸 그토록 반대하셨던 아버지가 "고생했다"면서 그의 등을 두드려주셨다. 이 세상 어떤 선물보다 반가운 선물이었다. 하와이 공연을 끝으로 미국 순회공연을 마치고 김포공항에 들어왔다.

◆ 미국 카네기홀 공연을 기념하는
조용필 2집 앨범 《축복》

'자고 일어나니 유명해졌다'는 바이런의 시구가 새삼 와 닿았다. 공항에는 '축 조용필 귀국'이라고 쓴 플래카드를 든 많은 사람이 그의 귀국을 환영해 주었다. 그의 앨범은 이미 40만 장이 넘게 팔려 나갔고, 그해 추석 세종문화회관 별관 공연은 일찌감치 매진되었다. 지방 순회공연 역시 가는 데마다 만원사례였다.

불과 1년 전 대마초 가수로 낙인찍혀 방에 틀어박혀 있던 그가 전 국민의 사랑을 받는 가수가 된 것이다. 그해 TBC가 주최한 방송가요대상에서 조용필은 최우수 남자가수상, 인기가수상, 주제가 작곡상을 받으면서 80년대 영광과 오욕의 시대를 열었다.

80년대를 관통하면서 각 방송사에서 열린 연말 시상식 때마다 조용필은 빠지지 않고 가수왕을 차지했다. 그만큼 80년대 가요계에서 조용필의 자리는 요지부동이었다. 각 방송사의 예능국장은 조용필과의 친분이 얼마나 두터운지, 그를 특집 프로그램 등에 섭외할 수 있는지가

◆ 조용필의 세종문화회관 리사이틀 포스터

중요한 능력 중 하나로 평가되었다. 또 각종 연예 주간지나 스포츠지들은 조용필의 일거수일투족을 보도했고, 없는 이야기까지 만들어내면서 그를 집요하게 추적했다.

다른 측면에서 보면, 조용필은 톱스타로 군림하면서 한편으로는 그 자리를 지키기 위해 많은 희생을 강요받아야 했다. 그가 밴드 음악을 고집하면서 자존심을 내세우다가도 할 수 없이 방송사의 요구에 굴복하는 경우도 있었다. 억울한 보도가 이어져도 침묵으로 일관할 수밖에 없었다.

80년대 후반 그가 더 이상 10대가수상 등을 받지 않겠다고 선언한 것은 두 가지 이유가 있었다. 하나는 방송에 의존하지 않고 아티스트로서의 자존심을 세우면서 공연 위주의 활동을 해나가겠다는 것이었다. 또 하나는 후배들에게 길을 열어주겠다는 생각에서였다. 사실 조용필이 방송을 중심으로 활동하는 기간에는 그 누구도 그 자리를 넘볼 수 없었기에, 그의 결정으로 많은 후배에게 영광의 기회가 생긴 것이다.

그의 뒤엔 '위대한 탄생'이 있었다.

조용필은 밴드 시대에 음악을 시
작했다. 그에게 있어서 밴드는 분신
과도 같다. 조용필의 음악에서 밴드
를 빼놓는다는 것은 있을 수 없다.
조용필은 지금도 여전히 모든 음악
의 기본은 밴드라고 생각하고 있고,
한순간도 밴드를 떠나 혼자 독립한
적이 없다.

조용필은 돈을 벌면 대부분 악기
에 투자했다. 80년대 이후 조용필을
만나면서 그가 음악 외에 돈을 쓰는

◆조용필과 위대한 탄생

걸 거의 보지 못했다. 부동산 투기를 한다거나 술과 여자에게 허투루
돈을 쓴다거나 맛있는 음식을 먹으러 여행하는 것도 보지 못했다. 대신
좋은 악기와 좋은 오디오, 수많은 음반을 구입하거나 그가 좋아하는
공연을 보러 다니는 데는 투자를 아끼지 않았다.

'위대한 탄생'은 그의 음악에 대한 열정에서 탄생한 밴드이다. 〈창밖
의 여자〉가 성공한 이후 방송에서 그의 출연 요청이 쇄도했다. 그러나
조용필은 방송 출연에 응하는 대신 '위대한 탄생'을 만들었다. '조용필
과 그림자'라는 밴드 이름이 있었지만 암울했던 지난 기억을 떨쳐버리기
위해 '위대한 탄생'이라고 이름지었다.

스트링에 김청산, 드럼에 이건태, 피아노에 이호준(작고), 기타에 곽경

욱, 베이스에 김택환이었다. 장안에 연주 좀 한다는 멤버들을 모조리 모았다. 그리고 초창기 조용필의 모든 스케줄을 관리했던 유재학을 매니저로 영입했다.

이들의 연습장은 북한산 밑 허름한 창고였다. 먹는 시간과 지는 시간을 빼놓고 밖으로 나오지 않았다. 국내 최고 그룹을 만들자는 목표 아래 밤무대 출연도 삼갔다.

어느 무대에서도 1시간 이상 완벽하게 연주할 수 있도록 레퍼토리를 만들어갔다. 〈창밖의 여자〉를 비롯하여 〈단발머리〉, 〈촛불〉 등의 음악을 직접 연주해 취입했다. 레코드사에선 악기를 다양하게 구사하는 오케스트라 밴드를 이용하라고 했지만 조용필은 '위대한 탄생' 연주가 아니면 하지 않겠다고 맞섰다.

조용필이 '위대한 탄생'을 이끌고 처음으로 TV 라이브 무대에 출연한 것은 1981년 설날 특집 프로그램인 KBS TV 〈가요대행진〉이었다. 젊은 팬들은 새로운 밴드, 새로운 노래를 들고 나온 조용필에 열광했다.

조용필의 음악적 조련자 역할을 하던 '위대한 탄생'이었지만 대부분의 멤버들은 국내 대중음악 발전에 밑거름이 된 기라성 같은 음악인들이었다. 그들 중에서 조용필이 아직도 고마워하는 멤버가 많다. 그중 하나가 가수 김정수이다. 그는 자기 그룹을 갖고 있으면서도 '위대한 탄생'이 중요한 공연을 할 때에는 모든 일을 제쳐놓고 보조싱어로 출연했다.

조용필이 김정수를 처음 만난 건 기지촌을 돌며 '파이브 핑거스'에서 무명 악사로 활동하던 시절이었다. 김정수는 당시 '미키'라는 4인조 그룹의 리드싱어로 꽤 이름이 알려져 있었다. 또 돈 많은 집의 장남으로 음악은 취미활동으로 할 정도로 풍족한 환경을 갖고 있었다. 조용필에게는 부러움의 대상이자 라이벌인 셈이었다.

이후에도 '위대한 탄생'에는 수많은 멤버가 들락거렸다. 베이시스트 송홍섭, 키보드 변성룡 등을 비롯해 김광민·정원영·유재하 등 이름만 들어도 알 만한 사람들이 함께했다. 현재 멤버는 최희선(기타), 이태윤(베이시스트), 최태완(피아노), 이종욱(키보드), 김선중(드럼) 등이다.

나는 이들이 콘서트를 앞두고 조용필과 연습할 때 가끔 연습실을 찾는다. 가서 보면, 멤버들의 나이가 평균 50대지만 아직도 연습장에서 조용필의 불호령이 떨어진다. 음악에 있어서 한 치의 오차도 허용하지 않는 조용필 때문에 예나 지금이나 '위대한 탄생' 멤버들은 마음고생이 심할 수밖에 없다.

한류의 원조는 조용필이다

지금은 '한류'라는 말이 보편화되었다. 요즘 아이돌 그룹의 스케줄은 아시아는 물론 유럽과 미국, 남미까지 뻗어 있으니 웬만한 해외 진출은 기사거리도 안 되는 시절이 됐다.

그러나 '원조 한류'의 주인공은 조용필이다. 조용필이 일본에 진출한 것은 〈고추잠자리〉와 〈미워미워미워〉가 수록된 3집 앨범이 성공한 직후였다. 당시 일본의 문화방송은 개국 30주년 기념으로 한국·중국·홍콩·필리핀 등 외국의 음악인들을 초청하여 30시간짜리 콘서트 '아시아 뮤지포럼'을 기획했다. 조용필은 한국의 대표 가수로 출전했고, 각 나라에서 대표적인 가수들이 일본 도쿄로 몰려들었다. 조용필은 〈촛불〉, 〈창밖의 여자〉, 〈한오백년〉, 〈돌아와요 부산항에〉 등의 노래를 불렀다. 아시아를 대표하는 가수들의 경연장이었지만 조용필의 인기는 압도적이었다. 일본의 언론들은 〈한오백년〉의 노래에 서린 한의 문화에 집중했다. 또 '한국에서 건너온 작은 거인'이라면서 조용필을 치켜세웠다.

단 한 번의 공연으로 조용필은 NHK홀 등 일본을 대표하는 공연장에서 잇달아 초청공연을 가졌다. 1984년에는 아시아 각국의 대표 가수들이 출연하는 '음악을 통한 평화'라는 이름의 공연이 도쿄의 고라쿠엔경기장에서 펼쳐졌다. 일본의 다니무라 신지, 홍콩의 알란 탐과 함께하는 무대였다. 이를 계기로 '팍스뮤지카Pax Musica'라고 이름 붙여진 공연은 해마다 홍콩·도쿄·서울 등을 돌며 열리면서 외국의 팝음악에 눌려 있던 아시아의 대중음악이 기지개를 켜는 데 일조했다. 조용필에게는 열성적인 일본의 팬클럽이 생겼다. 아직도 조용필의 공연장에는 초로의 일본 팬클럽 회원들이 날아와 자리를 채우는 것도 이때부터 비롯됐다.

한때는 일본 NHK에서 '돌아와요 부산항에 모창대회'까지 열렸으니 조용필의 인기를 짐작할 만하다. 80년대 중반 아사히신문에서 '한국의 위대한 음악가 2인'이라는 제목으로 바이올리니스트 정경화와 조용필을 묶어서 소개할 정도였다. 일본에서 발매된 조용필의 음반은 50만 장이 넘게 팔릴 정도였다.

이쯤 되니 국내에서 이런저런 말이 나왔다. 조용필의 노래에 왜색이 짙어졌다, 일본 여자와 결혼한다 등등의 루머였다. 지금이야 일본에서 활동하는 게 전혀 문제될 것이 없지만 일본 문화 개방 이전의 한국 대중문화 환경에서는 충분히 이해할 만한 사건이었다.

그러나 오늘날 일본의 대중들이 한국의 대중문화를 아무런 장벽 없이 받아들이는 데에는 조용필의 힘이 컸다. 조용필은 일본에서 활동하면서도 절대 일본 말로 노래하지 않았고, 일본의 시류에 따르지 않았다. 오로지 우리 가락이 느껴지는 토속적인 한국 노래로 승부했고, 그 승부는 통했다.

조용필은 일본 진출로 만족하지 않았다. 1988년 조용필은 만리장성에서 통기타를 치면서 〈친구여〉를 열창했다. 한국 가수로서는 처음으로 사회주의국가인 중국에 처음으로 발을 들여놓은 것이다. 1988년 중국에서 공연하기까지는 4년여의 철저한 준비가 있었다. 국내는 물론 중국 정부의 엄격한 통제와 규제가 심했고 이념의 벽 또한 높았다. 그러나 조용필은 이에 굴하지 않고 마침내 만리장성에 선 것이다.

1990년 이후에야 국교가 정상화되고 자유롭게 오가게 된 중국 땅에서 80년대에 오로지 노래만 가지고 정면으로 맞선 것은 조용필이 유일했다.

악성 스캔들 극복하고 공연형 스타로

89팍스뮤지카, 아시아효에이드 등 조용필은 국내 무대보다는 아시아를 중심으로 한 활동에 주력했다. 그렇다고 국내 활동을 게을리했던 것은 아니었다. 그러나 그 사이 국내에서는 또다시 80년대 내내 따라다니던 악성 스캔들이 서서히 머리를 들고 있었다.

평소 친하게 지내던 신경외과 의사가 조용필이 약물중독이 되었다

◆조용필 12집 앨범

고 폭로한 것이다. 한동안 광풍이 불었다. 그렇지 않아도 여러 가지로 지쳐 있던 조용필은 노래하고 싶은 의욕마저 꺾였다. 수많은 모함과 음해가 이어지면서 조용필은 파김치가 되었다.

그는 국내 활동을 중단하고 일본으로 건너갔다. 그곳에서 한 해 114회의 공연을 소화하고, 미국 팝시장 진출을 모색했다. 당시 세계 최대 음반사 중의 하나였던 WEA가 음반제작을 맡아줬다. 국내에서의 고통스러운 기억을 뒤로 하고 세계적인 가수의 꿈을 키워 나갔지만 국내 팬들이 그리웠다. 국내에서는 조용필의 시대가 갔다는 얘기까지 들렸다.

그의 나이 마흔 살인 1990년, 〈추억 속의 재회〉를 타이틀곡으로 한 12집 앨범을 내놨다. 그가 직접 만든 노래들이 대부분이었다. 무언가 새로운 전기를 만들고 싶었다. 1990년 5월 27일 서울 잠실체육관, 3년 만에 신보 발표를 기념하는 콘서트를 열었다. 제작자나 공연 관계자들은 불안해했다. 조용필의 독주가 끝났다고 생각하는 관계자들도 많았다.

그러나 공연은 대성공이었다. 1만 2천 명의 관객이 객석을 가득 메웠다. 무대에 어머니를 모셔놓고 조용필이 〈허공〉과 〈한오백년〉을 열창하자 객석을 가득 채운 관객들이 오열했다.

조용필은 그 공연을 계기로 오로지 음악과 무대에만 집중할 수 있는 시스템을 만들었다. 90년대 이후 그가 방송에 일절 얼굴을 내밀지 않고 음반과 콘서트로 승부하는 라이브 가수로 재탄생한 것이다.

사랑에 서툰 사나이 조용필

잘 알려져 있다시피 조용필은 두 번의 결혼과 한 번의 이혼, 한 번의 사별을 겪었다. 그는 어린 시절부터 성격이 내성적이고 음악에만 집중해 왔기에, 많은 스타들처럼 화려한 여성편력이라고는 찾아볼 수 없다.

그러나 1980년 이후 그는 대한민국을 대표하는 가수였고, 인기 최정상에 있었기에 그의 일거수일투족이 매스컴과 대중들의 화젯거리가 됐다. 없던 얘기도 부풀려지고 작은 얘기도 커지는 게 연예계 참새방앗간의 생리다.

그에게 박지숙은 잊을 수 없는 이름이다. 첫 부인이었던 박지숙의 만남을 얘기하려면 그의 무명 시절로 돌아가야 한다. 1976년 '조용필과 그림자'를 결성하여 밤무대를 누비던 시절, 어느 나이트클럽에서 손님으로 온 박지숙을 만났다. 단정한 단발머리에 검은 원피스를 입은 박지숙은 무용을 전공하고 있던 여대생이었다. 조용필은 팬을 자처하는 그녀와 빠르게 가까워졌다. 박지숙은 충남 공주 출생. 두 사람이 가까워지면서 문제가 생겼다. 그녀의 아버지는 당시 집권당인 공화당의 지역구 국회의원이었다. 게다가 당내에서도 발언권이 높은 힘 있는 중진 의원이었다.

두 사람이 연인 사이로 발전하자 박지숙의 집안에서 달가워할 리가 없었다. 그때까지만 해도 조용필은 밤무대를 누비면서 노래하던 '딴따라', 그 이상도 이하도 아니었다. 아끼는 딸이 하필이면 이름도 없는 가수와 사귄다니 집안이 발칵 뒤집어졌다. 그러나 박지숙은 그럴수록 조용필을 사랑했고 아껴주었다. 밤무대 생활, 대마초 파동 등을 겪을 때도 박지숙은 조용필을 떠나지 않았다.

조용필과 박지숙의 결혼은 마치 007영화처럼 극비리에 진행됐다. 1983년 12월에 이미 조용필(당시 33세)이 박지숙(당시 27세, 무용교사)과 결혼할 것이라는 얘기가 신문에 보도된 뒤였다. 그들이 약혼을 하고도 4년이 지난 뒤의 일이었다.

1984년 3월 1일 오전 서울 강남구 역삼동 남서울호텔 커피숍.《주간여성》,《선데이서울》,《주간경향》등 당시 연예가 뉴스를 좌지우지하던 주간지 기자들이 조용필 매니저의 연락을 받고 모여들었다. 잠시 후 검은 양복을 입은 조용필이 나타났고, 일순간 무거운 긴장감이 감돌았다. 이어 약혼녀인 박지숙이 도착했다. 박지숙 역시 무슨 일로 자신이 그 자리에 왔는지 모르는 눈치였다. 조용필이 말문을 열었다.

"연락을 드린 분들이 다 모인 것 같으니, 지금 바로 결혼식장으로 이동합시다."

결혼 발표를 하는 것으로 알았던 기자들은 깜짝 놀랐다. 일행이 3대의 승용차에 나눠 타고 1시간 넘게 달려가 도착한 곳은 경기도 남양주 광릉수목원 근처의 봉선사, 그 유명한 '조용필의 산사 극비결혼' 현장이었다. 조용필은 이미 이 절의 주지인 월운스님을 찾아가 주례를 부탁해 둔 것이었다.

월운스님이 주례를 맡고 하객은 동행한 기자들이 전부였다. 결혼예

물은 각자 끼고 있던 시계를 풀어 다시 채워주는 것으로 대신했다. 이 결혼식은 훗날 '절에서 찬물 한 그릇 떠놓고 결혼했다'는 유명한 일화로 기억돼 있다.

당시 조용필은 오빠부대들의 열화와 같은 성원(?)을 피해 결혼할 방법이 없었다. 또 톱스타가 결혼하면 인기가 떨어진다고 생각하는 것이 연예계의 상식이었기에, 일사천리로 결혼식을 진행하고 싶은 조용필과 그 주변의 바람을 담은 결혼이었던 셈이다. 그러나 이 결혼식은 기자들끼리의 엠바고가 깨져서 모 스포츠신문에만 먼저 보도되는 바람에 뒤탈이 많았다.

그렇게 조용필은 유부남이 됐다. 그러나 그의 인기는 식을 줄 몰랐다. 한국과 일본을 오가면서 활동해야 했고, 공연과 방송 출연, 레코딩 작업으로 바쁜 나날을 보냈다.

집을 비우는 날이 많다보니 연예 주간지 등에 '조용필 별거설'이 등장했다. 또 조용필의 인기 때문에 동료 여자 연예인과 밥만 먹어도 '조용필 열애설'이 터졌다.

음악에 대한 열정과 바쁜 스케줄, 게다가 의도하지 않은 각종 보도가 터지면서 박지숙은 나날이 외로워졌다. 그녀가 피로한 표정으로 조용필에게 이야기했다.

"당신은 나보다 음악을 더 사랑하는 사람이에요."

결국 조용필의 결혼은 4년 4개월 만에 이혼이라는 결말에 이르렀다. 훗날 조용필은 첫 부인 박지숙의 고통이 얼마나 크고 절절했는지 세월이 흐른 뒤에야 이해할 수 있었다고 술회했다. 인기를 위해 사랑을 버렸고, 음악을 위해 누군가에게 상처를 입혔다는 걸 깨닫게 됐지만 후회하기엔 너무 멀리 와 있었다.

이혼 이후 독신을 고집하던 조용필은 1994년 3월 25일 재혼했다. 그의 나이 마흔넷이었다. 조용필이 첫 만남에서부터 그녀와 결혼하고 싶다는 욕구를 느꼈다는 안진현은 동갑내기였다. 두 사람 모두 한 차례씩 이별의 아픔을 경험한 처지였기에 서로를 너무나 잘 이해할 수 있었다. 평생 독신으로 살아가리라던 조용필 역시 스스로 그녀에게 끌렸던 자신의 감정을 보면서 놀라웠다고 고백했다.

필자가 처음 안진현을 본 느낌은 '참 포근하다'는 것이었다. 조용조용히 목소리를 높이지 않았고, 조용필의 일에 대해 절대 간섭하지 않았다. 조용필 역시 그녀에게 "나와 살아가는 것이 평탄치는 않을 것"이라면서 "힘들지만 참고 서로 보듬어주자"고 약속했다. 두 사람은 마치 친구 같았다. 미국에서 기반을 두고 일해 왔던 안진현이었기에 서로 떨어져 있는 시간이 많았다. 그 당시 조용필도 미국 메릴랜드주에 있던 안진현의 자택에 가 있는 시간이 많아졌다. 국내 스케줄이 없을 때면 두 사람이 미국과 서울을 오가면서 마치 오누이처럼 생활했다.

나는 지금도 조용필에 대한 안진현의 지극한 사랑을 여럿 기억하고 있다. 그중 하나가 조용필과 함께 저녁을 먹는 시간이 되면 어김없이 형수 안현진이 전화를 하는 것이었다. 형수는 함께 있는 지인들과 통화하면서 오로지 한 가지만 부탁하였다.

"술 많이 들게 하지 마세요."

그랬다. 두주불사였던 조용필은 형수의 사랑에 따라 실제로 점점 술을 줄여 나갔다.

한번은 방배동 집에 초대받아 간 적이 있다. 그런데 형수가 직접 저녁 밥상을 차리고 있는 것이 아닌가. 형수는 "손님들에 대한 예의"라면서 일하는 아주머니도 물리고 손수 요리하였다. 정갈한 반찬이며 된장찌개 등이 무척 맛있었다. 외국에서 생활해 온 분이 차린 저녁 밥상이라고는 믿어지지 않을 정도였다. 혼자 살아오던 조용필의 집에 모처럼 가정의 따뜻함이 느껴지던 시절이었다.

그러나 '나무와 흙이 되겠습니다'라는 결혼식의 멘트처럼 두 사람의 행복이 오래가지 못했다. 두 사람을 죽음이 갈라놓았던 것이다.

늘 신혼 같은 기쁨으로 생활하던 어느 날, 안진현에게 심장병이 나타나 두 차례 가벼운 수술을 했다. 아내가 미국에서 수술을 하는 동안에도 조용필은 공연 때문에 무대에 올라야 했다. 그러나 세 번째 수술을 했던 2003년, 안진현은 갑자기 찾아온 심장마비 때문에 영영 세상과 작별했다.

조용필은 중환자실에 누워 있던 안진현을 극진히 간호했지만 끝내 임종만은 지키지 못했다. 너무나 슬프게 오열하는 조용필을 의사들이 만류하면서 곁을 주지 않았기 때문이다. 조용필은 임종을 앞둔 안진현을 위해 마지막으로 그녀가 좋아하는 미역국을 손수 끓였다.

아내를 떠나보낸 조용필의 슬픔이 얼마나 깊은 것이었는지 지인들은 너무도 잘 안다. 평생 음악과 결혼하여 음악을 사랑하던 사람이었지만 안진현만큼은 음악보다 더 사랑했다.

이런 날이 있지 물 흐르듯 살다가 / 행복이 살에 닿은 듯이 선명한 밤 / 내 곁에 있구나 네가 나의 빛이구나 / 멀리도 와주었다 나의 사랑아 / (중략) / 난 널 안고 울었지만 넌 나를 품은 채로 웃었네 / 오늘 같은 밤엔 전부 놓고 모두 내려놓고서 / 너와 걷고 싶다 너와 걷고 싶어 / 소리내 부르는 봄이 되는 네 이름을 크게 부르며 / 보드라운 니 손을 품에 넣고서

— 조용필 19집 중 〈걷고 싶다〉

양인자가 조용필의 심정을 대신 글로 표현하여 만든 이 곡은 안진현에 대한 조용필의 마음을 가득 담은 것이다. 조용필은 안진현과의 사별로 받게 된 유산 수십억 원을 전액 기부했다. 마음이 울적할 때나 좋은 일이 생길 때면 아직도 아내의 묘소를 찾는 조용필을 보면서 두 사람의 결혼생활이 좀 더 오래갔었다면 얼마나 좋았을까 하는 생각에 안타깝기 그지없다.

끊임없는 실험이 조용필을 만들었다

19장의 정규 앨범을 내면서 조용필은 40여 년 음악인생을 꾸려왔다. 그 이면에는 조용필의 음악에 대한 무한한 열정과 끝없는 도전정신이 숨어 있다.

60대 가수의 돌풍을 일으킨 19집 앨범 《헬로》가 그렇듯이 조용필은 어디 한 군데 안주하는 법이 없었다. 80년대를 뜨겁게 달군 〈창밖의 여자〉나 〈한오백년〉은 기존 대중가수들의 창법과는 달리 판소리 가락을 노래에 실어 우리가 갖고 있던 한을 표현했다. 그것은 트로트 가요의

◆ 신세대도 감동시킨 조용필 19집 《Hello》

그것과는 사뭇 달랐다. 그 이면에는 처절한 무명 시절을 겪으면서 절차탁마한 결과가 곳곳에 배어 있었다. 같은 음반에 수록된 〈단발머리〉도 우리 가요의 천편일률적인 리듬과 창법을 뒤엎는 것이었다. 16마디에 A—B—A로 반복되던 기존 대중음악의 테마를 뒤엎었다. 또 멜로디보다는 리듬을 앞세웠다. 요즘은 보편화됐지만 그 당시만 해도 신디사

◆〈고추잠자리〉가 수록된 조용필 3집 앨범

이저를 활용한 음악은 없었다. 그는 과감하게 전자음을 도입했고, 창법도 기존의 것들을 완전히 뒤엎었다. 가장 먼저 열광한 것은 새로운 것에 목말랐던 청년들이었다. 소위 '오빠 부대'나 '팬클럽'이 등장한 것도 조용필의 이 같은 신선한 시도 때문이었다.

조용필의 노래에는 고향이 있다. 그 고향은 나훈아의 고향과는 사뭇 다른 감성이 묻어 있다. 3집 앨범에 수록된 〈고추잠자리〉는 새로운 노래를 찾아 배낭 하나 둘러메고 전국을 누비다가 만든 노래였다. 조용필은 급속한 산업화가 진행되던 그 시절 도시인들의 마음에 자리잡고 있는 고향에 대한 목마름을 봤고, 이를 노래로 표현하여 대성공을 거뒀다. 〈못 찾겠다 꾀꼬리〉 등의 노래에서 보여준 것들은 그동안 어떤 노래도 표현하지 않았던 고향의 감성이었다. 조용필은 고향이 그리워서 돌아가고 싶다는 일차원적인 감성이 아니라 도시인이 된 시골 사람들 앞에 고향을 펼쳐 보인 것이다.

80년대 무명의 가수가 정권의 핵심 세력들로부터 걸레가 되도록 얻어맞고 나와서 그 정권 밑에서 상업적 성공을 거둔 것은 아이러니하다. 그러나 조용필은 그가 내는 앨범 구석구석에 압제에 대한 분노를 담았다. 그래서 〈창밖의 여자〉가 많은 사람에게 민주화의 좌절을 한탄한 노래

◆진격의 거인 조용필

로 들렸고, 〈한오백년〉이 그 애끓던 심정들을 표현한 노래로 들렸을 것이다. 4집 앨범에 담긴 〈비련〉이나 〈생명〉은 광주항쟁 등으로 희생당한 영령들의 위로를 담은 노래였다. 마이너 멜로디에서 나오는 비장함이 돋보였지만 〈비련〉은 "기도하는~"으로 시작하면 "오빠!"로 화답하면서 '오빠부대'들이 가장 좋아하는 노래가 된 아이러니도 있었다.

또 조용필은 보편적인 인생을 노래에 담았다. 그의 많은 곡이 아직도 여전히 스테디송으로 살아남아 생명력을 유지하는 것은 그러한 노력의 결과다. 그때그때 시류에 편승하지 않고 인생의 보편적인 얘기들을 노래 속으로 끌어들였기에 그의 오늘이 있었다.

그가 앨범 한 장 한 장을 낼 때마다 얼마나 집중하는지 그의 주변 사람들은 잘 안다. 다 만들어놓은 앨범을 아예 다 폐기처분하는가 하면, 마스터링 등 마무리 작업도 한 치의 오차를 허용하지 않는다. 다른 사람들이 듣기에는 완벽한 것 같은데 조용필의 귀는 귀신처럼 허점을 찾아낸다.

조용필의 음악을 얘기할 때 가장 큰 조력자로 거론하지 않을 수 없는 이들이 있다. 바로 작곡가 김희갑과 작사가 양인자 부부다. 지금도 대중의 사랑을 받는 조용필의 노래를 언급할 때 빼놓지 않는 〈그 겨울의 찻집〉과 〈Q〉를 비롯하여 〈서울서울서울〉, 〈바람이 전하는 말〉, 〈킬리만자로의 표범〉 등을 이들 부부와 작업했다. 조용필이 한 작곡가와 긴 시기를 두고 일한 건 이들 부부가 유일하다. 이들 부부와 조용필의 인연은 조용필이 무명 시절부터 알고 지내던 김희갑을 찾아가 작곡을 의뢰하면서부터였다. 여기에 서라벌예대 문예창작과(현 중앙대 문예창작학과)

출신으로 소설을 쓰던 양인자까지 작사가로 합류하여 당대 최고의 노래들이 완성된 것이다. 김희갑은 조용필과의 작업에 대해 "대중들의 마음을 읽는 안목이 뛰어나고 음악적으로 과감한 선택을 할 줄 아는 가수"라고 말한 적이 있다.

여하튼 조용필을 거론하는 글은 아무리 길어도 모자랄 뿐이다. 또 그 어떤 결론을 내는 것 또한 무모하다. 여기에 거론된 것들 또한 극히 단편적인 얘기일 뿐이다. 그는 지금도 꾸준히 진화하고 있고, 앞으로도 무수하게 변모하며 달려갈 것이다.

그냥 한마디로 조용필을 얘기하라면 '진격의 거인'쯤 될까. 언젠가는 그 거인 이야기를 자세하게 할 그날을 기약하며 빙산의 일각을 건드린 글을 마무리한다.

조용필과 술

조용필은 세기말을 정리하는 각종 조사에서 한국 가요사의 최고 가수로 선정되는 등 가수로서 황금기를 맞고 있다. 대중가수로는 최초로 예술의전 당 오페라극장 무대에 선 그의 콘서트는 연일 매진 행진을 기록했다.

그에게 일반 사람들은 잘 모르는 최고 기록이 또 있다. 그는 한때 연예계에 서 알아주는 술꾼이었다. 쉰 살이 넘은 지금은 여러 가지 이유로 자제하고 있 지만 30~40대에 술에 관한 한 그는 타의 추종을 불허했다.

조용필의 술에 관한 원칙 중 하나는 소주만을 고집한다는 것이다. 돈이 없 어서 양주를 못 마시는 것도 아닌데 그는 늘 소주를 찾았다. 어떤 자리에서든 지 소주를 찾는 바람에 외국 공연에 갈 때도 소주를 챙겨 갈 정도였다. 대한민 국 소주 회사 발전에 이바지한 애국자라 아니할 수 없다.

또 그는 차수 변경의 명수다. 초저녁에 시작한 술자리가 2차와 3차, 심지어 4차를 넘어 새벽 4~5시에 끝나곤 했다. 그의 술버릇을 아는 사람들은 밤 11 시가 넘으면 슬금슬금 자리를 피해 도망치곤 했다. 마지막까지 그와 남은 술 상대는 어김없이 그의 집 근처 포장마차까지 가서 입가심주를 해야만 술자리를 파할 수 있었다.

조용필과 술에 얽힌 일화 중에 코미디언 이주일이 생전에 밝힌 얘기가 압권이다. 1980년대 초 부산에서 벌어진 일이다. 이주일과 조용필이 따로따로 부산에서 공연을 가진 날 저녁, 이주일이 조용필에게 전화를 걸었다. 조용필이 이주일을 형처럼 따르던 시절이었다.

"용필아, 술 한잔하자."

두 사람은 부산에서 유명한 기린살롱에 가서 양주를 몇 병 비웠다. 여기서 끝냈어야 했는데 "부산까지 왔으니 낭만적으로 한잔 더 하자"는 제안이 화근이 됐다. 두 사람이 택시를 잡아타고 해운대에 갔던 시간은 이미 새벽 2시였다. 포장마차에서 한잔 더 마신 두 사람은 백사장으로 향했다. 아예 20병짜리 소주 한 궤짝과 안주를 사 왔다. 해운대 앞바다에 촛불까지 밝혀놓고 조용필이 〈촛불〉, 〈돌아와요 부산항에〉를 불렀다. '낭만'이 넘쳤으나 두 사람은 이미 3차째였으니 인사불성이 됐다.

두 사람은 묵고 있던 호텔로 돌아가지 못하고 그 자리에서 잠이 들었다. 다음 날 아침 해가 뜨고, 사람들이 몰려들었다. 이주일이 눈을 떴을 때 근처 아주머니들이 몰려와 두 사람을 내려다보고 있었다.

"이 사람, 조용필 아이가?"

"아이다. 톱스타가 왜 해운대 앞바다에 누워 있겠노?"

"그리고 보니 이 양반은 이주일하고 똑같이 생겼대이."

"그럴 리가 있겠노? 그리고 보니 못생긴 게 정말 이주일 같기도 하고만."

80년대 조용필을 따라다니던 술과의 일화는 한두 가지가 아니다. 특히 이주일·이덕화·박종환 등 조용필이 형처럼 따르던 유명인사들과의 일화도 많다. 그런 그가 술을 줄이게 된 두 가지 계기가 있다.

그 하나는 음주운전 사고이다. 수년 전 어느 저녁, 모 신문사와의 와이드 인터뷰를 끝낸 그가 기자들과 술자리를 갖게 됐다. 일식집에서 소주를 몇 병씩 나눠 마셔 거나하게 취했다. 그날따라 운전을 하던 사무실 직원이 예비군 훈련 때문에 출근을 하지 못했던 것. 만취된 상태에서 2차를 하러 가기로 한 것까지는 좋았는데 조용필이 운전대를 잡은 것이다. 가까운 곳으로 옮기기로 했기 때문에 별 일이 없을 것이라고 얘기하면서 운전대를 잡았지만, 원래 음주운전이 어디 그런가. 기자 한 명까지 태우고 그의 승용차를 운전해 가던 그는 끝내 사고를 내고 말았다. 이 차가 인도로 진입하면서 가로수를 들이받고 전복됐던 것. 차에 타고 있던 두 사람은 바로 병원으로 이송됐고, 몇 주간의 입원치료를 받아야 했다. 아마 당시 몰고 가던 승용차가 벤츠가 아니었다면 우리는 다음 날 신문에서 조용필의 사망기사를 볼 수밖에 없는 상황이었다는 게 현장을 정리했던 경찰들의 전언이다.

또 하나는 부인 안진현과의 결혼이다. 사업가로서도 상당한 수완을 가진 안진현은 조용필의 술버릇을 고치는 데 결정적인 역할을 했다. 안씨는 "가수가 환갑 지난 나이까지 노래를 하려면 건강부터 챙겨야 한다"는 지론을 갖고 있었다. 얼마 전 그와 술을 마시고 있을 때, 미국에 체류하던 안씨는 한 시간마다 전화해서 남편을 챙겼다. 그 주된 이유는 폭음하지 말라는 거였다.

요즈음 조용필은 과거와 같은 폭음을 하지 않는다. 그러나 여전히 술자리와 사람을 좋아한다. 그러나 그의 술버릇이 고쳐지지 않았다면 '무대에서의 열창'을 기대할 수 없었을지도 모른다.

〈2002년〉

그때는 부산 앞바다에서 죽고 싶었다

부산, 삶의 비린내가 물씬나는 그곳. 싱싱한 근육질의 태종대와 밤의 열기로 뜨거운 광안리, 삶의 풍파가 배어나는 자갈치시장과 공룡화석 같은 영도다리 등 어디를 가도 절절한 추억들이 넘쳐난다. 게서 빼놓을 수 없는 게 또 하나 있다. 조용필의 히트곡 〈돌아와요 부산항에〉가 그것이다. 부산을 이처럼 절묘하게 재생해 낸 노래가 또 있을까. 오륙도가 점점이 박힌 부산 앞바다와 선홍빛 동백이 아름다운 동백섬 앞에 서면 금세 처연한 조용필의 노래가 흘러나올 듯하다.

거기서 조용필을 만났다. 해운대 앞바다가 내려다보이는 호텔의 스위트룸에 그가 있었다. 피아노가 있는 넓은 방. 조용필은 기타를 고르면서 공연 준비에 여념이 없었다. 그와 함께 산책에 나섰다. 동백섬으로 가는 길, 오륙도가 점점이 눈에 들어왔다.

해방 이후 가요사에서 첫손 꼽히는 가수 조용필에게도 부산은 잊을 수 없는 제2의 고향이다. 기지촌과 밤무대를 전전하면서 7년여의 길고 긴 무명 시절을 겪었던 그에게 〈돌아와요 부산항에〉는 그 지긋지긋했던 가난과 설움에서 건져준 출세작이었다. 기지촌 미군 클럽에서 노래하던 시절, 하루 6군데씩 업소를 옮겨다니면서 100곡 가까운 노래를 불러야 했던 무명가수 조용필. 그가 처음 〈돌아와요 부산항에〉를 부른 것은 1973년. 작곡가 황선우가 첫사랑에 상처받고 만든 노래를 조용필이 '리어카용'으로 불렀다.

'해저문 해운대에 / 달은 떴는데 / 백사장 해변가에 / 파도만 밀려오네 / 쌍고동 울어주는 연락선마다 / 목메어 불러봐도 대답없는 그 사람 / 돌아와요 부산항에 / 보고픈 내 님아'

우리가 알고 있는 노래와는 가사가 사뭇 다르다. 1975년 당시로서는 메이저급 레코드사인 킹레코드(사장 박성배)에서 독집 앨범을 내자고 제의했다. 〈너무 짧아요〉를 타이틀곡으로 〈정〉, 〈돌아오지 않는 강〉 등이 수록된 앨범이 만들어졌다.

"박 사장이 〈돌아와요 부산항에〉를 개사하여 넣자고 제의했어요. 당시 부산항을 통해 재일동포 고향방문단이 쏟아져 들어왔죠. 말하자면 중앙정보부의 주도로 조총련계 교포들이 몰려 들어온 셈입니다. 마침 방송사에서 이들을 환영할 만한 노래가 없으니 하나 만들어보라고 권했던 거죠."

말하자면 '보고픈 내 님아'가 '그리운 내 형제여'가 된 셈이다. 이렇게 만들어진 노래는 1976년 가요시장을 강타했다. 당시만 하더라도 서슬 퍼런 중앙정보부가 방송사의 프로그램을 좌지우지하던 시절이었다. 방송사마다 중정의 요청으로 이 노래를 틀어댔다. TBC의 〈쇼쇼쇼〉와 MBC의 〈OB그랜드쇼〉 등 간판 프로그램부터 라디오에 이르까지기 조용필을 섭외하기 위해 전쟁이 붙었다.

젊은 층들은 트로트풍을 벗어난 세련된 리듬과 멜로디를 처연한 목소리

소화해 낸 조용필의 노래에 열광했다. 특히 부산지역에서는 금세 음악다방의 단골 레퍼토리로 자리잡았다.

"하루아침에 유명해졌죠. 그러나 그 인기가 내 발목을 잡게 될 줄은 몰랐어요. 대마초 악령이 되살아난 겁니다. 1969년 무명 밴드 시절 기지촌에서 대마초를 피웠던 적이 있었는데, 누군가 내 인기를 시기하여 투서를 한 겁니다."

1977년 5월. 조용필은 경찰의 가혹한 고문 끝에 원치 않는 '은퇴쇼'를 가졌다. 서슬 퍼런 사정당국의 압력 때문에 10년의 공든 탑이 무너지는 순간이었다. 쇼를 끝내고 밤새 술을 마시면서 통곡했다. 당시 소문에 의하면 박정희 대통령의 아들 박지만이 대마초에 손을 대다가 아버지에게 발각됐다는 것이었다. 이 때문에 박 대통령이 대마초 사범을 엄중 단속하라는 지시를 내렸으며 그 불똥이 가요계에 휘몰아친 것이다. 결국 조용필은 김추자·김세환·윤형주 등의 가수와 함께 대마초 가수로 몰려 활동을 중단했다. 뿐만 아니라 출국금지 조치까지 당했다.

"정말 그때는 죽고 싶었어요. 어떻게 얻은 기회인데 하루아침에 다 날려버렸으니……. 부산 앞바다에 서서 일본으로 밀항을 할 수 있는 방법이 없을까 고민하기도 했어요."

그러나 그의 삶에 있어서 위기 다음엔 언제나 기회가 왔다. 어쩌면 참혹했던 암흑기가 조용필을 다시 태어나게 했는지도 모른다. 와신상담하던 시절 우연히 TV를 통해 〈한오백년〉의 처연한 가락을 만났고, 이를 계기로 그는 목에 피가 맺히는 고통을 감수하면서 판소리를 익혔다.

그 와중에 속죄하는 기분으로 군 위문공연을 발이 부르트도록 열심히 쫓아다녔다. 덕분에 미성美聲이었던 그의 목소리는 구성진 탁성과 소름 돋는 가

성에 이르기까지 자유자재로 구사할 수 있는 '천의 목소리'로 변신했다. 가수로서 또 한번의 득음 과정을 거친 것이다. 80년대 벽두 한국 가요사를 뒤바꾼 조용필의 화려한 재기야말로 고통의 산물이었던 셈이다.

지금도 해운대 앞바다는 예나 지금이나 변함없이 출렁인다. 멀리 놓다 만 광안대교가 흉물스럽게 걸려 있고. 해수욕장은 예전보다 훨씬 오염됐다는 우려의 목소리가 높다. 〈돌아와요 부산항에〉의 가사를 새긴 노래비를 쑥스럽게 바라보는 조용필은 이제 쉰두 살의 거성E토이 됐다. 그럼에도 조용필은 마음속으로 기도한다. 정말 좋은 노래 한 곡 더 부르게 해달라고.

〈2002년〉

노래하는 킬리만자로의 표범 조용필

지난 주말 가왕 조용필(54)을 만나러 예술의전당 연습실을 찾았다. 첫눈으로 인정하고 싶지 않은 성긴 눈발이 내리는 걸 보면서 문득 〈그 겨울의 찻집〉이 듣고 싶어졌다. 소원은 즉각 이뤄졌다. 다음 달 3일 예술의전당 오페라극장에서 시작하는 콘서트 '지울 수 없는 꿈'의 총 연습실. 조용필이 눈앞에서 바로 그 노래를 불렀다. 요즘 말로 '감동 먹었다'.

왜 그렇게 높은 곳까지 오르려 애쓰는지 묻지를 마라

그래도 물었다.

"어쩌겠어. 노래할 힘이 없을 때까지 노래하는 거지 뭐."

그래서인가. 적어도 수천 번을 불렀을 노래를 연습실에서 또 부른다. 한 소절도 놓치지 않고 열창을 한다.

하여, 연습실에서의 조용필을 보면 기가 질린다. 사운드 하나하나, 무용수들의 세밀한 동작까지 고치고 또 고친다. '뮤지컬 콘서트'를 표방하는 공연의 스토리보드부터 시작하여 무대장치와 조명은 물론 식구들 밥까지 챙긴다.

조용필이 직접 불러 화제가 된 MBC 〈영웅시대〉 주제가 〈빛〉의 작사를 맡은 윤명선을 현장에서 만났다. 그는 "벌써 8번을 뜯어 고쳤는데 오케이 사인이 안 났다"면서 "정확하게 문제점을 집어내는데 안 고칠 수가 없다"고 혀를 내둘렀다. 4년째 조용필 '아저씨' 공연 때마다 듀엣으로 노래해 온 김유정(월곡중 1) 양이 음을 어찌 잡아야 하는지 또박또박 묻는다. 10년째 한솥밥을 먹는 밴드 '위대한 탄생' 식구들도 연습을 실전같이 하는 데 익숙하다.

올해로 6년째. 처음 4회로 시작하여 올해에는 12회로 늘었다.

"연말이 되면 예술의전당 직원들은 표를 사게 해달라는 민원 때문에 도망 다니는 게 일이야. 벌써부터 한 회만 연장해 달라는데 쉽진 않을 거야."

기자가 대꾸했다.

"표가 안 팔려서 울상인 가수들도 많아요!"

누가 사랑을 아름답다 했는가. 차라리 그대의 흰 손으로

연습을 끝내고 어둑해진 거리를 달려 방배동 집으로 자리를 옮겼다. 차 안에서 그는 말했다.

"노래도 골프랑 똑같아. 계속 연습을 해야 돼. 이제 80%는 잡혔어. 가끔 슬라이스도 나고 훅도 나는데 공연날이 되면 스트레이트 샷이 나올 거야."

오후 5시면 일하는 아줌마가 퇴근한다고 했다. 가왕의 집이 이렇게 쓸쓸해서야 어디…… 본인이 직접 술과 안주를 챙겨왔다. 넌지시 재혼해야 하지 않겠느냐고 물었다.

"사람 앞일을 장담할 수는 없지만 결코 그런 일 없을 거야. 결코."

그랬다. 사랑의 빈자리가 너무 컸다. 내년 1월이면 '바람 속으로 걸어간' 아내 안진현 씨의 2주기. 술을 마시면서 지난해 폭우 속에서 치른 35주년 공연 실황을 담은 DVD를 보다가 인간 조용필의 눈물까지 봤다. 아내를 추모하면서 만든 노래 〈진이〉가 흘러나올 때 그의 눈가에 이슬이 맺혔다.

그러다가 이내 "비 때문에 헬기가 공연장 위를 날고 폭죽 수천 발이 터지는 피날레를 연출하지 못했다"며 아쉬워한다. 무대에 대한 저 끝없는 욕심이 '조용필표 콘서트'에 중독된 환자들(?)을 만들었을 것이다. 올해 공연 때도 일본에서 500여 명의 아줌마 환자들이 날아온다 했다. '욘사마' 이전에 '조사마'가 있었다.

화려한 도시를 그리며 찾아왔네. 그곳은 춥고도 험한 곳

도시를 떠나 전원에서 편안하게 사는 걸 고려해 보지 않았느냐고 물었다.

"에이, 아직은 아니지. 걷기 힘들 때가 되면 몰라도."

그는 벌써 40주년 기념공연의 무대를 머릿속에 그리고 있었다. 또 사람들로부터 받은 과분한 사랑을 돌려줄 수 있는 방법도 찾고 있었다.

"나는 2년 뒤의 조용필, 5년 뒤의 조용필을 머릿속에 그려보곤 해. 욕심인지 모르지만 한 20년은 뭔가 더 할 수 있을 거야."

아내 2주기를 치른 뒤에 그는 뉴욕으로 날아갈 생각이다. 틈날 때마다 자신의 스태프를 전부 데리고 뉴욕으로 가는 이유는 뮤지컬을 향한 짝사랑 때문이다. 매일 수십 명의 스태프들에게 뮤지컬을 보게 하고 늦은 밤에 호텔방에 모여 토론을 벌인다. 뉴욕의 지하철을 타고 밤늦도록 브로드웨이 극장가를 누비기를 수년째. 그 경비만 해도 수억 원은 족히 넘을 거라면서 '웰 메이드' 조용필표 뮤지컬을 연출하는 것이 이 도시에서 그가 마지막으로 해야 할 과

제라고 했다.

올해 그는 총 35회의 공연을 가졌다.

"공연이 끝난 다음 날부터 안절부절못해. 저녁 무렵이면 '지금쯤 대기실에 앉아 있어야 할 시간인데 내가 왜 여기 있지?' 뭐 그런 생각이 드는 거야. 그런데 아직도 공연을 앞두면 밤잠을 못 이루니 참 이상하지."

참 재미없는 사내다. 회상해 보니 조용필과 만나 노래와 공연 얘기가 아닌 다른 얘기를 나눈 기억이 거의 없다. 여자 얘기도 있고, 돈 버는 얘기도 있고, 썰렁 유머도 있는데 그의 얘기는 오늘도 노래로 시작해서 노래로 끝났다.

산정에 올라가 노래하다가 목이 쉰 '킬리만자로의 표범' 조용필. 그가 다음 달 3일부터 12일까지 예술의전당 오페라극장 무대에서 포효한다.

〈2004년〉

세상 모든 것을 사랑하겠네

조용필의 노래는 중독성이 강하다. 이 나라 사람 누구든 조용필 노래에서 자유롭지 못하다. 어떤 이는 가슴 한편에, 또 어떤 이는 머릿속 어느 갈피엔가 그의 노래를 담고 산다. 저 1980년 벽두, 군부정권의 군홧발에 민주화의 꿈이 짓밟혀 싹조차 보이지 않을 때 나는 조용필을 들었다.

'누가 사랑을 아름답다 했는가. 누가 사랑을 아름답다 했는가. 차라리 그대의 흰 손으로 나를 잠들게 하라…….'

레코드 가게에서 흘러나오던 〈창밖의 여자〉를 처음 듣는 순간 그 자리에 얼어붙고 말았다. 분명 사랑노래일 뿐이었다. 그런데 그 어떤 노래보다도 절절했다. 자유의지가 좌절된 당대 젊은이의 쓰라린 마음을 대변하기에 부족함이 없었다. 가슴을 후벼파고, 머리를 뒤흔들었다. 당장 거금을 털어 그의 음반을 사고야 말았고, 한 시절 그의 노래로 헛헛한 마음을 달랬다.

그 중독성은 오늘까지 계속되고 있다. 담배처럼 끊기 힘들고, 굳이 끊을 필요조차 없는 '행복한 중독'. 오프라인 시대가 가고 온라인 시대가 활짝 열린 지금도 그 중독성은 도처에서 확인된다. 비바람 몰아치는 야외 공연장에 4만여 명의 관객이 몰려와 한 명도 자리를 뜨지 않고 열광한다. 겨울의 초입에 〈그 겨울의 찻집〉이 젊은 스타들의 신곡과 더불어 컬러링 차트의 상위 그룹에 당당하게 올라 있다. 남녀노소 할 것 없이 그의 노래 한 곡쯤 18번으로 갖고 있기에 노래방마다 조용필은 차고 넘친다. 젊은 세대는 또래 가수들이 리메이크한 조용필의 노래를 들으면서 새로운 중독 대열에 합류한다. 그래서 조용필은 가왕歌王이고, 국민가수다.

그의 고향 경기 화성시가 추진한 생가복원 논란이 불거진 지난주 초 예술의전당 연습실에서 그를 만났다. 화성시가 조용필의 집터와 그 일대를 매입, '조용필 생가 관광자원화 사업'을 2007년까지 추진하겠다고 밝혀 일부에서 반발이 생긴 날이었다.

"그게 아마 '생가복원'이라는 말 때문에 반발이 있지 않을까요. 그냥 조용필 고향집을 복원해서 관광자원화한다고 했으면 좋을 것을 말이죠. 사실 저도 제 고향이 늘 '화성 연쇄 살인사건' 등 부정적 이미지로 비쳐지는 게 마뜩찮았거든요. 그래서 그런 걸 하겠다고 했을 때 크게 반대하지 못했어요. 고향이 잘 되게 하자는 일인데요 뭐……."

중학교 2학년 때 떠나온 고향. 누구에게나 고향은 생각만 해도 가슴 저릿한 곳이기에 사람들이 즐겨 찾는 고향이 됐으면 하는 게 그의 바람이었다. 그는 요즘 고향 못지않게 조국 혹은 통일이란 단어에 익숙해 있다. 25일 통일문화연구원(이사장 라종억)이 주는 통일문화대상을 수상한 그에게 지난 8월 평양 공연의 후일담도 들었다.

"분명한 것은 북녘 동포들의 통일염원이라는 게 우리보다 백배, 천배 강하다는 거지요. 저를 '민족가수'라고 부르면서 '정말 잘 오셨다'고 붙들고 우는

데 같은 동포로서 진심이 느껴졌거든요."

공연 초반 돌 같던 표정이 눈 녹듯 풀려 나가는 걸 보면서 조용필은 '우리는 정말 피를 나눈 동포'라는 동질감을 느꼈다고 했다. 그의 노래를 모국어로 느낄 수 있는 또 다른 사람들이 거기 있었다. 또 부르면 언제든지 달려갈 생각이고, 기왕에는 5·1경기장 야외무대서 공연하고 싶은 게 그의 바람이다. 언젠가 조용필의 노래를 남북에서 공유하는 그날을 앞당기고 싶은 욕심에서다. 특히 러시아 영향을 받은 클래식한 북한의 음악과 뛰어난 오케스트라 연주 실력을 접했던 그는 언젠가 그들과 한 무대도 꾸며보고 싶다.

다음 달 4일부터 17일까지 예술의전당 오페라극장 무대에 서는 조용필은 요즘 아침 9시부터 밤 11시까지 예술의전당 연습실에서 산다. 연습실에서 그를 보고 있으면 정말 '징하다'는 생각이 든다. '정글시티'로 이름붙여진 이번 공연에 선보이는 30여 곡의 레퍼토리를 하루도 빼지 않고 두세 번씩 부른다. 수십 년간 수천 번씩 부르고 부른 노래일 터이다.

"모든 편곡을 무대 분위기에 맞춰 다시 했어요. 자꾸 불러야만 공연 당일 100%의 컨디션으로 무대에 설 수 있거든요. 왜 마라토너들도 최고의 몸을 만들기 위해 꾸준히 연습하잖아요. 노래도 이슬비 맞듯 천천히 젖어가야 맛이 깊어지죠."

이번 공연은 '신화'가 골격이다. 고대도시와 미래도시를 오가면서 펼쳐지는 남녀의 지고지순한 사랑을 뮤직드라마로 풀어낸다. 또 공연 후반부는 팬들이 다시 듣고 싶어 했던 노래들로 채워진다. 〈꽃이 되고 싶어라〉, 〈상처〉, 〈들꽃〉 등 조용필의 마이너 발라드 곡들. 그 노래들을 보면서 관객이 꼭 손수건을 준비해야 하겠다는 생각이 들었다.

"이번엔 오프닝이 볼 만할 거예요. 디지털 기술을 동원해서 관객들이 깜짝 놀랄 만한 이벤트를 준비했거든요. 도시라는 게 인간욕망의 집합체인 정글이기도 하지만 그 안에 이 땅을 살다 간 인간들의 꿈과 사랑도 녹아 있죠. 그걸 표현하고 싶었어요."

그의 집에서 아줌마가 차려준 저녁을 먹으며 계속된 인터뷰에서 그는 얼마 전 설립한 '조용필 뮤지컬 컴퍼니'의 운영 구상을 밝혔다.

"뮤지컬 이상의 어떤 것을 만들겠다는 구상이죠. 때로는 영화 같고, 오페라 같고, 드라마 같지만 분명 새로운 장르로 느껴지는 무대가 꿈이에요. 조만간 부지가 마련되면 전용 연습실도 만들 생각이고요."

적어도 10여 년간 '조용필표 뮤지컬'을 꿈꿔온 그의 머릿속에 이제 '뮤지컬 이상의 무엇'이 익어가는 듯했다. 대한민국 국민은 물론 세계인들을 감동시킬 그 무엇인 것이다. 좋은 뮤지컬을 보기 위해 브로드웨이나 라스베이거스에 가지 않아도 되고 오히려 그 공연을 보기 위해 외국인들이 몰려오는 그런 공연을 만들 생각이다.

얘기가 일상으로 옮겨오면서 그는 꿈 이야기를 꺼냈다. 한동안 조용필은 두 가지 꿈에 시달렸다고 했다. 그 하나는 담배에 관한 꿈이고, 또 하나는 세상 떠난 아내 안진현에 관한 꿈이다.

"꿈속에서 내가 담배를 피우는 거예요. 아, 내가 어떻게 끊은 담배인데……. 정말 내가 싫어지는 거 있죠. 그런데 일어나 보면 꿈인 거예요. 집사람도 마찬가지예요. 내가 화장을 해서 떠나보냈는데 꿈속에서 문을 열고 들어와요. 건강 좀 챙기라고 잔소리도 하고, 사람 좋게 웃기도 하고 말이죠."

그가 음악의 정점을 향해 내달리는 이유는 그런 생각들로부터 자유롭기를 원하기 때문이다. 적어도 노래하는 순간만은 모든 것을 잊을 수 있기에…….

"앞으로는 사람들과 좀 더 가까이 부대끼며 살고 싶어요. 고향도 챙기고, 나라도 생각하고, 이웃도 챙기고……. 제가 가서 필요한 자리라면 달려가야죠. 받은 것 이상으로 돌려주면서 말이에요."

그랬다. 가수 조용필은 '산정 높이 올라가 굶어서 얼어 죽는 눈 덮인 킬리만자로의 표범'을 연상케 하는 음악적 정점을 원했다. 그러나 인간 조용필은 '이제 그 해답이 사랑이라면 나는 이 세상 모든 것들을 사랑하겠네'라고 말하고 있었다.

〈2005년〉

환갑이 된 '영원한 오빠' 조용필

40여 년간 가요계의 '영원한 오빠'로 불리는 조용필이 환갑이 됐다. 양력으로 3월 21일이 정확히 그의 환갑날이었다. '가왕'이라는 표현처럼 조용필은 우리 대중문화에 막중한 영향력을 끼쳐온 가수임이 분명하다.

'가왕' 조용필과 노래방에서 폭탄주를 돌리며 노래할 기회를 갖는다는 건 전혀 쉬운 일이 아니다. 영광스럽게도 난 그런 기회가 여러 번 있었다. 내가 형이라고 부르는, 최고의 가수라 여기는 조용필과 주거니 받거니 그의 히트곡도 불러봤다. 때로는 듀엣으로. 순전히 가요담당 기자를 오래 한 덕분이었다. 그 공연을 돈 내고 보려면 얼마나 될까. 늘 수만 명을 앞에 두고 공연하는, 밤무대도 안 다니고, 행사도 안 뛰는 대한민국 최고 가수의 노래를 눈앞에서 듣고 같이 불렀으니……. 가치를 환산해서 관람료를 내라고 하면 내 전 재산을 털어도 모자랄 것이다.

때로는 서울 방배동 조용필의 자택에서 소주를 마시기도 한다. 혼자 사는 남자의 집은 얼마나 쓸쓸한가. 일하는 아주머니도 퇴근한 썰렁한 집에서 저녁에 먹던 김치와 몇몇 반찬을 앞에 두고 소주를 마시는 건 그리 풍요로운 모습은 아니다. 여하튼 몇 년 전 담배를 끊은 그는 줄기차게 소주를 마신다. 예전과 달라진 게 있다면 두주불사하던 주량이 줄어서 소주 한 병이면 취기가 오른다는 정도다.

쓸데없는 얘기를 꺼낸 건 환갑을 맞은 그가 얼마나 노래를 사랑하고, 무대를 사랑하는지 얘기하고 싶어서다. 40년 동안 한 번도 정상에서 내려온 적이 없는 가수가 된다는 건 그냥 오래 노래해서 되는 게 아니라는 얘기를 하고 싶어서다.

몇 년 전 연말 열흘간의 예술의전당 오페라극장 무대를 끝낸 날, 뒤풀이 자리에서 그는 기타까지 둘러메고 열창했다. 〈그 겨울의 찻집〉, 〈꿈〉, 〈마도요〉 등등. 수천 번도 더 불렀을 노래를 부르고 또 불렀다. 하여, 그에게 물었다.

"지겹지도 않으세요?"

"지겨웠다면 내가 이제까지 노래했겠니?"

작년엔가 방배동 그의 집에서였다. 그날도 텅 빈 집에서 술상 봐줄 아주머니도 퇴근한 뒤 식은 김치찌개에 강소주를 마셨다. 화제는 노래, 뮤지컬, 무대, 가수 얘기가 전부였다. 내가 약간 화가 나서 물었다.

"형, 뭐 재미있는 얘기 없어요?"

"나한테 노래 얘기 말고 더 재미있는 얘기가 뭐 있겠니?"

그날 조용필은 말했다. "얼마 전 프랭크 시내트라가 죽기 전에 힘겹게 노래하는 걸 들었는데 슬펐다"고. "나는 노래를 부를 힘이 떨어지면 홀연 대중 앞에서 사라질 거라"고. 그는 또 "롤링 스톤스, U2, 폴 매카트니를 손에 꼽는 팝 아티스트"라면서 "그들의 공연이 사랑받는 이유는 따라 부를 히트곡이 많고 음악이 심플하기 때문"이라고 말했다.

그날 나는 조용필에게서 '산정 높이 올라가 굶어서 얼어 죽는 킬리만자로의 표범'을 봤다. 편안하고 안락한 삶 대신 최고 가수의 길을 택한 자존심을 봤다.

그도 이제 노래 인생 40년이 넘었고, 환갑을 넘긴 나이가 됐다. 1968년 록 그룹 애트킨즈로 데뷔한 그는 1980년 〈창밖의 여자〉, 〈단발머리〉, 〈돌아와요 부산항에〉 등이 수록된 1집을 발표한 이래 〈못 찾겠다 꾀꼬리〉, 〈허공〉, 〈킬리만자로의 표범〉, 〈마도요〉 등 수많은 히트곡으로 국민의 사랑과 후배가수들의 존경을 받았다.

그의 무대를 고대하는 건 기자뿐만이 아닐 것이다. 매년 좀 더 색다른 무대를 꾸미기 위해 밤낮없이 고민하고, 같은 노래를 부르고 또 부르면서 새로움을 발견하는 그의 열정을 기다리는 것이다.

그러나 무엇보다도 '조용필 40년' 영광을 만든 건 팬들이다. 2003년 잠실 주경기장 공연 때 2만여 명의 팬이 폭우 속에서 그의 노래를 꼼짝 않고 끝까지 들으면서 열광했다. 조용필은 아직도 당시의 DVD를 볼 때마다 눈물을 훔친다. 눈물 나도록 고마운 팬들이 그의 40년을 지켜봐 줬기에 오늘, 사랑하는 아내를 하늘나라에 먼저 떠나보낸 외로움을 견디며 노래하고 있다. 그 외로움을 조금이라도 달래주기 위해 조촐한 환갑 축하연을 제의했을 때 그는 한사코 거부했다. "그냥 소주나 하자"가 전부였다.

그렇다면 조용필이 40여 년을 한결같이 롱런할 수 있는 저력은 무엇인가. 그 첫째 이유는 아무 데나 나대지 않았다는 것이다. 조용필을 좋아하는 팬이건 그렇지 않은 사람이건 간에 조용필이 방송 예능프로그램에 얼굴을 내미는 것을 본 적이 없을 것이다. 그런 면에서 조용필은 철저하게 자기관리를 한다.

자신의 콘서트 현장 외에 어떠한 외부활동도 하지 않는다. 정치권에 얼굴을 내민 적도 없고, 하다못해 술집에 앉아서 소주를 마시는 일도 별로 없다. "스타는 스스로 고독하더라도 팬들을 위해 얼굴을 아껴야 한다"는 게 지론이다. 그가 부르는 데마다 얼굴을 내밀고, 아무 프로그램에나 나가서 노래를 했다면 지금의 조용필은 없었을 것이다.

또 하나, 그의 지치지 않는 음악에 대한 열정이다. 그가 콘서트를 위해 연습하는 현장이나 리허설에 가보면 조용필이 얼마나 독종인지 알 수 있다. 그와 수십 년간 호흡을 맞춰온 밴드인 '위대한 탄생'의 멤버들은 평균연령 오십 세다. 그네들은 아직도 연주를 하다 실수를 하면 조용필에게 호되게 야단을 맞는다. 무대의 음향은 물론 조명과 스토리텔링까지 모든 것을 조용필 스스로 조정하고 맞춰 나간다. 어떤 때는 너무 심하다 싶을 정도로 몰두한다. 또 본인 스스로도 자신의 노래가 만족스러울 때까지 부르고 또 부른다. 그러한 완벽주의가 오늘의 조용필이 있게 했다.

마지막으로 타고난 음악성이다. 그의 보이스 칼라는 묘하게도 들을 때마다 새롭다. 수십 년 전의 노래조차도 전혀 낡은 느낌이 들지 않는다. 또 세월이 흘러도 풍성한 감성과 성량에 조금도 변함이 없다. 요즘도 사무실에 나와서 기타 연습을 하고, 노래 연습을 하는가 하면 새로운 곡을 쓰기 위해 몰두한다면 믿을 수 있겠는가. 좋은 공연을 보면서 자신의 무대를 어떻게 꾸며갈 것인지 고민하는 조용필이 상상이 가는가.

그런 노력이 있기에 팬들은 환갑이 넘어서도 막 스무 살 같은 가수 조용필을 만날 수 있다.

아무튼 조용필과 같은 가수와 당대를 함께 호흡하는 건 참 즐겁다. '이른

아침의 그 찻집'이나, '베고니아 화분이 놓인 우체국 계단', '대전발 0시 50분의
플랫폼'에서 그의 노래와 함께할 수 있다는 건 참 행복한 일이다.

올해도 조용필 콘서트에 가서 목청껏 노래해야겠다. 막춤이라도 추면서.

〈2010년〉

가을을 닮은 조용필의 노래

살면서 듣게 될까 언젠가는 바람의 노래를 / 세월 가면 그때는 알게 될까 꽃이 지는 이유를 / 나를 떠난 사람들과 만나게 될 또 다른 사람들 / 스쳐 가는 인연과 그리움은 어느 곳으로 가는가 / 나의 작은 지혜로는 알 수가 없네 / 내가 아는 건 살아가는 방법뿐이야 / 보다 많은 실패와 고뇌의 시간이 / 비켜갈 수 없다는 걸 우린 깨달았네 / 이제 그 해답이 사랑이라면 / 나는 이 세상 모든 것들을 사랑하겠네.

— 조용필 〈바람의 노래〉 일부

가을은 조용필과 함께 깊어간다. 조용필의 노래는 유독 가을을 닮았다. 그의 노래에서는 낙엽 태우는 냄새가 나고, 단풍나무 숲 사이 작은 오솔길도 보인다. 그의 목소리는 가을산 메아리를 닮았고, 노랫말에서는 시인의 정서가 듬뿍 묻어난다. 격정적이고, 달콤하며, 사색적이다.

나는 가을을 그의 공연과 함께 시작한다. 요즘 주말마다 조용필은 전국의 스타디움에서 단독 공연 '바람의 노래'를 펼치고 있다. 공연장에는 매번 2

만 명 안팎의 관객이 몰린다. 관객층은 주로 이젠 나이를 속일 수 없는 중장년들이다. 조용필은 그 세대가 모두 따라 부를 수 있는 히트곡을 가진 유일한 가수다.

어느 가수의 공연이 이처럼 드라마틱할까. 공연의 하이라이트는 거대한 무빙스테이지가 객석 한가운데로 이동하면서 모든 관객이 노래를 따라 부르는 '노래방 타임'이다. 함께 노래를 부르는 관객들의 얼굴에서 아름답거나 쓰라린 추억들이 피어오른다. 조용히 눈물을 흘리다가 누가 볼까 봐 손수건으로 눈가를 훔치는 관객도 있다. 하여, 그의 노래와 함께하는 가을밤은 마치 오랜 연인을 만나 속삭이는 아름다운 시간이다.

얼마 전 한 출판사 간부가 예쁘게 포장된 노트를 들고 왔다. 그 노트에는 조용필의 1집부터 18집까지 모든 노랫말이 인쇄된 듯 깨알같이 쓰여 있었다. 사춘기 소녀 시절 어려운 가정형편 때문에 학업을 포기한 그에게 조용필의 노래는 유일한 위안이었다고 했다. 그는 주경야독하면서 중·고등학교 검정고시에 합격, 오늘날 유수의 출판사 부사장 자리에 올랐다. 그 노트는 그때 힘이 돼주었던 우상에게 바치는 헌사였다. '당신과 함께 한 시대를 살게 돼서 다행'이라는 팬들의 찬사가 가슴에 와 닿는다.

그러나 그가 수십 년을 '가왕'으로 군림하는 데는 이유가 있다. 〈나는 가수다〉에 출연했을 때 보여준 후배가수들의 한결같은 존경의 언사들은 단순히 선배라는 이유만은 아니었다. 그는 정확하게 후배가수들의 문제점을 기분 나쁘지 않게 짚어낸다. 한 치의 빈틈도 허용하지 않는 그의 프로정신은 혀를 내두를 정도다.

쉰 살 안팎의 멤버들로 구성된 그의 밴드 '위대한 탄생'은 늘 완벽을 추구한다. 자타가 공인하는 한국 최고의 밴드지만 조용필은 그네들의 작은 실수도 용납하지 않는다. 연습, 또 연습한다. 조용필이 도면을 그려가면서 직접 연출하는 무대 또한 늘 새롭고 신선하다. 최고의 무대를 만들기 위해 외국 팝스타들의 공연을 두루 보면서 연구하고, 또 연구한다. 많은 공연 수입들을 무대에 쏟아부어서 별로 남는 게 없는 공연이기도 하다.

하지만 허리 통증에 시달리면서도 매주 무대에 오르는 조용필의 '투혼'을 누가 알까. 한동안 그는 진통제를 맞으면서 무대에 올랐지만 목소리에 영향을 준다는 이유로 그마저도 거부한 채 무대에 선다. 그럼에도 불구하고 그는 단 한 차례도 초대가수를 무대에 세운 적이 없다. 혼자서 두 시간여의 공연을 꼬박 책임진다.

저 남도 끝에서 공연을 하고도 끝내 집으로 돌아오는, 돌아와서도 불면증 때문에 고생한다는 '고독한 거인' 조용필. 나는 그의 완벽주의를 존경하지만 사랑하지는 않는다. 소주만을 고집하는 애주가인 그는 왕년에 비해 주량이 크게 줄었다. 한 치의 빈틈을 보이지 않던 그도 요즘 술에 취하면 외로움을 토로한다.

이젠 그랬으면 좋겠다. 최근 비틀스의 전 멤버 폴 매카트니는 일흔 살의 나이에 18살 연하의 신부를 맞았다.

아직도 미소년 같은 조용필에게 '뜨거운 연애' 상대가 나타났으면 좋겠다. 텅 빈 집에서 소주를 마시면서 음악 얘기밖에 할 줄 모르는 그가 세상 가운데로 나왔으면 좋겠다. 해 질 무렵 거리에 나가 차도 마시고, 배낭을 메고 '대전 발 0시 50분' 기차에도 올랐으면 좋겠다. 남몰래 거액을 기부하고도 시치미를 떼지 말았으면 좋겠다. 그가 '눈 덮인 킬리만자로의 표범'이 아니라 그를 사랑하는 사람들과 '슬픔도 기쁨도 외로움'도 함께하는 조용필이기를……

가을이 절정이다. '그 언젠가 나를 위해 꽃다발을 전해주던 그 소녀'가 그립다. 햇빛에 바래면 역사가 되고, 달빛에 물들면 신화가 된다고 했던가. 우리 모두의 마음속에 자리잡고 있는 조용필은 이미 신화이고 역사이다.

〈2011년〉

낭만광대의
시대

불멸의 코미디언들

"코미디언들은 죽으면 꼭 천당 갈 겁니다.
왜냐하면 살아서 남들을 즐겁게 해주니까요."

■ 라디오 시대의 영웅 장소팔 · 고춘자

어린 시절 TV를 구경하기란 쉽지 않았다. 요즘처럼 넘쳐나는 전자제품의 시대와는 사뭇 달랐기에 유일한 미디어는 라디오였다. 그래서 할아버지의 머리맡에 놓인 일제 트랜지스터라디오는 귀한 보물일 수밖에 없었다. 나중에서야 삼촌이 쌀 몇 가마니를 주고 샀다는 전축이 들어왔지만 한동안 라디오는 함부로 손댈 수 없는 귀한 물건이었다.

할아버지는 정시 뉴스를 방송할 때마다 라디오를 켜서 들으셨다. 약 5분간의 뉴스가 끝나면 라디오를 꺼놓으셨다. 귀한 배터리가 빨리 소모되기에 뉴스만 들으신 거였다.
할아버지가 뉴스 외에 좋아하
시는 프로그램이 있었다면 장소
팔·고춘자 콤비가 나와서 만담
을 하는 프로그램이었다. 하여,
어린 나에게도 장소팔과 고춘자
는 잊을 수 없는 이름이었다.

◆장소팔 · 고춘자의 《민요와 가요만담》 앨범

　대한민국 코미디 역사에서 빼
놓을 수 없는 장소팔·고춘자 콤
비는 라디오 시대의 영웅이었다. 일본의 유명 만담가 오성련에게 직접
만담을 배운 장소팔(본명 장세건)과 성악가 이송락의 밑에서 가수를 꿈꾸
던 고춘자(본명 고임득)는 40년대에 연예계에 데뷔했다. 각각 극단무대와
라디오에서 인기몰이를 하다가 50년대에 군 위문공연에서 만난 뒤 단
짝 콤비로 활약하기 시작했다.

　지금은 두 사람 모두 고인이 됐지만 이들이 라디오에 출연하여 주고
받는 만담은 가히 보물급이었다. 장소팔의 목소리는 쇳소리가 나는 걸
쭉한 목소리였고, 고춘자의 목소리는 카랑카랑한 소프라노 톤이었다.

　장 오래간만입니다.
　고 오랜만에 뵙네요.
　장 정말 오래간만입니다.
　고 네 오랜만이네요.

장 아주 오래간만입니다.

고 네 그렇다니까요. 그런데 왜 그렇게 몇 번씩 인사를 하세요?

장 아 또 언제 볼지 모르니까, 내년 후년 인사까지 다 하는 겁니다.

이렇듯 두 사람이 주고받는 만담은 듣는 이들을 끊임없이 폭소하게 만드는 말의 성찬이었다. 두 사람은 라디오 시대에 걸맞게 잠시도 쉬지 않고 속사포를 쏴대듯이 대화를 이어 나가곤 했다. 1967년 민요와 속사포 만담으로 꾸민 장소팔·고춘자의 〈내 강산 좋을시고〉는 그들을 전국적인 스타로 만들어준 빅 히트 라디오 프로그램이었다.

어린 시절인 70년대 초반, 내가 사는 동네─충청도 벽지였다─의 장터에 장소팔과 고춘자가 나타났다. 약장수들을 따라서 그들이 만담 공연을 왔다는 것이다. 한달음에 장터로 달려간 것은 물론이었다. 그러나 마을 사람들과 어린아이들 사이에서 그들이 진짜 장소팔·고춘자가 아니라 짝퉁 장소팔·고춘자라는 평가가 파다했다. 그도 그럴 것이 장소팔과 고춘자의 실물을 본 사람이 거의 없으니 목소리만 듣고 사실을 확인할 방법은 없었다. 지금도 나훈아의 이미테이션 가수 너훈아가 활약하듯이 그 당시에도 이미테이션 장소팔·고춘자 콤비였을 수도 있었으리라. 그러나 진위여부와 상관없이 라디오에서 나오던 장소팔과 고춘자가 눈앞에서 만담을 주고받는 걸 본 감격은 아직도 잊을 수 없다. 그리고 어린 내 눈과 귀로는 그때 그분들이 장소팔과 고춘자의 목소리와 주고받는 만담이 똑같았던 것으로 기억한다. 내가 맨 처음으로 본 연예인이었으니까.

■ 한국 최초의 래퍼는 코미디언 서영춘

한국의 찰리 채플린으로 불리던 서영춘은 60년대와 70년대 누가 뭐래도 대한민국 최고의 코미디언이었다. '인천 앞바다에 사이다가 둥둥, 곱뿌(컵의 일본어) 없이는 못 마십니다'나 '시골영감 처음 타는 기차놀이라 차표 파는 아가씨와 실랑이 하네. 아 이 세상에 에누리 없는 장사가 어 딨어. 아 깎아달라고 졸라대니 원 이런 변일세' 등 그가 히트시킨 코믹송은 아직도 귓전에 생생하다.

개그맨 최양락을 비롯해 많은 희극인들은 아직도 서영춘을 한국을 대표하는 희극인으로 꼽고 있다. 왜 그의 후배들이 그를 코미디언의 황제라고 부르는 데 주저함이 없을까.

서영춘은 다른 동료 코미디언에 비해 특별히 튀는 외모는 아니다. 다만 너무 마른 몸 때문에 '홀쭉이'라는 별명을 갖고 있을 뿐이었다. 그와 콤비를 이뤘던 코미디언 백금녀는 100킬로그램에 육박하는 거구였기에 '홀쭉이 서영춘, 뚱뚱보 백금녀'로 부르기도 했다.

실제로 서영춘은 무대 밖에서는 단정하고 엄숙하기까지 했다. 서영춘의 집안처럼 온 가족이 연예인인 경우도 드물었다. 4형제 중에서 둘

◆ 서영춘·백금녀·김희자의 《웃음따라 요절복통》 4집

째로, 위의 형 영은은 작곡가였고, 아래 영수와 영환은 코미디언이었다. 거기에 그의 딸(서현선)과 아들(서동균)도 매우 엄하게 자랐는데, 이 둘 역시 코미디언으로 활동했다.

활동 기간만큼이나 서영춘을 따라다니는 별명도 많았다. 동양의 채플린, 나무젓가락, 꽁생원 등을 비롯해 '살살이'라고 불리기도 했다. 또 '가갈갈갈 갈갈이'도 있다. 그가 코미디를 하면서 추임새처럼 썼던 말이 유행어가 됐고, 그의 별명으로 따라 붙은 것이다.

어린 시절 그가 만들어낸 유행어를 따라한 기억이 많다. '요건 몰랐지?'라든가, '배워서 남 주나'는 서영춘의 작품이다. '피가 되고 살이 되는 찌개백반' 역시 그가 만들어낸 유행어로 가난했던 지난 시대의 그림자를 엿볼 수 있다.

지인들의 증언에 의하면 서영춘은 독서광이었다. 평소 많은 책을 읽

◆ 서영춘·백금녀·양석천의 《만담걸작집(서울구경)》

으면서 끊임없이 우리 사회를 연구했고, 독서를 통해 코미디의 소재를 발굴하고 유행어를 만들어냈다. 그래서인지 그를 존경하는 후배 개그맨들 중에는 독서광이 많다. 고영수도 그렇고 전유성도 그렇고, 책을 읽는 개그맨들은 서영춘의 영향을 많이 받았다.

그와 콤비를 이뤘던 백금녀와의 관계 설정도 그가 만들어낸 작품이

다. 두 사람이 무대에 서면 일단 외모는 남녀가 주객이 전도된 형상이다. 외모나 그들이 주고받는 말에서 여성 상위 코미디를 선보인 것이다. 어찌 보면 남존여비의 풍토 속에서 특히 여성 팬들에게 카타르시스를 선사하는 코미디로 승부한 것이다. 이를 위해서 서영춘은 여자 옷을 입고, 백금녀는 남자 옷을 입고 무대에 등장하기도 했다.

그를 세계 최초(?)로 랩을 선보인 코미디언이라고 말하는 데도 어느 정도 설득력이 있다.

"인천 앞 바다에 사이다가 떠도 고뿌 없으면 못 마셔요. 피가 되고 살이 되는 찌개백반. 지기지기잔짠 쿵잔짠. 영변의 약산 진달래 마구마구 밟지 말고 돌아가세요."

마치 지껄이듯이 속사포로 쏘아대는 노래(?)를 통해 그는 사람들을 웃겼다. 또 이 노래 등을 비롯해 백금녀와 주고받는 만담을 엮어 음반을 내기도 했으니 그는 코미디언이자 래퍼였다고 해도 과언이 아니다.

유독 찰리 채플린을 존경했던 그는 무대에서 곧잘 찰리 채플린 흉내를 내기도 했다. 많은 코미디언이 찰리 채플린을 흉내냈지만 서영춘만큼 완벽하게 빙의되어 흉내냈던 코미디언은 없었다. 요즘 개그맨들이 방송을 진행하면서 뉴스를 비틀어 촌철살인하는 풍자를 하는 것도 서영춘이 옛 동양방송 시절에 시도했던 콘셉트였다.

서영춘은 1928년에 태어나 1986년에 세상을 떠났다. 그는 죽기 전에 코미디언으로 살아온 세월에 대해 자부심을 드러내는 말을 자주 했다.

"코미디언들은 죽으면 꼭 천당 갈 겁니다. 왜냐하면 살아서 남들을 즐겁게 해주니까요."

그의 열정과 코미디 사랑이 오늘날 〈개그 콘서트〉 등의 프로그램이 국민의 사랑을 받는 장수 프로그램으로 자리잡을 수 있었다고 확신한다.

■ 비실이 배삼룡, 땅딸이 이기동, 막둥이 구봉서

70년대와 80년대를 휩쓸었던 코미디언 중에 배삼룡을 빼놓을 수 없다. 또 개그프로그램의 인기를 논할 때 배삼룡이 종횡무진 활약하던 일요일 저녁 MBC TV 〈웃으면 복이 와요〉를 거론하지 않을 방법이 없다. '빰빠 빠바바밤, 빠밤빠 빠바밤'으로 시작되는 시그널 뮤직과 함께 〈웃으면 복이 와요〉에 출연하는 코미디언들의 우스운 캐릭터가 흘러가면

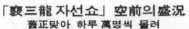

남녀노소 할 것 없이 TV 앞으로 모여들었다. 초등학생들 사이에서는 배삼룡의 '개다리춤'을 추지 못하면 친구들 사이에서 왕따 되기 십상이었다. 오죽했으면 정부가 배삼룡의 '저질 몸개그'가 청소년들의 정서를 해친다면서 제재하기도 했다.

배삼룡의 인기는 1973년 대낮에 펼쳐진 '배삼룡 납치극'만 봐도 알 수 있다. 당시 배삼룡은 MBC 〈웃으면 복이 와요〉에서 큰 인기

◆ 장사진을 이룬 배삼룡 자선쇼, 1976년 2월, 경향신문

를 구가하고 있었다. 그런데 〈웃으면 복이 와요〉를 연출하던 김경태(작고) PD가 TBC로 스카우트되면서 코미디프로그램 〈좋았군 좋았어〉를 만들었다. 그러나 배삼룡과 구봉서·서영춘 등 당대 스타들이 〈웃으면 복이 와요〉에 출연 중이었으니 시청자를 모으기가 쉽지 않았다. 일설에는 당시 TBC 회장이었던 삼성의 이병철 회장이 수단과 방법을 가리지 말고 배삼룡을 잡아오라는 특명을 내렸다 한다. 급기야 MBC는 배삼룡 사수팀을 꾸렸고, 대낮에 배삼룡을 승

◆배삼룡과 구봉서

용차에 태운 상태에서 양 방송사가 보낸 건장한 청년들이 일촉즉발의 충돌 위기까지 가게 되었다. 결국 MBC는 배삼룡 지키기에 성공했다. 실로 배삼룡의 인기가 얼마나 높았는지 짐작케 하는 사건이었다.

여하튼 배삼룡은 '영구' 심형래가 출현하기 전까지 바보 캐릭터의 대명사였다. 물론 '비실비실 배삼룡'은 전 국민이 아는 바보 연기자로 통했지만 배삼룡은 이에 대해 괘념치 않았다. 언젠가 인터뷰 자리에서 "나이가 들어서도 어린 손주뻘 되는 아이들이 손가락질하면서 놀리는데 괜찮으냐?"고 묻자 배삼룡은 껄껄 웃으면서 "바로 그것 때문에 내가 한평생 인기를 얻으면서 밥벌이를 해왔는데 기분 나쁠 리가 있겠냐?"고 반

문했다.

그의 코미디가 슬랩스틱코미디로 몸개그만 앞세운다는 비판이 일었을 때도 "내가 사람들을 웃길 수 있는 유일한 무기"라면서 웃어넘겼다.

배삼룡은 이러한 인기를 바탕으로 많은 CF에도 출연했다. '산에 가야 범을 잡고 먹어봐야 맛을 알지, 시락면' 같은 라면 선전부터, '유니버설 전자밥통, 유니버설 보온도시락'의 모델로 출연하기도 했다. 한때는 대한민국 최고의 CF출연료를 받는 연예인 순위에 오르기도 했으니 그의 인기를 짐작할 수 있다.

한때 배삼룡은 직접 사업가로 나서서 '삼룡사와'라는 요구르트 사업에 뛰어들었다. 그러나 평생 코미디언으로 살아온 그에게 사업은 잘 할 수 있는 분야가 아니었다. 그가 사업가로 성공했다면 더 이상 바보 연기를 볼 수 없었을지도 모르니 불행 중 다행인 셈이었다.

80년대에 접어들며 배삼룡은 서서히 내리막길을 걷기 시작했다. 치명타가 된 것은 신군부의 연예계 정화사업이었다. 특히 신군부에 의해 저질 연예인으로 지목된 배삼룡은 방송 정지를 비롯해 연예계에서 퇴출당하는 수모를 겪었다. 배삼룡은 말년에 경기도 퇴촌에서 그의 취미인 꽃 가꾸기를 하며 보내다가 2010년 별세했다.

배삼룡과 동시대의 코미디언으로 '땅딸이' 이기동도 빼놓을 수 없다. 그가 비교적 일찍 세상을 떠났기에 요즘 세대들에겐 낯선 코미디언일 수 있으나 70년대 그의 활약은 눈부셨다.

1987년, 투병 끝에 53세의 나이로 세상을 떠난 이기동은 작은 키를 앞세운 코미디를 선보였다. MBC 〈웃으면 복이 와요〉를 비롯해 각종 프로그램을 진행했던 이기동은 작은 키와 통통한 몸매, 눈동자를 재빠르게 굴리는 몸개그로 사랑받았다. '아! 괴롭고 싶구나'는 그의 대표적인 유행어였다. 그는 코미디언 권귀옥이나 배삼룡과 콤비를 이뤄 코미디프로그램에 자주 등장했다.

◆이기동의 《너의 생각 우리들의 진실》

다른 코미디언들이 대부분 유랑극단 출신이었지만 이기동은 육군장교로 제대한 뒤 코미디계에 입문한 특이한 이력을 갖고 있다.

그가 코미디언으로서 내리막길을 걷게 된 것은 1980년 신군부가 방송출연금지자 명단에 그를 포함시키면서 시작됐다. 이기동은 '기동산업'을 설립하여 회장직을 맡은 뒤 '땅딸이요구르트'와 '땅딸이사와'를 출시한다고 광고한 뒤 대리점을 모집했다. 그러나 제품이 출시되지 못

◆구봉서(오른쪽)와 곽규석(왼쪽)

해서 사기혐의로 고소를 당하는 등 고초를 겪었다. 이후 밤무대 생활을 하다 건강을 해쳐 짧은 나이에 세상과 작별했다.

'막둥이' 구봉서 역시 그 시절을 대표하는 코미디언이다. 1958년 영화

〈오부자〉에 막내로 등장해 '막둥이'란 별칭을 얻은 그는 몸개그에는 약했지만 영화와 방송 진행, 코미디를 넘나들면서 만능 연예인으로 활약했다.

〈오부자〉는 무명이었던 그를 일약 스타의 반열에 올려놓았다. 이후 400여 편의 영화에 출연했으니 영화배우로서의 이력도 만만치 않다. 또 후라이보이 곽규석(작고)과 콤비를 이뤄 명사회자, 명진행자로 이름을 날리기도 했다. 특히 곽규석과는 라면 CF에서 '형님 먼저, 아우 먼저'를 외치면서 CF모델 콤비로는 보기 드물게 롱런했다.

코미디는 주로 배삼룡과 짝을 이뤄 서로 위트 있는 농담을 주고받는 스탠딩개그를 선보였다. 말년에 기독교에 귀의하여 선교활동에 힘쓰고 있으며, 한때 뇌출혈로 수술을 받는 등 위기를 맞기도 했다.

못생겨서 죄송했던 이주일

'한 인간의 삶이 어쩌면 이렇게 극적일 수 있을까'라는
생각이 들 정도로 이주일의 삶은 버라이어티했다.

1992년 초 인터뷰를 위해 이주일을 만났다. 인생의 우여곡절로 쉽지 않
은 하루하루를 보내던 시기였다.

 - 국회의원에 출마만 하면 무조건 된다고 하는데 왜 마다하는가?

"정치인이 되면 적이 생긴다. 내가 국회의원이 되는 순간 4천만 명이
좋아하는 이주일은 그 순간 사라지는 게 아닌가."

 - 짧은 시간 동안 (아들을 잃었고) 인생의 많은 우여곡절이 있었다. 앞으
로 어떻게 살 것인가?

"아들의 죽음을 기리는 장학재단을 만들 생각이다. 또 어려웠던 시절
을 함께한 아내의 건강을 회복시키기 위해 최선을 다할 생각이다."

 - 살아온 날들에 대한 후회는 없는가?

"없다. 다시 태어나도 코미디언으로 살고 싶다."

당시 이주일은 불과 수개월 전에 교통사고로 외아들을 잃었다. 그런
데 그는 아들을 가슴에 묻고 불과 3일 만에 한 방송사의 개국 특집쇼
무대에 올라 화려한 입담으로 관객들을 웃겼다. 객석에서는 기립박수
가 터져 나왔고, 이주일은 끝내 눈물을 터트렸다.

그러나 이주일은 그해 경기 구리시에서 통일국민당(현대그룹 정주영 회장
이 이끌던 당)의 공천을 받아 출마했다. 평소 친분관계를 쌓아온 정주영

회장의 간곡한 청을 뿌리치지 못한 것이다. '얼굴이 아니고 마음입니다' 라는 선거포스터가 말해주듯 그는 코미디언으로 쌓은 이주일의 명성에 기대서 14대 국회의원 정주일이 되는 데 성공했다.

코미디언 이주일을 기자가 처음 만난 건 1987년경이었다. 혜성같이 나타나 방송 3사를 휩쓸면서 특유의 몸개그로 온 국민을 쥐었다 놨다 하던 시절, 그때는 누가 뭐래도 이주일이 대세였다. 그의 일거수일투족이 보도가 됐고, 신문은 물론 방송과 잡지에서도 그를 인터뷰하거나 출연시키기 위해 혈안이 됐던 시절이었다.

아이러니하게도 기자가 그를 처음 만난 건 반라의 러시아 미녀들 사이에서였다. 가수 조영남을 취재하기 위해, 지금은 사라진 충무로 입구 홀리데이인서울 지하에 있던 극장식 나이트클럽에 갔을 때였다. 80년대 후반 88올림픽을 전후해서 대한민국의 밤은 그야말로 화려했다. 노태우 정권이 주택 200만 호 건설을 선언하면서 분당과 일산에 아파트를 짓기 시작했으며, 대한민국의 밤은 관광객 유치를 위해 모든 제재를 푸는 바람에 한마디로 불야성이었다.

그중에서도 퇴계로2가에 있던 퍼시픽호텔 지하의 극장식 나이트클럽 홀리데이인서울은 초저녁부터 자리가 없을 정도로 잘 되던 야간업소였다. 그도 그럴 것이 이주일을 비롯해 조영남·인순이 등 기라성 같은 가수와 코미디언들이 번갈아 출연했고, 거기에 당시로서는 보기 드문 러시아 미녀들이 반라의 섹시한 차림으로 화려한 안무를 선보였으니 더 설명해 무엇하랴.

당시 조영남은 윤여정과의 이혼으로 생활고(?)를 해결하기 위해 밤무대에 섰다. 그 당시 밤무대 출연료의 선금으로 흑석동에 아파트를 마련할 정도였으니, 이주일은 물론 조영남도 거액을 받았던 것이다.

나는 조영남과 약속한 터여서 종업원의 안내를 받아 나이트클럽 대기실로 들어섰다. 마침 조영남은 무대 위에서 노래를 하고 있었고, 그곳에 이주일이 떡하니 앉아 있었다. 조영남을 만나러 왔다고 하면서 자연스럽게 수인사를 하고 있던 찰나, 혈기왕성한 총각이었던 나로서는 감당하기 힘든 장면과 맞닥뜨렸다. 10여 명의 러시아 미녀들, 게다가 끈팬티 하나에 의존하여 중요 부위만 간신히 가린 미녀들이 무대에서 내려와 좁은 대기실로 들이닥쳤던 것이다. 숨이 턱 막혔다. 백옥같이 흰 피부에 크지도 작지도 않은 가슴을 가진, 게다가 엉덩이는 한결같이 하늘을 향해 올라붙은 미녀들을 한꺼번에 보니 정신이 혼미했다. 러시아 무희들은 대기실에 남자가 있다는 사실을 모르는 사람들처럼 아무렇지도 않게 가슴을 앞세우고 이리저리 왔다갔다했다. 그녀들의 덜 익은 오디같이 빨간 유두가 내 코끝을 스치기도 하고, 그 큰 엉덩이를 흔들면서 내 앞을 스쳐 지나가기도 했다.

금세 졸도할 것 같았다. 이주일은 정신 못 차리고 서 있는 내가 무척 우스웠던지 농을 걸어왔다.

"오 기자, 이 친구들이 가슴 좀 만져달라는데? 시원하게 한번 주물러주라구."

"아, 예, 예……."

"흐흐. 아, 오 기자는 벗은 여자들을 첨 보는가 봐? 얼굴이 완전히 홍당무야. 뭔가 한번 보여주라구."

여하튼 그날 무대에서 내려온 조영남과 대기실을 벗어나기까지 나는 정신이 혼미해져서 다리가 휘청거릴 정도였다.

그 시절이야말로 이주일의 전성기였다. 충무로 일대의 초원의집, 홀리데이인서울 등 야간업소에서 이주일을 출연시키기 위해 사과박스에 현금을 담아 선금을 주던 시절이었다. 나중에는 그가 직접 나이트클럽을 여러 개 운영할 정도로 돈을 많이 벌었다.

강원도 출신인 이주일은 어린 시절 어업조합에서 일하시던 아버지 덕분에 비교적 유복한 편이었다. 또 시골 초등학교에서 성적이 상위권을 유지할 정도로 공부도 잘했다. 그러나 한국전쟁이 발발하면서 그 당시 모든 사람들이 그랬듯이 가정형편이 어려워졌다. 결국 전쟁 와중에 이주일의 아버지는 좌익들에게 잡혀서 지독한 테러를 당한 끝에 몸져누웠고, 어머니가 온갖 허드렛일을 하면서 이주일을 키웠다.

어찌 보면 이주일이 코미디언으로서의 안정된 길을 포기하고 국회의원 정주일이 되겠다고 결심한 배경에는 어린 시절 받았던 깊은 상처도 한몫했다.

이주일이 정치인이 되는 과정이야말로 한국 현대정치사의 한 장면이 고스란히 담겨 있다. 우선 이주일의 정계 진출을 이야기하기에 앞서 정주영 현대 회장과의 인연부터 알아보자.

기록에 의하면 이주일이 처음 정주영 회장과 만난 것은 1983년경이었다. 1979년 코미디프로그램에 출연하면서 딱 2주일 만에 스타로 떠서 예명마저도 '이주일'로 지었던 이주일이 한창 잘나가던 시절이었다. 그해, 이주일과 막역한 사이였던 박종환 청소년 축구대표팀 감독이 세계

청소년축구대회 4강의 기적을 이루고 금의환향했다. 이주일은 당시 대한체육회장이었던 정주영 회장이 베푸는 환영만찬에 참석했다가 정 회장과 조우했다. 박 감독과 이주일이 정주영 회장과 동향이었기에 세 사람은 의기투합했고, 이후에도 정 회장은 각종 대소사에 자주 이주일을 찾았다.

1992년 정주영 회장은 자신의 인생을 송두리째 바꾸는 결정을 내렸다. 그해 1월 신당 창당 발기인대회를 갖고, 통일국민당을 출범시킨 뒤 대선 도전을 선언한 것이다. 정주영 회장은 외아들 창원을 잃고 가슴 아파하는 이주일에게 인생을 바꿔보라면서 국회의원 출마를 권유했다. 그때까지만 해도 이주일은 정치를 하겠다는 의지가 없었다. 발기인대회에 다녀왔을 때만 해도 이런 농담으로 사람들을 웃겼다.

"발기인대회라고 해서 발기가 되는 사람들만 모여 뭔가 좋은 일을 도모하는 줄 알았어요. 그런데 가보니 죄 발기가 안 되는 사람들만 모였더군요. 정주영 회장, 김동길 박사 그리고 저쪽에 보니 강부자 씨까지 발기가 안 되는 사람들뿐이더라구요."

그러나 발기인대회에 이주일이 모습을 보이자 언론들은 일제히 이주일의 정계 진출을 기정사실화했다. 그때부터 집권당인 신한국당의 집요한 외압이 시작됐다.

이주일의 생전 고백에 의하면, 그는 정주영 회장의 집요한 권유에도 불구하고 코미디언의 인생을 접고 국회의원에 출마하겠다는 생각을 하는 데까지 많은 시간이 걸렸다. 그러나 발기인대회를 계기로 이주일의 정계 진출을 막기 위해 집권당에서는 온갖 회유와 협박에 나섰다. 당시

李朱一씨 "외압은 없었다"

어제 歸國 "出馬않고 측면지원만…"

◆ 이주일 인터뷰 기사, 1992년 2월, 경향신문

그가 살던 압구정동 한양아파트 앞에는 건달들이 상주했고, 기관원으로 보이는 청년들이 그를 미행하기 시작했다. 또 당시 그가 운영하던 캐피탈호텔 나이트클럽, 남산 홀리데이인서울 나이트클럽, 천호동 목산호텔 나이트클럽, 압구정동 화이트캐슬 햄버거 등 4개 업소에 대한 위생검열과 세무조사 등이 시작됐다. 경찰들은 이들 업소 코앞에서 매일 음주단속을 벌였다. 올림픽공원 내 역도경기장에서 펼쳐진 자선공연에는 괴청년들이 난입하여 계란 수십 개를 던지는 사건도 벌어졌다. 문화공보부도 이주일에게 정치권에 나가면 방송에 발을 못 붙이게 하겠다고 협박했다.

이주일은 자의 반 타의 반으로 가족들과 함께 홍콩으로 떠났다. 그곳에서도 집권당에서 보낸 청년들이 그를 보호한다는 명분하에 집요하게 따라붙었다. 이주일은 외압에 못 이겨 홍콩으로 떠나왔지만 정주영 회장에 대한 미안한 마음과 집권당의 협박에 대한 반감이 생겼다. 정 회장이 이끄는 통일국민당 역시 이주일의 영입이 당의 생사와 연결되는 중요한 화두로 떠올랐다.

정주영 회장은 마치 007작전을 하듯이 이주일과 친분이 있는 방송인 봉두완을 홍콩으로 보냈다. 봉두완은 이주일을 설득했고, 이주일은 기관원들을 따돌리고 서울로 돌아왔다.

그가 서울로 돌아오는 날, 공항에서는 한국 정치사에서 유례를 찾아보기 힘든 해프닝이 벌어졌다. 통일국민당 정주영 대표 등을 비롯한 당직자와 500여 명의 지지자들이 그를 환영하러 나왔다. 그러나 집권당이 보낸 100여 명의 깡패와 유도선수들이 난입하여 치열한 몸싸움이 시작됐다. 결국 이주일은 이들에 의해 납치되다시피 모처로 끌려갔다. 이주일은 곧바로 그날 저녁 SBS 뉴스쇼에 출연했다. 그는 방송에 나와 그동안 외압 같은 건 없었고, 출마도 안하겠다고 밝혔다.

이주일은 이 혼돈스러운 상황을 피해 아무도 모르게 제주도로 내려갔다. 제주도로 내려간 다음 날 건장한 청년들이 그를 찾아왔다. 이번에는 정보기관 사람들이 아닌 정주영 대표가 보낸 사람들이었다. 그 청년들에 의해 이주일이 안내된 곳은 서울 종로구 청운동 정주영 대표 자택이었다. 정 대표가 전국을 이 잡듯이 뒤져서 제주도에 내려가 있는 그를 찾아냈고, 그런 정 대표의 집념 덕분(?)에 그는 다시 출마를 결심했다.

이주일, 아니 정주일은 경기도 구리에 출마하기로 했다. 그곳에는 이미 현역 의원인 전용원 민자당 후보, 조정무 민주당 후보가 출마하기로 돼 있었다. 결과적으로 정주일은 단 16일간의 선거운동 끝에 극적으로 여의도에 입성하는 첫 코미디언 출신 국회의원이 됐다.

◆1992년 국회의원 출마 포스터

정주영 회장 역시 1992년 통일국민당을 이끌고 대선에 출마했다. 반값아파트 공약을 내걸었지만 결국 참패했다. 득표수는 전체 유권자의 16.3%에 불과한 388만 67표였다. 김영삼 민자당 대표가 997만 7332표(42.0%)로 대통령에 당선됐고, 김대중 민주당 대표는 804만 1284표(33.8%)를 얻었다. 적어도 30%는 차지할 것으로 예상했던 정주영 대표는 승승장구하던 인생에서 큰 고배를 마시고 말았다.

정주일 의원 역시 그가 발을 들여놓은 정치권에 대한 환멸과 회한이 많았다. 그에게 정계 진출은 시련의 연속이었다. 권위주의에 물든 당시 정치풍토에서 그는 여전히 희극배우였을 뿐 한 사람의 정치인으로 대접받지 못했다. 나름대로 의정활동에 매진했지만 지역 주민들은 여전히 그에게 상가나 돌잔치 등에 한 번이라도 더 모습을 나타내주기를 기대했다.

결국 정주일 의원은 1996년 "(정치권에 와서) 코미디 공부 많이 하고 간다"는 명언을 남기며 SBS의 심야토크쇼 〈이주일 투나잇쇼〉로 연예계에 복귀했다. 정주일 의원으로 살아온 세월을 다시 뒤로 하고 코미디언 이주일로 복귀한 것이다. 방송은 이주일이 4년간의 정치 경험을 바탕으로

풀어내는 정치, 재계, 사회문화에
대한 그의 신랄한 풍자와 해학으
로 인기를 끌었으나 예전 같지는
않았다. 100회 특집을 끝으로 방
송계를 떠났다.

◆ 이주일 인생의 전환점이 되었던 이리역 폭발사고 기사,
1977년 11월. 경향신문

■ 못생겨서 죄송합니다

'한 인간의 삶이 어쩌면 이렇게
극적일 수 있을까'라는 생각이 들
정도로 이주일의 삶은 버라이어티
했다. 춘천고등학교 시절 그의 절
친인 박종환 감독 등과 함께 축구선수로 활약했던 그는 경희대 체육특
기생으로 선발됐으나 등록금을 도박으로 날리고 진학을 포기한다.

이후 그의 삶은 어디를 가나 퇴짜 맞는 인생이었다. 군대로 발길을
돌린 그는 삼고초려 끝에 군예대에 들어가 쇼MC로 입문한다. 제대 이
후에 쇼단에 들어갔으나 그는 늘 퇴짜인생이었고, 남들이 펑크낸 스케
줄을 소화하는 소위 스페어 MC였다. 그러는 동안 그의 아내 제화자는
월세 300원짜리 상계동 판잣집에서 날품팔이를 하면서 아이들을 키워
야 했다. 그렇게 살았던 세월이 20년이었으니 이주일 일가의 삶이 어떠
했는지 충분히 짐작이 간다.

"못생겨서 죄송합니다."

나이 40에 그 사무치는 콤플렉스를 화려한 장점으로 바꾸면서 인생

◆전성기 시절 이주일은 방송 3사는 물론 음반, 영화 등 다양한 활동을 했다.

의 전환점을 맞는다. 1977년 이리역 폭발사고 때 가수 하춘화를 등에 업고 불구덩이 속을 헤치고 나온 것이 전환점의 계기가 됐다. 그 당시 하춘화의 매니저였던 삼호프로모션 대표 최봉호가 그의 의리와 재능을 눈여겨본 것이다. 최씨의 노력으로 이주일은 MBC TV 코미디프로에 꼭 한 번 스쳐 가는 얼굴로 출연한 적이 있다. 인기 코미디언들의 틈에서 대사 한마디 없는 연기였는데, 그것도 담당 연출자가 바뀌면서 더 이상 출연할 기회가 사라졌다.

다시 줄이 닿은 곳이 TBC TV(현 KBS) 〈야, 토요일이다 전원출발〉이라는 신설 프로그램이었다. 이 프로에서도 무명의 늙은 신인 이주일은 얻어맞고 지나가는 엑스트라 정도의 역할이라도 하고 싶었지만 기회가 주어지지 않았다.

드디어 기회가 생겼다. 1980년 2월, 이주일은 여전히 녹화현장에서 장시간 대기해야 하는 단역이었다. 그때 사회를 보던 후라이보이 곽규석이 "너는 뭐 하러 왔느냐?"면서 말을 걸어왔다. 바로 이때 이주일은 겸연쩍게 뒤뚱거리는 특유의 제스처로 "나도 뭔가를 보여주고 싶다"면서 신세타령을 했다. 대기실에 있던 사람들이 그 우스꽝스러운 모습을 보고 일제히 웃음을 터뜨렸다. 이 프로그램의 PD였던 김경태는 그런 이주일을 보고 단역으로 기용했다.

한창 잘나가던 가수 윤수일이 타잔놀이를 하는 장면에서 대사 한마

◆ 이주일의 영화(위)와 앨범(아래)

디 없이 서 있는 엑스트라였다. 처음 TV에 나가게 된 이주일은 감독의 '큐' 사인을 잘못 알아들었다. 이주일은 그쪽으로 오라는 소리인 줄 알고 가다가 윤수일과 부딪혀 연못에 빠지는 바람에 NG를 낸다. 그런데 이주일이 물속에 빠졌다가 당황하면서 얼굴을 내미는 모습이 너무 우스워 편집을 하지 않고 그대로 전파를 탔다. 거무튀튀한 얼굴에 숭숭 빠진 머리, 뱁새눈에 울상을 한 그의 얼굴이 TV에 등장한 순간 아이러니하게 이주일의 시대가 막이 오른 것이다.

'못생겨서 죄송합니다', '뭔가 보여드리겠습니다', '일단 한번 와보시라니깐요', '따지냐?', '콩나물 꽉꽉 묻혔냐?' 등 이후 이주일이 한마디 하면 전 국민의 유행어가 됐다. 또 그룹 CCR의 〈수지큐〉 음악에 맞춰 추던 특유의 오리춤은 선풍적인 인기를 끌었다. 그 당시 이주일의 오리궁둥이춤은 요즘의 싸이가 선보인 말춤보다 더 큰 인기를 얻었다. 지금도 기억나는 기사 중에 '선생님한테 혼나기 위해 불려 나가는 초등학생들조차 오리궁둥이춤을 춰서 교권이 땅에 떨어졌다'는 기사가 있었다. 그 기사는 이주일의 저질 코미디를 문제삼으면서 사회문제로 번지고 있다고 지적했다.

그런 여파로 1980년 전두환 군부정권 시절에 코미디언 배삼룡, 가수 나훈아, 탤런트 허진 등과 함께 '저질 연예인'으로 낙인찍혀 하루아침에 방송사에서 쫓겨나기도 했다. 그러나 어떤 군사독재도 그의 인기를 막을 수는 없었다.

그는 2001년 11월 갑자기 폐암 진단을 받고 금연 명예교사, 범국민금연운동추진위원회 공동대표 등 금연운동에 매진하다 이듬해 8월 27일국립암센터에서 숨을 거뒀다. 그는 죽는 순간까지 전 국민을 향해 금연을 호소하면서 그의 육신을 사랑하는 국민과 팬들에게 바치고 떠났다. 그는 국회의원 정주일로 살기도 했지만 평생 한국의 찰리 채플린을 표방한 코미디언의 대명사였다.

흑백TV 시대

70년대 신산했던 삶을 살아야 했던 대다수의 시청자들은
〈여로〉를 보면서 마치 자기 일처럼 혀를 차고 눈물을 훔쳤다.

금성TV를 기억하는가. 1966년 이 땅에 첫선을 보인 요술상자의 이름이
다. 지금의 LG그룹이 만든 흑백TV는 고단한 시대를 살던 이들에게 마
법이나 다름없었다. 당시 LG그룹의 이름은 럭키금성이었다. 그 시절 금
성TV(훗날 골드스타)라는 브랜드로 내놓은 TV가 안방을 차지하고 있다
는 건 그 자체로도 부의 상징이었다.

그러나 1970년 TV 보급 대수가 30여만 대뿐이었으니 도시에는 제법
TV가 보급됐으나 시골에 가면 한 동네에 한두 대의 TV가 고작이었다.
시골에서 집에 TV가 있다는 건 곧 권력이었다.

내가 처음으로 TV를 보게 된 건 1969년, 초등학교 3학년 때였다. 그
해 최고의 사건은 7월 21일 미국의 유인우주선 아폴로 11호의 달 착륙
이었다. 요즘 달 착륙을 둘러싸고 음모론이 횡행하고 있지만, 여하튼 인
류 최초의 우주인으로 기록된 루이 암스트롱이 달에 첫발을 내딛는 순
간이 전 세계 TV를 통해 중계됐다.

그해 여름 전국의 초등학교에 흑백TV가 한 대씩 배달됐다. 당시 박
정희 대통령은 인류 최초의 달 착륙 장면을 자라나는 어린이들이 봐야
과학 강국을 만들 수 있다면서 전국의 학교에 TV를 보급하라고 지시
한 것이다. 그 덕분에 그해 여름 까까머리 소년들은 학교 운동장에 모여

서 계수나무와 옥토끼가 있다는 달에 인간이 발을 내딛는 감격적인 순간을 지켜볼 수 있었다.

이를 계기로 시골 마을에도 한 두 대씩 TV가 생겼다. 그러나 TV가 충분하지 않았기에 어른이건 아이건 TV를 보기 위해 이웃집으로 마실을 갔다. TV가 있는 집의 아이는 평소 친한 친구만 '입장'시켰다. 여름날 저녁 시골 마을의 안마당에 TV를 내놓고 온 동네 사람들이 둘러앉아 TV를 보는 건 그리 낯선 풍경이 아니었다. 코흘리개 아이들은 프로레슬링 시합이 있는 날이면 동네 만홧가게에서 돈을 내고 봐야만 했다.

◆많은 사랑을 받았던 〈타잔〉(위)과 〈형사 콜롬보〉(아래)

타잔과 형사 콜롬보를 기억하는 독자라면 필시 머리에 서리가 내렸거나 뒷머리가 훤할 것이다. 텔레비전을 송출하던 방송사가 단 세 곳(KBS, MBC, TBC)뿐이었다. 그나마 TBC는 난시청 지역이 많아서 못 보는 곳이 많았다. 70년대 TV 프로그램 제작환경은 스튜디오 세트에서 이뤄지는 드라마가 고작이었다. 이 때문에 흑백TV 시대 콘텐츠는 외화 시리즈가 주를 이뤘다.

■ 밀림의 왕자 타잔과 어눌한 형사 콜롬보

MBC가 1974년 방영을 시작한 〈타잔〉은 흑백TV 세대들에겐 잊을 수 없는 시리즈다. 팬티 한 장만 걸친 타잔이 줄 하나로 밀림을 누비면서 "아아아아!" 하고 외치면 코끼리 떼들이 모여들었다. 타잔과 코끼리들이 함께 악당을 물리치면 숨죽이며 TV를 보던 아이들이 박수를 쳤다. 늘 타잔 곁을 따르는 침팬지 치타와 아름다운 여자친구 제인도 잊을 수 없다.

〈타잔〉은 1914년 E. R. 버로스의 소설 《유인원 타잔》을 원작으로 한 외화 시리즈였다. 아프리카에서 비행기 추락사고로 버려진 아기를 침팬지가 길러서 민첩함과 영민함으로 밀림을 지배한다는 내용이다. 무성영화 시절부터 80년대까지 총 18명이 타잔 역을 맡으면서 명성을 이어온 것만 봐도 타잔의 인기를 실감할 수 있다. 국내 방영됐던 〈타잔〉은 미국 MGM사가 제작한 올림픽 수영 금메달리스트 출신의 조니 와이즈뮬러를 주인공으로 한 시리즈였다. '타잔이 10원짜리 팬티를 입고……'라는 노래가 만들어지고, 아이들 사이에서 치타 흉내를 내는 것이 대유행이었으니 당시 〈타잔〉의 인기가 짐작이 간다.

70년대 흑백TV 시대 또 한 명의 영웅은 형사 콜롬보였다. 1968년 미국 NBC TV에서 제작한 시리즈 〈형사 콜롬보〉(KBS 방영)의 주인공 콜롬보 반장 역의 피터 포크는 구겨진 트렌치코트에 부스스한 머리, 왜소한 체격의 수사관이었지만 탁월한 추리력으로 미궁에 빠진 사건들을 해결했다. "아, 그런데 제가 잊은 게 있어서 말이죠"라면서 범인을 옥죄어 오는 말투는 고인이 된 성우 최응찬의 코믹하면서도 어눌한 더빙 때문에 더 유명했다. 국내에서 최초로 시도된 범죄수사물 시리즈인 MBC 〈수사반장〉의 반장 역 최불암의 캐릭터 역시 콜롬보에서 착안한 것이었다.

■ 최초의 국민 드라마 〈여로〉의 태현실과 장욱제

"너희는 저놈의 〈여로〉 때문에 열도 안 받냐?"

2012년 방송됐던 MBC 드라마 〈빛과 그림자〉에서 빛나라 쇼단 단장 신정구(성지루)는 다방 구석에 앉아 드라마 〈여로〉를 보는 단원들을 향해 소리를 친다. 제대로 된 공연조차 못 올리고 있는 마당에 드라마에 빠져 있는 단원들이 원망스러웠던 것이다.

1972년 KBS를 통해 전파를 탄 〈여로〉는 명실상부한 국민 드라마였다. 당시 시청률 조사가 이뤄지지 않아 공식적인 기록은 없지만 〈여로〉가 방영될 때면 쇼단이 극장 문을 닫고 개점휴업을 해야 할 정도로 인기가 높았다.

매일 오후 7시 30분 일일드라마로 방영된 〈여로〉는 가난한 집안에서 태어난 분이(태현실)가 최 주사 집의 모자라는 아들 영구(장욱제)와 결혼한 뒤 겪는 신산한 삶을 그린 드라마다. 이남섭 PD가 극본 및 연출을 맡았던 드라마로 지난해 고인이 된 박주아와 넌버벌 퍼포먼스 〈난타〉를 만든 송승환이 아역으로 출연했다.

마치 현대판 평강공주를 연상케 하는 분이 역의 태현실은 절망과 아픔을 담고 일어서는 한국적인 며느리상을 그리면서 시청자들의 사랑을 한 몸에 받았다. 〈여로〉가 큰 인기를 끌게 된 배경에는 영구 역의 장욱제가 있었다. 기계충 자국으로 허옇게 빈 머리, 절뚝거리는 걸음걸이, 앞니

◆최초의 국민 드라마 〈여로〉의 한 장면

가 빠져 발음이 부정확한 말투의 새신랑 영구는 단숨에 시청자들의 눈
길을 사로잡았다. 말끝마다 '우리 색시'를 챙기면서 바보 영구는 모자
라지만 순수한 캐릭터의 대명사가 됐다.

　70년대 신산했던 삶을 살아야 했던 대다수의 시청자들은 〈여로〉를
보면서 마치 자기 일처럼 혀를 차고 눈물을 훔쳤다. 하루하루 울고 싶
도록 힘든 삶에 지쳐 있던 이 땅의 어머니들은 드라마를 핑계로 실컷 울
수 있었다. 훗날 심형래가 코미디프로그램에서 재현했던 '바보 영구' 캐
릭터는 장욱제가 원조였던 셈이다. 그러나 장욱제는 이 역할이 너무 강
렬하게 각인된 탓에 배우생활을 접고 파라다이스 그룹 계열사 전무가
되어 제주도로 내려갔다. 여하튼 〈여로〉는 한국 최초의 국민 드라마라
고 불러도 무방할 정도로 큰 인기를 얻었다.

최불암과 수사반장

<수사반장>이 흑백TV 시대의 대표 드라마였다면
<전원일기>는 컬러TV 시대의 대표 드라마였다.

한때 '최불암 시리즈'가 크게 유행한 적이 있었다. 최불암을 주인공으로 한 각종 유머 시리즈가 유행하면서 책으로 선보이기도 했다. 그중 몇 가지를 보자.

최불암이 극장에 갔다. 영화가 시작되자 컴컴한 곳에서 야릇한 신음 소리가 들리기 시작했다. 당황한 극장 안내원이 신음 소리가 나는 곳으로 가봤다. 신음 소리의 주인공은 최불암이었다. 안내원이 "나이도 지긋하신 분이 뭔 짓입니까?"라고 하자 최불암 왈 "인마, 너도 이층에서 떨어져봐"라면서 버럭 화를 냈다.

최불암이 스님들이 모이는 자리에 참석했다. 스님들이 각자 소개를 했다.

"난 해인사 김이요."

"난 불국사 박이요."

이윽고 최불암 차례가 됐다.

"난 칠성사 이다요."

왜 하필이면 '최불암 시리즈'였을까. 최불암이라는 이름은 남녀노소를 막론하고 우리 시대의 고유명사이자 보통명사였다. 이 땅에 적어도 TV를 보고 살았던 모든 사람에게 최불암이라는 이름은 친숙하다 못해

◆MBC 드라마 〈수사반장〉의 형사들

아빠나 엄마, 누나나 형과 같은 호칭과 다를 바가 없었다. '최불암 시리즈'는 특정인 최불암을 희화화하기 위해 만든 유머라기보다는 그냥 친숙한 이름의 대명사인 최불암을 주인공으로 삼은 것뿐이었다.

그렇다면 왜 최불암이었을까. 한때 MBC 드라마 〈수사반장〉과 〈전원일기〉는 70년대 우리 안방극장에서 빼놓을 수 없었던 최고의 드라마였다. 당시 시청자들에게 주간 단막극 시리즈로 방영됐던 두 드라마를 놓친다는 건 요즘 '본방사수'에 나서는 열혈 팬이 본방사수를 못한 안타까움에 비견할 만했다. 도시는 물론 농촌 구석구석까지 큰 인기를 끌었

던 드라마였고, 그 중심에 최불암이
있었다.

우선 기록으로 살펴보자. 1971
년 3월 방영을 시작한 〈수사반장〉
은 1989년 10월 종영할 때까지 총
880회가 방영됐다. 극본을 쓴 작가
만 해도 김정환·윤대성·신명순·이
상현·박찬성 등을 거쳤고, 연출가
도 허규를 시작으로 박철·유흥렬·
이연헌·고석만·최종수 등으로 이어
졌다. '빠라바라밤, 빠라바라밤!' 하
면서 수사반장 테마송이 울려퍼지면
할아버지부터 손주까지 TV 앞으로
모여들었다. 이 테마곡은 훗날 영화

◆MBC 드라마 〈수사반장〉

〈살인의 추억〉에서 극중 형사 송강
호가 지하 조사실에서 짜장면을 입
에 물고 따라 흥얼거리던 멜로디다.

영원한 수사반장인 최불암을 비
롯해 그의 오른팔과 왼팔이었던 김
형사 역 김상순과 조 형사 역 조경환
도 유명세를 탔다. 서 형사 역의 김
호정도 있었다. 여기에 범인으로 단

◆MBC 드라마 〈전원일기〉

골 출연했던 이계인을 비롯해 김혜자·변희봉·이덕화·박영규·조형기 등도 범인 역을 거쳐 최고 배우로 발돋움했다. 김연애·염복순·이금복·김화란 등의 여자 탤런트가 여순경 역을 맡아 인기를 얻기도 했다.

첫 방송을 앞두고 사격 연습과 국립과학수사연구소 실습, 호신술 등을 익히기도 한 출연진들은 물론이고, 수사반장인 최불암은 어딜 가나 정의의 사나이이자 불의를 보면 참지 못하는 열혈 형사로 각인됐다. '빌딩이 높아지면 그림자가 길어진다'는 명언을 남기고 떠난 최불암은 2012년 4월 경찰청으로부터 명예총경에 임명되기도 했다. 당시 최불암의 실제 모델이자 프로그램 자문역을 맡았던 현직 경찰 최중락은 현재 에스원 고문으로 재직 중이다.

지금 생각해 보면 〈수사반장〉은 유명한 'CSI 시리즈'처럼 정교하면서도 박진감 넘치는 수사물은 아니었다. 대신 70년대 경제발전으로 늘어났던 생활형 범죄를 다루면서 시청자들에게 범죄에 대한 경각심을 일깨워줬다. 한편으로는 생활고에 시달리다가 범죄에 빠져들 수밖에 없었던 범인들을 향한 따스한 시선과 페이소스도 담고 있었다.

〈수사반장〉의 최불암이 서민적이고 인간적이지만 날카로운 추리력을 가진 형사반장이었다면 〈전원일기〉의 최불암은 또 다른 모습이었다. 〈전원일기〉는 1980년 10월 방영을 시작하여 2002년 12월 종영됐다. 〈수사반장〉이 흑백TV 시대의 대표 드라마였다면 〈전원일기〉는 컬러 TV 시대의 대표 드라마였다. 최불암은 양촌리 김 회장 역을 맡아 출연했고, 김혜자·고두심·김용건·유인촌·김수미·박순천·박은수 등이 고정 출연했다.

최장수 드라마 〈전원일기〉 덕분에(?) 최불암은 국회의원을 지냈고, 유인촌은 문화부장관에 오르기도 했다. 최불암은 〈전원일기〉의 열혈 시청자였던 정주영 회장과의 인연으로, 유인촌은 현대가에서 뼈가 굵은 이명박 전 대통령과의 인연으로 정치권에 발을 들여놓았으니 〈전원일기〉의 영향력을 짐작하고도 남을 만하다. 또 최근 최불암이 KBS 〈한국인의 밥상〉의 진행자이자 내레이션을 맡아 전국 각지의 푸짐한 먹거리 얘기를 풀어내는 힘도 〈전원일기〉에서 기인한 것이리라.

김수현이라는 이름의 폭주기관차

속사포처럼 쏴대는 주인공들의 말 속에는 적절한 비유와
정면으로 우리 안의 통속성을 비꼬는 듯한 말투가 숨어 있다.

80년대 말과 90년대 초반 방송 출입기자로 방송국을 드나들던 시절에
기자는 김수현이라는 이름 석 자에 자유로울 수 없었다. 지금도 여전히
'드라마 작가=김수현'이란 공식은 유효하지만 그 시절에도 그 공식이
통용되던 시절이었다.

그러나 김수현은 방송기자들 사이에서 까다로운 작가로 통했다. 우
선 아무리 그가 쓴 작품이 공전의 히트를 치고 있어도 인터뷰가 쉽지
않은 작가였다. 어쩌다 전화통화라도 되면 "작가는 드라마로 얘기하면
되지 뭔 인터뷰냐?"는 짤막한 대답이 돌아오기 일쑤였다. 이 때문에 김
수현을 지면에 등장시키는 것만으로도 상당한 성과로 평가되었다. 그
당시 직접 만나본 김수현은 불같은 뜨거움과 차가운 이성을 가진 작가
였다. 그녀의 드라마 속에는 달변의 캐릭터가 많은 편이었지만 김 작가
는 필요한 말만 정확히 구사했고, 전혀 수다스럽지 않았다.

김수현 드라마에 출연하게 된 신인 중에는 드라마 리딩 연습 중에 작
가로부터 호된 꾸지람을 듣고 눈물을 흘린 연기자가 한둘이 아니었다.
오죽하면 김수현이 인정하면 연기자로서 절반은 성공한 것이나 마찬가
지라는 말이 나돌기도 했다.

1972년 〈무지개〉로 TV드라마에 데뷔한 김수현 작가는 70년대를 시

작으로 80년대, 오늘에 이르기까지 가장 영향력 있는 작가로 군림하고 있다. 40년이 넘는 세월 동안 김수현 표 드라마가 사랑받는 가장 큰 이유는 그녀의 철두철미한 성정에서 나온 것이 아닐까.

그녀의 출세작은 1978년 방영된 드라마 〈청춘의 덫〉이었다. 1978년 MBC 주말극으로 방영된 이 드라마는 출세에만 눈이 어두워 사랑하는 여인을 배신한 비정의 사나이를 통해, 물질만능이 빚어낸 삶의 비극과 슬픔을 추적하는 내용이었다. 김수현은 멜로드라마 형식을 빌려 이 시대를 지배하는 잘못된 가치관을 통렬히 비판하고 나섰다. 당시 청춘스타 대열에 서 있던 박근형을 비롯해 이정길·김무생·정혜선·이효춘·김영애 등이 출연한 드라마다.

◆MBC 드라마 〈청춘의 덫〉

1999년 SBS에서 리메이크되어 방영될 때도 이 드라마의 인기는 여전했다. 심은하·이종원·유호정·전광

◆SBS에서 리메이크 된 〈청춘의 덫〉

렬 등이 열연하면서 안방극장의 인기를 독차지했다.

1984년 MBC를 통해 주말극으로 방영된 〈사랑과 진실〉 역시 장안의 화제를 모았던 작품이다. 정애리·원미경·김용림·유인촌·임채무·이덕화 등이 출연했는데, 방송이 되는 날 아침이면 주부들은 프로그램 하이라이트 소식을 신문으로 꼭 챙겨 읽을 정도로 인기를 얻었다. 군더더기 없는 빠른 진행과 극적 전개로 방송 초기부터 시청률 1위를 기록했다. 이 드라마는 고교 졸업 때까지는 쌍둥이 자매인 줄 알고 지내다가 우연히 친자매가 아님이 밝혀지면서 전혀 다른 길을 걷게 되는 두 여인의 인생을 담았다. 요즘 드라마에 빼놓지 않고 등장하는 출생비밀은 이미 그 시절에 김수현이 시작한 셈이다. 화려한 인생을 사는 '미선' 역은 원미경이 맡았고, 고난 속에서도 꿋꿋이 살아가는 '효선' 역은 정애리가 맡았다. 두 사람은 이 드라마 덕분에 톱스타로 발돋움할 수 있었다.

1987년 방영된 MBC 주말극 〈사랑과 야망〉은 드라마 역사상 빼놓을 수 없는 작품으로 김수현의 이름을 흥행보증수표 반열에 올려놓았다. 2006년 SBS를 통해 새롭게 방송되어 신세대 시청자들도 어떤 작품인지 알 수 있는 드라마다. 1987년은 여성 작가들이 안방극장을 휩쓸었는데, 김수현을 비롯해 김정수·나연숙·홍승연 작가 등이 우먼파워를 과시했다. 그중에서도 김수현은 왕중왕으로, 시청률 역시 78%라는 경이적인 스코어를 기록했다.

남성훈·이덕화·김청·차화연·이휘향 등이 출연했고 1987년 MBC 연기대상 작품상을 수상했다. 이 드라마가 방영되는 시간에는 주부들이 물을 사용하지 않았다는 일화를 남길 만큼 큰 인기를 끌었던 작품이

◆김수현을 흥행보증수표 반열에 올려놓은 MBC 드라마 〈사랑과 야망〉

다. 두 형제의 각기 다른 삶과 사랑을 그린 작품으로 남성훈이 야망에 사로잡힌 형 태준 역을, 이덕화가 의리 있는 사내로 따스한 영혼을 소유한 동생 태수 역을 맡았다.

김수현 작가는 방영 당시 "사나이의 사랑과 야망, 좌절과 성공을 그리면서 더불어 한 시대를 사는 여러 인생을 조망하겠다"고 밝혔다. 〈사랑과 야망〉은 그해 집계한 '가장 재미있는 TV프로그램' 1위를 기록하기도 했다. 2006년 SBS에서 리메이크되어 방영 당시에도 조민기·이훈·한고은·이민영 등이 열연하면서 화제를 모았다.

1988년 방영된 〈모래성〉은 여러 가지로 파격적인 작품이었다. 남편의

새해엔 원고지싸움 그만하겠어요

27일 흥내리는 「사랑과 야망」 작가 金秀賢씨

오는 27일로 대단원의 막을 내리는 MBC드라마 「사랑과 야망」의 작가 金秀賢씨(44).

「드라마언어의 연관술사」로 불리는 金씨는 그 현란한 말법 만큼 방송작가로서의 자존심 또한 최고를 고집한다.

「가족관입니다. 최근엔 지적에서 앞으로 비디어엔 원고를 팔지 않겠어 벼래했「사랑과 야망」이겠죠.」

金씨가 지난 1월부터 쓰기 시작한 「사랑과 야망」에서 순화되고 자분하고 인내성강한 연기력을 金씨는 이드라마에서 명암볼들 달아 연기생활 별이지웠다. 金씨은 MBC쇼트료일요 료모실은 쓸거져 MC까지 맡아 올해 가장 각광받았던 연기자, 한편 날씨는 커플론점을 일본후지TV의 심야프로「심야...

MBC 새주말극「세여인」 숙청·후배숙·崔明길 출연

MBC 여자탤런트 프로야구로 불리어 온 金僑 李惠璟 林미리이 주말극「사랑과 야망」으로 보인「세여인」의 주인공을 맡아 이들의 연기경을 별이게 된다.

「사랑과야망」에서 순화의으로 자분하고 인내성강한 연기력을 金씨는 이드라마에서 명암볼들 달아 연기생활 별이지웠다.

원고지만도 1만여 장.

金씨는 이 드라마의 결말을 대춘부부(嗣愿戴·單和의和)가 재결합(으)로 바꾼어마니(金惠順(이))가 세상을 떠나는으로 마무리지을 계획이란다.

「「사랑과 진심」이 자매인의

「倫理性시비 많았지만 創作性도 중요」

기억기때문에 「사랑과 야망」와 선 현세이야기에 초점을 맞추 었습니다.」

이같은 金씨의 집념과 노력에 힘입어 「사랑과 야망」은 밤 멈질에서 찾가지 최화를 불러 모았다. 金씨가 손녀들을 벼 밤에률(틀자)하는 신화를 80(회)라는 높은 시청률도 나타 냈다. 또한 출연자전원이 보무 스타일을 선풀고 CF모델화되 한다.

이토후지IMC로 활약, 해외까지 매도 활동폭을별이어 MBC의 간판을 사과(조선화)에 5년(네)에서 남겨지고 차기면이미지로 좋은연기를 보인바이 인공의 노처녀 3명이 사회활동을 하며 겪는 이야기를 코믹 하게 그린다.

출연진은 이들 3인의 金僑 李惠璟 林미리. 그는 꾸나택미디 產·國文國·林僑·金廷先 通히 갖고있다.

출연은 이드라마(여기를 가 현황현상이다.

金씨는 원고료로써 1억 2천 만원의 작품료를 받아 화제가 되기도 했는데 MBC가 부자 한점 이상의 결심을 벼었다는 것이다. 그러나 金씨가 가장큰 토스비트보린줌은「사랑과야망(의) 윤리성시비」 「鄭愛(화빈)이 파혼 부부간(의)「가정분위를 꾸도한다」비(비싸어)가 「불륜을 정 당(하)논의도 통이 대표적인 비난 이다.

田北 (빠러기) 金씨는 青개수학·고를게시 高大주문과 박스에 결(러)일어 사랑을 사랑 답게 그리지 못해면 창작성은 없어진다(과) 신경과민인 한응 여 답답할 팬이라고 말하면서, 아들손 대중실이를 베피라이 파악하려는 金씨의처녀능은 어느누 구도 따라(잡)지못한다는 주위의 평이다.

이둘드라마(여기를 가 현황현상이다.

◆ 김수현 작가 인터뷰 기사, 1987년 12월, 경향신문

외도, 이혼 등을 정면으로 다루며 거칠고 순화되지 않은 대사, 파격적인 결말로 논란을 빚었다. 드라마의 혁명이라고 얘기할 정도로 우리 사회, 특히 가정이라는 이름 속에서 겪는 여성들의 고통에 대해 김수현은 정면으로 도전장을 던진 것이다.

80년대의 김수현은 시작에 불과했다. 그녀가 2013년 JTBC 〈무자식 상팔자〉에 이르기까지 보여준 김수현 드라마의 바이오그래피는 당대의 어느 작가도 넘을 수 없는 기념비적인 업적이었다.

드라마를 집필하며 회당 1억 원에 가까운 고료를 받는 작가가 된 김수현의 마력은 무엇일까.

흔히 김수현을 '언어의 마술사'로 부르는 데는 그의 화려한 화법에 해답이 있다. 속사포처럼 쏴대는 주인공들의 말 속에는 적절한 비유와 정면으로 우리 안의 통속성을 비꼬는 듯한 말투가 숨어 있다. 드라마를 보는 시청자들의 입장에서는 그녀의 화려한 언변에 매료될 수밖에 없다.

그녀의 드라마에는 늘 당대를 사는 대가족들이 등장한다. 예외의 드라마가 있긴 하지만 할아버지와 아버지, 그리고 손자와 손녀들이 한집에 등장한다. 그 속에서 세대 간의 갈등, 가족과 친지들의 관계, 대가족

에 대한 향수를 드러낸다.

또 하나는 남성 중심 사회에 대한 독설이다. 한때 김수현 드라마 속 남자들은 한결같이 권위를 잃고 여성 출연자들에게 끌려다니는 캐릭터들이 많았다. 이 때문에 일부 남성 시청자들은 김수현 드라마가 불편하다고 얘기하곤 했다. 한편으로는 김수현 드라마가 남성 중심 사회의 병폐를 바꾸는 데 기여한 면도 있었다. 최근작에서 동성애에 대한 그녀의 관심을 드라마에 반영한 것 역시 김수현 드라마가 생명력을 잃지 않고 전 세대에 골고루 지지받는 요인이 되고 있다.

김수현의 또 다른 특징은 소위 '김수현 사단'이라는 말이 말해주듯 늘 함께하는 배우와 스태프들을 이끌고 다닌다.

최근작 〈무자식 상팔자〉, 〈천일의 약속〉, 〈인생은 아름다워〉 등을 함께한 정을영 감독을 비롯해 과거 곽영범·박철 감독 등이 그녀의 작품을 주로 연출해 온 프로듀서들이다. 또 이순재를 비롯해 윤여정·유동근·김해숙·한진희·김희애 등의 배우들과 꾸준히 작업을 같이한다.

드라마의 외주제작이 활성화되면서 외주제작사인 삼화프로덕션 신현택 회장(작고)이 그녀와 늘 드라마 제작을 같이해 왔다.

색스러운 잡지, 《선데이서울》과 《주간경향》

《선데이서울》과 《주간경향》에 연재되던 만화를
한 번쯤 보지 않았던 대학생은 아마 없었으리라.

나의 1980년은 먼 곳의 이상한 소문과 무더위, 형이 가방 밑창에 숨겨온 선
데이서울과 수시로 출몰하던 비행접시들 / 술에 취한 아버지는 박철순보다
멋진 커브를 구사했다 상 위의 김치와 시금치가 접시에 실린 채 머리 위에서
휙휙 날았다 / 나 또한 접시를 타고 가볍게 담장을 넘고 싶었으나…… 먼저
나간 형의 1982년은 뺨 석 대에 끝났다 나는 선데이서울을 옆에 끼고 골방에
서 자는 척했다 / 1984년의 선데이서울에는 비키니 미녀가 살았다 畵中之餠
이라 할까 持病이라 할까 가슴에서 천불이 일었다 브로마이드를 펼치면 그
녀가 걸어 나올 것 같았다

— 권혁웅 〈선데이서울, 비행접시, 80년대 약전略傳〉 일부

■ 낙양의 지가를 올렸던 대중잡지들

70년대와 80년대 삶이 고단하고 힘들던 시절, 서민들에겐 당의정 같
은 잡지가 있었다. 《선데이서울》과 《주간경향》은 비록 지식인들 사이에
서 옐로페이퍼로 낙인찍혔지만 고단한 삶을 이어가던 산업역군이나 모
든 것으로부터 통제당해야 했던 까까머리 중·고등학생들에겐 '오아시
스' 같은 잡지였다.

수영복을 입은 여자 배우가 등장하고, 중간에 삽입된 화보를 펼치면

야한 비키니 차림의 여자 배우들이 요염하게 웃고 있었다. 신문의 '휴지통'이나 '돋보기' 같은 사회면 구석의 가십란에 나올 만한 엽기적인 사건, 사고 기사는 좀 더 자세하게 기술되어 지면을 장식했다. 또 다소 과장된 연예인 스캔들 기사도 빠지지 않았다. 여기에 구인, 구직은 물론 실종자를 찾는 기사들도 실렸고, 펜팔친구를 찾는 펜팔란도 있었다. 그뿐이랴. 낙양의 지가를 올리는 대중소설 작가들이 시시껄렁한 연애담을 담은 연재소설을 비롯하여 지금의 '19금 만화'에 해당하는 성인만화도 연재됐다. 한마디로 연예오락 정보종합지였던 셈이다.

◆연예오락 정보종합지 《선데이서울》

《선데이서울》은 1968년 9월에 창간되어 1991년 12월 폐간될 때까지 20여 년 동안 고속버스터미널이나 기차역 가판대를 지켰다. 《주간경향》 역시 《선데이서울》과 같은 해 창간되어 90년대 중반 폐간됐다. 현재 《주간경향》이라는 이름으로 발행되는 잡지는 대중오락지가 아닌 시사주간지다.

《주간경향》이나 《선데이서울》 이전에도 대중 오락잡지가 있었다. 한국전쟁 직후 창간된 월간 《아리랑》은 어떤 의미에서 대한민국 최초이자 최고의 대중 오락잡지였다. 1955년 창간된 《아리랑》에는 시인 김

◆《선데이서울》과 쌍벽을 이루었던 《주간경향》

규동이 주간을 맡아 소설가 김래성·정비석·조흔파 등의 연재소설이 실렸고, 김용환의 〈오성과 한음〉, 김성환의 〈고사리군〉, 신동헌의 〈너털주사〉 등이 연재를 시작했다. 소설과 만화 연재는 물론 국내외 연예가 소식을 비롯해 눈요깃감이 될 만한 사진, 사랑의 체험수기 등이 실렸다. 어찌 보면 《주간경향》이나 《선데이서울》이 《아리랑》을 계승하는 잡지라고도 볼 수 있다. 《아리랑》에 잠시 대적했던 잡지 중에 《명랑》이란 잡지도 있었다.

■ **수영복을 트렁크에 싣고 다닌 사진기자들**

나는 신문사에서 엔터테인먼트 관련 취재를 오랫동안 했던 기자로서 대중 주간지 시대의 에피소드를 자주 접할 수 있었다. 가장 눈길이 가는 대목은 수영복 브로마이드 촬영 비화들이다.

수영복 브로마이드는 톱스타는 물론 무명 배우들에 이르기까지 그 대상이 다양했다. 브로마이드 담당은 주로 사진기자들 전담이었다. 그 당시 브로마이드를 찍던 선배 사진기자는 늘 차 트렁크에 여성 수영복(주로 비키니) 여러 벌을 준비해서 다녔다. 또 서울 시내 주요 수영장을 훤히 꿰뚫고 있었으며, 때로는 북한산이나 청계산, 관악산 등 인적 드문 계곡의 주요 촬영지도 훤히 알고 있어야 했다.

일단 촬영을 하기로 결정되면 스타와 사진기자 사이에 보이지 않는 전쟁이 시작된다. 되도록이면 많이 노출시키고 싶어하는 사진기자와 덜 벗기를 원하는 스타들 사이에 신경전이 펼쳐지는 것이다. 아직도 《주간경향》을 발행하던 경향신문사의 포토뱅크에 가면 70년대와 80년대를 풍미하던 스타들의 늘씬한 수영복 사진들이 즐비하다. 대개는 원피스형의 수영복 사진들이 많지만 일부 스타들은 비키니 차림의 과감한 포즈로 사진을 찍기도 했다.

이들 잡지의 스타 브로마이드에 늘 톱스타만 등장할 수 없다. 사진 기자들은 매주 색스러운 사진을 찍기 위해 유흥가에도 진출했다. 그 당시 무교동 등을 중심으로 활동하던 '밤의 꽃'들이 있었다. 주로 바니클럽 등에서 뭇 남성들을 상대로 술을 따르던 여성들 중에는 연예인 못지 않은 탁월한 미모를 가진 여성들이 많았다. 사진기자들은 평소 눈여겨 봐 뒀던 이 여성들에게 모델을 제의했다.

이렇게 찍힌 비키니 사진은 연예인들의 브로마이드 사진에 비해 훨씬 농도(?)가 짙었다. 여성들 입장에서는 홍보활동의 일환이었다. 다만 이들의 경력이 문제였다. 몇몇 사진기자의 증언에 의하면 영화 단역 출연 등의 날조된 경력을 만들었다는 것이다. 영화의 주연이 아닌 바에야 당시 유행하던 에로영화에 잠깐 얼굴을 내밀었다고 소개한다고 해서 크게 문제가 되지 않았던 것이다. 이렇게 주간지 브로마이드에 등장한 접대부들은 몸값이 치솟았기에 '악어와 악어새'의 관계처럼 은밀한 거래가 이뤄진 것이다.

70년대와 80년대를 누볐던 사진기자 선배들의 무용담은 다소 야하다. 70년대만 해도 캐논이나 니콘 등 일반 대중들은 만져보기 힘든 카메라를 갖고 있다는 것은 그것 자체가 훌륭한 무기(?)였다. 사진기자들은 지방 출장길에 아름다운 여성을 발견하면 정중하게 모델이 돼줄 것을 제안했다. 상당수의 여성들은 이 같은 제안을 거절하지 않았다. 뷰파인더 속 피사체가 되는 모델과 사진기자 사이는 급속도로 가까워지기 일쑤였다. 이쯤 되다보니 한 사진기자는 전국 팔도에 현지 애인을 둘 정도로 바람기(?)를 과시하기도 했다. 왕년에 싱글로 살던 한 사진기자는 당대 최고의 배우가 된 누구누구와 동거했던 사이라는 등의 소문이 돌기도 했다.

여하튼 그 당시 《선데이서울》이나 《주간경향》은 비록 자랑스럽게 들고 다니는 잡지는 아니었지만 누구나 한 번쯤 보고 싶어하는 잡지였음에는 틀림없다. 70~80년대 대학가에서 《뉴스위크》나 《타임》지를 끼고 다니는 게 유행이던 시절에도, 《선데이서울》과 《주간경향》에 연재되던 만화를 한 번쯤 보지 않았던 대학생은 아마 없었으리라.

주간지 전성시대는 소위 스포츠지들이 창간되면서 서서히 저물기 시작한다. 《일간스포츠》를 필두로 《스포츠서울》, 《스포츠조선》 등이 창간되면서 엔터테인먼트 뉴스의 중심도 스포츠지로 흡수됐다. 매일 뉴스를 생산하고 소비하는 일간지와 주간 단위로 뉴스를 생산하는 주간지 사이의 간극을 메우지 못한 것이다. 이로 인해 주간지에서 활동하던 인기 만화가나 대중소설가들이 급격하게 스포츠로 이동했고, 연예기자들도 발빠르게 스포츠로 이적했다. 또 프로야구 등 프로스포츠가 활성화되면서 스포츠지의 역할이 날로 커졌기에 자연스럽게 《선데이서울》과 《주간경향》의 시대가 저물었다.

고단했던 시절, 만화가 있어 행복했다

볼거리가 풍성하지 않던 시절
만화는 아이부터 어른까지 탐독하던 '꿈'이었다.

◆초등학생들의 만화 안 보기 운동을 다룬
기사, 1972년 2월, 경향신문

'만화'라는 단어가 금기어였던 시절이 있었다. 70년대 군부정권 시대에 만화를 사회 5대 악 중의 하나로 규정, 사전검열과 까다로운 심의로 탄압했다. 만화 안보기 운동과 만화 불태우기 행사가 열리기도 했다. 이쯤 되니 그 재미있는 만화를 읽는 건 모범생과 거리가 있는 일로 여겨지기도 했다.

그러나 볼거리가 풍성하지 않던 시절 만화는 아이부터 어른까지 탐독하던 '꿈'이었다. 70년대 만홧가게는 꿈을 찍는 사진관이었고, 고단한 세월을 잊게 하는 요지경이었다. 아이러니하게도 만화를 탄압하던 그 시절에 대한민국을 대표하는 만화가들이 속속 등장했다.

이 작은 지면에서, 단칸방에서 먹물로 세상의 꿈을 그렸던 만화가들의 면면을 다 얘기할 수 없다. 그러나 지금도 그 캐릭터만 떠올려도 즐거운 몇몇 만화가의 작품을 되짚어보자.

■ '꺼벙이' 길창덕

꺼벙이, 꺼실이, 덜렁이, 만복이, 순악
질 여사 등 길창덕의 만화에 등장하는
캐릭터들은 유쾌하다. 그중에서도 머리
에 땜통 자국이 선명한 장난꾸러기 꺼벙
이는 우리에게 너무나도 친숙한 캐릭터
다. 골목길을 누비며 온갖 말썽을 부리
면서도 마음만은 따뜻했던 꺼벙이는 당

대 보통 어린이의 표상이었다. 훗날 김미화가 코미디프로그램 캐릭터로
부활시켜 유명했던 순악질 여사는 억척스럽고도 따스한 대한민국 아줌
마의 상징이었다. 길창덕은 2010년 노환으로 별세했지만 꺼벙이는 여전
히 우리 곁에 있다.

■ '삼국지' 고우영

고우영은 곧 한국 만화의 역사고, 한
국 만화의 역사는 곧 고우영이었다. 결
코 과언이 아니다. 60년대 말 고우영은
추동성이라는 필명으로 활동하며 명랑
만화를 그렸다. 익살스러운 모습의 박
사와 아들의 좌충우돌 모험을 그린 〈짱
구 박사〉가 대표적이다. 1972년 〈임꺽
정〉 연재를 필두로 성인 취향의 연재만

화 영역을 개척, 〈삼국지〉, 〈수호지〉 등 중국 고전의 재해석과 〈일지매〉 등 창작사극으로 이어갔다.

■ '독고탁' 이상무

빡빡머리 소년은 어떠한 역경에도 굴하지 않고 맞서 싸운다. 70년대 이상무가 창조해 낸 독고탁은 때로는 야구선수로 때로는 가난한 고학생으로 등장하여 청소년들에게 꿈과 용기를 줬다. 〈내 이름은 독고탁〉, 〈비둘기 합창〉 등은 훗날 드라마와 영화로도 제작될 정도로 인기가 높은 콘텐츠였다. 야구, 테니스, 골프 등을 소재로 한 만화들을 선보이면서 스포츠만화의 새로운 지평을 열었다.

■ '도깨비감투' 신문수

전래되어 내려오던 도깨비 설화에서 모티브를 따온 〈도깨비감투〉는 머리에 쓰면 모습을 감출 수 있는 감투를 얻은 소년 혁이와 그 친구들이 벌이는 흥미진진한 모험담을 만화적 상상력으로 펼쳐

보인 작품이다. 신문수가 창조해 낸 로봇 찌빠, 원시소년 똘비 등 그의 만화 속 캐릭터는 어리숙하지만 유쾌한 반전을 숨긴 인물들이다. 간결한 그림체 속에 한국인 특유의 해학과 유머를 녹여냈다. 어린이들에게 꿈과 희망을 심어주는 명랑만화의 반석을 닦은 만화가다.

■ '바람의 파이터' 방학기

요즘 방영되는 소위 퓨전사극들은 방학기의 영향력 아래서 벗어나기 힘들다. 그의 작품 〈다모 남순이〉는 드라마 〈다모〉로, 〈바람의 파이터〉는 동명의 영화로 제작되었다. 그는 어린 시절 일본인 주둔지였던 마산에서 겪은 체험, 일제 강점기와 6·25전쟁, 베트남전 등 고난의 시기를 관통한 덕에 누구도 흉내낼 수 없는 그만의 시대활극을 그려냈다.

생동감 넘치는 서사로 역사 속 민초들의 삶을 다루고, 힘 있는 필치의 그림으로 무예인들의 투혼을 담은 남성극화로 인기를 끌었다. 최배달·역도산·김두한·시라소니 등 한 시대를 풍미한 주먹들이 방학기 만화의 소재였다. 그는 고우영 문하생 출신이다.

■ '각시탈' 허영만

드라마로 제작되어 큰 인기를 얻었던 허영만의 〈각시탈〉은 70년대

그를 인기 만화가 대열에 우뚝 서게 한 출세작이었다. 최근에도 〈타짜〉와 〈식객〉 등 역작을 내놓으면서 한국 만화의 황제로 군림하고 있는 허영만이지만 기성세대는 그를 여전히 〈각시탈〉의 만화가로 기억한다. 일제강점기를 배경으로 신출귀몰하며 일본 경찰이나 군인을 조롱하는 각시탈의 활약을 보면서 당시 어린이들은 애국심을 배울 수 있었다. 그의 만화에 단골로 등장하던 이강토는 우직한 한국 사나이의 전형이었다.

■ '심술가족' 이정문

이정문이 창조해 낸 '철인 캉타우'와 '심술가족(심술첨지, 심술통, 심똘이 등)'은 70년대 만화에서 빠질 수 없는 캐릭터다. 그는 철인 캉타우 시리즈로 한국 만화에 SF장르를 개척하고, 심술 시리즈로 명랑 가족만화의 경지를 연 작가였다. 구두닦이와 신문배달 등을 하면서 고학으로 만화를 배운 그의 다이내믹한 삶이 만화에 녹아들었다.

60년대 SF만화의 효시인 〈설인 알파칸〉을 시작으로 그는 꾸준하게 우주와 전 지구적인 환경문제 등에 관심을 가져왔다. 또 〈심술첨지〉로 시작된 심술 시리즈는 〈심똘이와 심쑥이〉, 〈심통이와 심뽀〉 등으로 이어지면서 심술 계보를 완성했다.

■ '맹꽁이' 윤승운

〈꼴찌와 발명왕〉, 〈맹꽁이 서당〉, 〈두심이 표류기〉 등 명작들을 생산해 낸 윤승운의 만화 주인공들은 늘 웃고 있다. 토속적인 고향 마을을 배경으로 울며 부대끼는 그들은 아이들부터 어른까지 한결같이 해학과 유머를 갖추고 있다. 또 그 속에 늘 뭔가 배울 만한 구절들이 꼭 들어간다. 그는 만화와 학습을 연결시킨 만화가였다. 그는 만화로 사자성어를 배우고 우리 역사를 이해할 수 있게 만든 훈장형 만화가였다.

장발, 너 이리 와

장발단속은 1979년 박정희 전 대통령이
10·26사건으로 서거하기 전까지 계속됐다.

◆ 〈왜 불러〉가 수록되었던 《송창식 골든 제2집》

왜 불러, 왜 불러. 돌아서서 가는 사람을
왜 불러. 토라질 때 무정하더니 왜, 왜, 왜.
자꾸자꾸 불러 설레게 해.

　지금은 '불후의 명곡' 대열에 올라
있는 송창식의 노래 〈왜 불러〉가 또
다른 그의 히트곡 〈고래사냥〉과 함
께 금지곡으로 지정된 건 1975년 12
월이었다. 당시 연예협회는 그의 노
래를 자율금지곡으로 지정하여 모
든 방송에서 틀지 못하게 했다. '술 마시고 노래하고 춤을 춰 봐도, 가
슴에는 하나 가득 슬픔뿐이네'로 시작되는 〈고래사냥〉이야 그렇다 치
더라도 왜 이 노래가 당대의 금지곡이 됐을까.

　결론부터 말하면 〈왜 불러〉가 금지곡이 된 배경에는 장발단속과 하
길종 감독(하명중 감독의 형, 1979년 작고)의 영화 〈바보들의 행진〉의 히트가
있었다. 당시 유신헌법을 만들어 영구집권을 노린 박정희 정권은 1973
년 3월 장발과 미니스커트를 단속하는 '개정 경범죄 처벌법'을 내놨다.

◆인디 영화의 효시로 기록되는 〈바보들의 행진〉

60년대 말부터 국내에 유입된 서구의 히피문화 영향으로 젊은이들이 머리를 기르기 시작하던 시점이었다. 박정희 정권은 장발의 대학생들이 반정부 시위에 참여하는 경우가 많아지자 장발을 일종의 사회저항 행위로 규정한 것이었다. 소위 긴급조치 이후인 1976년에 더욱 강화된 장발 단속 기준을 보면 '공무원형 조발', 즉 '옆머리가 귀의 윗부분을 조금이라도 덮어서는 안 되며, 뒷머리는 옷깃 윗부분을 가리지 않는 단정한 형태'였다.

1975년 당시 대학은 시도 때도 없이 휴교조치가 내려졌다. 극심한 당국의 검열에 시달리던 영화계도 의식 있는 영화를 만들 수 없었다. 여기에 반기를 든 감독이 하길종 감독이었다. 당시 호스티스의 사랑이야기를 담은 소설 《별들의 고향》으로 일약 베스트셀러 작가 대열에 오른 최인호는 한 스포츠지에 대학생들의 꿈과 좌절을 담은 에세이 〈바보들의 행진〉을 연재했다. 연재 시작 때부터 하길종 감독과 영화를 만들겠다는 생각을 갖고 집필한 작품이었다. 그러나 하길종 감독은 이미 중앙정보부가 요시찰 인물로 낙인찍고 감시를 하던 인물이었다.

최인호와 하길종은 영화사와 교감하며 연막작전을 폈다. 소위 검열 통과용 시나리오를 따로 쓴 것이었다. 이렇게 해서 시작된 〈바보들의 행진〉은 말 그대로 인디 영화의 효시로 기록될 만한 작품이었다. 주인공 병태와 영철 역에 1000대 1의 경쟁을 뚫고 연세대 재학생 윤문섭과 서울예대 재학생 하재영(쥬얼리 하주연의 부친)이 뽑혔다. 또 아역연기자 출신 이영옥이 공모에 응하여 영자 역을 따냈다.

병태와 영자로 상징되는 당시 대학생들의 삶과 사랑을 그린 영화는 크게 히트했다. 지금도 TV 예능프로그램에서 재현되곤 하는 군대 가기 위해 머리를 빡빡 깎고 기차에 오른 병태와 영자의 열렬한 키스신은 젊은이들을 열광케 했다. 송창식의 〈왜 불러〉는 장발족 경찰이 장발족인 병태와 영철을 단속하려고 이리 뛰고 저리 뛰는 장면에 배경음악으로 삽입됐다. 젊은 감독이 권력의 조롱하는 무기로 송창식의 노래를 썼고, 그 무기에 동원된 송창식의 명곡은 조롱당한 권력으로 인해 발이 묶인 셈이었다. 촬영 당시 정일성 촬영감독과 하길종 감독 역시 장발이어서 파출소에 연행되는 촌극도 있었다고 한다.

여하튼 1973년 한 해에만 경찰의 장발단속 실적이 1만 2천여 건에 이르렀다. 단속 기준이 강화된 1976년 상반기에만 경찰은 55만 9천여 명을 잡아내 2만 4900명을 즉심에 넘겼으니 당시 젊은이들의 머리 수난사를 짐작할 만하다.

기록에 의하면 1975년, 요즘의 유재석이나 김병만 같은 인기를 구가하던 코미디언 구봉서와 배삼룡이 장발의 머리카락을 자르고 짧은 스타일로 변신했다. 이들 두 사람은 MBC 〈부부만세〉 녹화를 마친 직후 분장실에서 머리카락을 잘랐다. 이들의 모습을 본 후배 코미디언들도 그 뒤를 따랐다. 당국의 장발단속에도 후배 연예인들이 머리카락을 자르지 않아 '모범을 보이겠다'는 의지를 드러냈다고 하지만 과연 이 두 사람이 솔선수범한 결과였는지는 의문이 남는다.

1976년 10월 방송윤리위원회는 방송에 출연 중인 가수 송창식·서수남·이수만·송대관을 비롯해 탤런트 박근형·한진희, 코미디언 허참·배일집·남보원 등 연예인에게 '단발령'을 내렸다. 머리를 깎지 않으면 더 이상 방송에 출연할 수 없다는 엄포였다. 1978년에는 일부 장발 연예인이 아예 출연금지 명단에 오르기도 했다.

장발단속은 1979년 박정희 전 대통령이 10·26사건으로 서거하기 전까지 계속됐다. 이후 80년대 록그룹들이 인기를 얻으면서 로커들 사이에서 다시 장발이 유행했지만 청년들의 유행으로 이어지지는 않았다.

노래가
인생에게 물었다

한국 록음악의 전설 신중현 사단

아이러니하게도 절반의 성공을 거둔 신중현 음악을
뒤늦게 주목한 건 미국의 팝 음악계였다.

비틀스가 서양 팝 역사의 분기점이라면 신중현은 한국 대중음악사의
분기점이었다. 한국 대중음악은 신중현 이전의 음악과 신중현 이후의
음악으로 뚜렷이 구분된다. 여명기 한국 대중음악은 신중현으로 인해
눈뜨고, 신중현으로 인해 발아했다. 비틀스와 롤링 스톤스가 선풍적인
인기를 얻으면서 전 세계 음악시장을 장악하고 있던 60년대 한국 땅에
도 신중현과 같은 싱어송라이터가 있었다는 건 기이한 일이다.

 신중현의 출발은 미8군 무대에서였다. 50년대 말부터 기타 한 대 들
고 재키, 히키 등의 예명으로 미8군 무대를 누볐던 이가 신중현이다. 미

◆신중현이 결성한 록그룹 에드훠의 공연 모습

국과 소련의 전쟁터가 된 한반도에 살던 한국 젊은이들은 전쟁 때
문에 불행한 청춘을 보내야 했지만 아이러니하게도 서양의 대중문
화를 좀 더 가까이서 접할 수 있는 계기가 됐던 것이다.

■ 이정화 · 김추자 · 김정미 신중현 사단의 여가수들

신중현 사단은 일찌감치 미8군 무대에서 서양의 록과 재즈 등을
다양하게 수혈한 그가 한국적인 색채를 가미한 음악을 발판으로
데뷔시킨 가수들을 통칭한다. 신중현 사단의 첫 테이프는 그를 리더
로 하여 결성된 록그룹 에드훠(Add4, 1964)가 끊었다. 화려한 사이키

◆ 에드휘 1집 《빗속의 여인》

델릭 록을 바탕으로 한 에드휘의 노래
는 소위 뽕짝으로 부르는 트로트가 주
도하던 이전의 노래들과는 전혀 달랐
다. 지금은 명곡의 반열에 오른 〈빗속의
여인〉을 발표했지만 팬들은 냉담했다.
트로트에 길들여졌던 기성세대는 물론
팝송에 매료됐던 젊은 층들에게도 신중
현의 음악은 너무 앞서갔던 것이다.

이후 신중현은 생계로 미8군 등의 무
대에 서기 위해 싱어로 활동할 여가수
를 찾았다. 이정화·김추자·김정미 등이
바로 그들이다. 신중현이 종로5가의 한
살롱에서 만나 데뷔시킨 이정화는 '옐로
보이스'가 인상적인 여가수였다. 신중
현이 소위 사이키델릭 록을 앞세워 〈봄
비〉, 〈꽃잎〉 등을 담아 발표(1967)했지만
대중성을 획득하는 데는 실패했다. 이정
화는 훗날 이선희가 불러 크게 히트한
신중현의 곡 〈아름다운 강산〉을 처음
불렀던 가수이기도 하다.

◆ 펄시스터즈 앨범 《님아》

신중현을 세상에 알린 첫 히트작은 1968년 펄시스터즈의 〈님아〉다.
신중현에게 편곡을 부탁하고자 찾아온 펄시스터즈(배인숙·배인순 자매)는

◆김추자 《님은 먼 곳에》　　◆김정미 《간다고 하지 마오》　　◆이정화 《싫어》

그에게 음악 이론과 창법을 사사했다. 베트남전이 한창이었던 당시 신중현은 베트남 미군기지 공연 모집에 지원, 펄시스터즈와의 작별을 앞두고 〈님아〉, 〈커피 한 잔〉이 수록된 음반을 취입했다. 그러나 신중현은 이 음반이 히트하면서 베트남행을 포기했다. 걸 그룹의 효시라고 해도 과언이 아닌 펄시스터즈는 까무잡잡한 피부에 탄력 있는 몸매로 TV에 출연, 파격적인 안무까지 선보이면서 뭇 남성들의 시선을 사로잡았다.

■담배는 청자, 노래는 추자

　이어 등장한 김추자와 김정미는 한국 여가수 계보에서 빠질 수 없는 신중현 사단의 보물이었다. 또 이들이 낸 앨범 역시 신중현 음악 중에서 손꼽을 만한 명곡들을 담고 있다. 김정미는 고3 시절 친구들의 손에 이끌려 신중현 사무실에 갔다가 인연을 맺었고, 김추자는 신중현 사무실에 출근하면서 가수를 시켜달라고 조른 끝에 음반을 냈다. 김추자는 1970년 패티김이 취입하기로 돼 있던 라디오 주제가 〈님은 먼 곳에〉를

◆신중현 사단의 여가수 김정미(왼쪽)와 김추자(오른쪽)는 예전에 볼 수 없었던 비주얼로 대중을 사로잡았다.

펑크내는 바람에 가수로 데뷔했고, 김정미는 1971년 소위 소주병 난사 사건으로 리사이틀 무대에 오를 수 없었던 김추자를 대신하여 처음 무대에 올랐다.

김정미의 앨범《바람》등에 실린 노래 〈봄〉, 〈바람〉, 〈햇님〉, 〈어디서 어디까지〉 등은 지금 들어도 손색이 없는 명곡이지만 대중적인 인기를 얻는 데는 실패했다. 그러나 김추자는 상황이 달랐다. 김추자의 음반에 수록된 〈늦기 전에〉와 〈나뭇잎이 떨어져서〉, 〈월남에서 돌아온 김 상사〉

등은 대중적인 인기를 업고 크게 히
트했다. 흑인풍의 파마머리에 소위
나팔바지를 입고 다이내믹하게 노래
를 부르던 김추자는 시대의 패션 트
렌드까지 바꾸면서 종횡무진했다.
당시 '담배는 청자, 노래는 추자'라
는 유행어까지 돌 정도였으니 그의
인기를 짐작할 만하다.

◆한국 대중음악의 지형도를 바꾼 신중현과 엽전들

　신중현 사단의 전성시대에 등장
한 또 한 명의 가수는 장현(작고)이었
다. 매력적인 중저음의 보이스칼라
를 가졌던 장현은 신중현의 곡을 받아 〈미련〉, 〈기다려주오〉, 〈석양〉 등
의 노래를 잇달아 히트시켰다. 최근 인기를 얻었던 세시봉 세대의 가수
들과 함께 신중현 사단의 가수들은 한국 대중음악의 판도를 뒤흔들면
서 승승장구했다. 당시에 발표했던 신중현의 음악은 지금 들어도 전혀
낡은 느낌이 들지 않을 정도로 세련됐다. 그의 음악이 위대한 건 단순히
외국의 팝음악을 수용한 것이 아니라 한국적으로 육화해서 새로운 상
차림을 마련했다는 점이다.

　신중현은 1973년 '신중현과 엽전들'을 결성, 〈미인〉 등의 히트곡을 내
지만 1974년 대마초 파동에 휘말렸다. 당시 정권이 박정희 대통령의 지
시로 대마초를 피우던 연예인들을 무더기로 구속하거나 자격정지를 시
켰던 사건이었다. 신중현 역시 수많은 곡이 방송 금지곡으로 묶였고 5

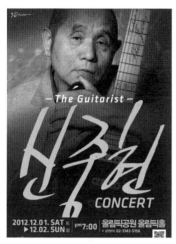

▶2012년 열린 신중현 콘서트 포스터.
신중현·신윤철·신석철이 한 무대에 올랐다.

년간 방송활동도 금지됐다. 신중현과 그의 사단들은 그 사건 이후 뿔뿔이 흩어졌다. 장발과 통기타, 청바지 문화로 상징되는 청년문화의 발아기에 대마초 사건은 정치적인 탄압으로 해석할 수밖에 없는 대중문화 학살사건이었다. 특히 이 사건은 한창 꽃피기 시작한 신중현 음악의 발을 묶고 손을 자르는 결과를 가져오면서 한국 대중음악의 발전을 더디게 했다.

이제 칠순이 넘은 신중현 대신 그의 아들인 신대철(시나위), 신윤철(서울전자음악단), 신석철(드러머) 등이 음악적 계보를 이어가고 있다. 아이러니하게도 절반의 성공을 거둔 신중현 음악을 뒤늦게 주목한 건 미국의 팝음악계였다. 2009년에는 세계적인 기타 브랜드인 펜더로부터 아시아 뮤지션으로는 최초, 전 세계적으로는 여섯 번째로 기타를 헌정받았다. 또 미국 음반사 '라이트 인 디 애틱'이 지난해 신중현의 대표곡을 모은 월드 앨범《아름다운 강산:대한민국 신중현의 사이키델릭 록사운드》를 출시했다. 우리 대중음악계가 부끄러워해야 할 문제가 아닐 수 없다.

그때는 시처럼 아름다운 노랫말들이 있었다

70년대에 암울했던 청춘을 보낸 모든 이들은
일정 부분 양희은의 노래에 빚지고 있다.

미당未堂은 그의 절창 〈꽃밭의 독백〉에서 '노래가 낫기는 그 중 나아도 / 구름까지 갔다가 되돌아오고'라고 썼다. 생전에 그는 술이 거나해지면 "여보게, 거 창가唱歌 한번 해보지"라고 말하면서 지그시 눈을 감고 후학들이 부르는 노래를 완상玩賞하곤 했다. 그에게 있어서 노래는 곧 시였고, 시는 노래였다. 그러나 노래나 시 모두 그가 꿈꾸던 구름 저쪽의 세상에는 닿지 못했던 것이다

군이 사료를 들추지 않더라도 노래는 시의 원형질이었다. 석기시대의 어디쯤 '시인의 피'를 가진 누군가는 가슴 저쪽에서 끓어오르는 그 무엇을 노래로 흥얼거렸으리라. 그런 의미에서 시인과 노래는 실과 바늘 같은 존재다. 다만 다양한 직업군들이 나뉘어지면서 타고난 감성을 가진 사람들은 시를 쓰고, 타고난 소리를 가진 이들은 노래를 불렀을 뿐이다.

'시인들의 18번'을 묻는 조사를 살펴보면서 당대를 살아가는 시인들의 대중적 취향의 일단을 엿볼 수 있다는 점에서 흥미로웠다. 전두환 전 대통령의 18번이 〈방랑시인 김삿갓〉이었다거나, 노태우 전 대통령은 〈베사메무초〉였다는 건 알면서도 '시인들의 18번'을 몰랐다는 게 어디 말이 되는가.

◆ 〈봄날은 간다〉가 수록된 백설희 앨범

'연분홍 치마가 봄바람에 휘날리더라 / 오늘도 옷고름 씹어가며 / 산제비 넘나드는 성황당 길에 / 꽃이 피면 같이 웃고 / 꽃이 지면 같이 울던/알뜰한 그 맹세에 / 봄날은 간다'

조사 결과 압도적인 점수로 1위에 오른 〈봄날은 간다〉는 1950년 한국전쟁 때 대구에서 여가수 백설희가 발표한 곡이다. 손로원이 쓰고 박시춘이 작곡했다. 손로원은 일제 치하에서는 한 줄의 가사도 쓰지 않으리라 결심했다가 해방과 함께 손석봉이 부른 〈귀국선〉을 필두로 왕성한 활동을 재개한 작사가이다. 아니러니하게도 작사가 손로원은 노랫말 때문에 두 차례에 걸쳐 경찰에 끌려간 이력을 가지고 있다.

그중 한 번은 그가 작사한 〈비내리는 호남선〉 때문이었다. '목이 메인 이별가를 불러야 옳으냐 / 돌아서서 피눈물을 흘려야 옳으냐'로 시작되는 이 노래가 유행한 건 1956년. 당시 이승만 대통령에 맞서 대선전에 나선 해공 신익희는 호남 유세 도중 심장마비로 급사했다. 이 와중에 〈비 내리는 호남선〉이 해공 신익희의 미망인이 설움에 겨워 작사한 노래라는 유언비어가 나돌았다. 이 때문에 손로원은 경찰 당국에 연행되어 치도곤을 당했던 것이다.

'물레방아 돌고 도는 내 고향 정든 땅'으로 시작하는 〈물레방아 도는 내력〉도 자유당 말기 세태를 풍자했다 하여 경찰에 끌려가야 했고, 끝내 금지곡이 되는 수모를 당했다. 그는 이들 노래 외에도 〈페르시아 왕자〉, 〈인도의 향불〉, 〈홍콩 아가씨〉 등의 노래를 작사했다. 곡을 붙인 박시춘은 〈굳세어라 금순아〉, 〈이별의 부산 정거장〉, 〈신라의 달밤〉 등 히트곡만 300여 곡이 넘는 당대 최고의 작곡가다.

〈봄날은 간다〉의 2절 가사 중 '청노새 짤랑대던 역마차 길에' 부분은 처음 발표된 SP음반에는 '뜬구름 흘러가는 신작로 길'로 돼 있으나 어떤 연유로 개작됐는지는 잘 나타나 있지 않다. 여하튼 한영애가 리메이크하고, 허진호 감독이 동명의 영화까지 만든 걸 보면 아직 봄날은 가지 않은 모양이다.

'먹이를 찾아 산기슭을 어슬렁거리는 하이에나를 본 일이 있는가'로 시작되는 조용필의 대표곡 〈킬리만자로의 표범〉은 시로 따지면 장편서사시라고 할 만큼 긴 노래다. 서라벌예대 문예창작과 출신의 드라마 작가이자 작사가인 양인자가 노랫말을 썼고, 그의 부군인 김희갑이 곡을 붙였다. 두 부부가 수많은 히트곡을 낸 콤비라는 건 익히 알려진 사실이다. 10위권 안에 오른 조용필의 또 다른 곡 〈그 겨울의 찻집〉 역시 양인자의 작품. 이 노랫말의 모티브는 E. 헤밍웨이의 '킬리만자로의 눈'에 일정 부분 기대고 있다. 헤밍웨이는 "킬리만자로의 정상 부근에 얼어 죽은 표범의 시체가 있다. 그 높은 곳에서 표범은 무엇을 찾고 있었는지 아무도 설명해 주지 않는다"라고 소설의 서두를 시작했다.

이 노래는 1986년 조용필의 8집에 수록된 〈허공〉, 〈바람이 전하는 말〉, 〈그 겨울의 찻집〉 등과 함께 발표되어 밀리언셀러를 기록했다. 당

STEREO
KLS-94

내님의 사랑은···

◆통기타와 청바지로 상징되는 양희은

시 뭔가 변화가 필요했던 조용필은 평소 친분이 있던 김희갑·양인자 부부에게 곡을 의뢰했다. 양인자가 "짧은 노랫말로는 성이 안 찬다"고 해서 랩을 포함하여 6분짜리 대곡이 나온 것이다. 레코드사에서 너무 길어서 상업성이 없다는 이유로 줄여주길 원했지만 작업자들의 고집으로 세상에 나왔다.

10위권 내에 든 노래들 중에서 〈사랑, 그 쓸쓸함에 대하여〉(4위), 〈한계령〉(5위), 〈아침이슬〉(6위)은 모두 양희은의 청아한 목소리로 대중들의 사랑을 받았던 곡이다. 시인 고은은 〈만인보〉에서 '양희은과 / 양희은의 비겁할 줄 모르는 통기타 / 치사할 줄 모르는 노래 / 이 셋이 시대의 자유를 꿈꾸었다 모두와 함께'라고 썼다.

'긴 밤 지새우고 풀잎마다 맺힌 / 진주보다 더 고운 아침이슬처럼 / 내 맘에 설움이 알알이 맺힐 때 / 아침 동산에 올라 작은 미소를 배운다 / 태양은 묘지 위에 붉게 떠오르고 / 한낮에 찌는 더위는 나의 시련일지라/ 나 이제 가노라 저 거친 광야에 / 서러움 모두 버리고 나 이제 가노라'

70년대에 암울했던 청춘을 보낸 모든 이들은 일정 부분 양희은의 노래에 빚지고 있다. 시인이라고 예외일 수는 없다. 이들 노래 중에서 〈사랑, 그 쓸쓸함에 대하여〉(1991)는 그가 직접 노랫말을 썼으며, 〈아침이슬〉(1971)은 김민기, 〈한계령〉(1985)은 하덕규가 각각 썼다. 70년대 통기타로 상징되는 청년문화에서 김민기의 영향력은 절대적이었다. 그 시대에 누구든 김민기와 한대수·양병집 등 소위 판매금지된 LP를 구하기 위해 애쓰고 그 노래를 들으며 가슴 뜨거워지지 않았던 이가 있을까. 그 절정에 있었던 노래가 김민기의 〈아침이슬〉임을 누구든 부인할 수 없다.

김민기의 막강한 지원 아래 양희은은 가수생활을 시작했지만 결코 행복하지는 않았다. 여학교 시절에 맞았던 부모의 이혼, 돈 때문에 늘 절망해야 했던 대학 시절, 80년대 초 도피하듯이 떠났던 미국과 유럽 여행, 암투병, 뒤늦은 결혼과 해외 이주 등. 지금은 넉넉한 아줌마로 우리

◆시적인 상상력과 언어구사가 탁월했던 가수 하덕규 신곡집

곁에서 편안하게 노래하는 양희은과 〈지하철 1호선〉을 장기공연하면서 기획자로 자리잡은 김민기. 그들이 만들고 부른 노래만큼이나 신산했던 역사가 두 사람에게도 있었다.

　그들이 겪었던 70년대와 80년대의 풍경이 시인들이 겪었던 그 시대의 그것과 같은 것이었기에 그들의 노래가 사랑받을 수 있었으리라.

　'저 산은 내게 우지 마라 우지 마라 하네 / 발 아래 젖은 계곡 첩첩산 중 / 저 산은 내게 잊으라 잊어버리라 하고 / 내 가슴을 쓸어내리네 / 아 그러나 한 줄기 바람처럼 살다 가고파 / 이 산 저 산 눈물 구름 몰고 다니는 / 떠도는 바람처럼 / 저 산은 내게 내려가라 내려가라 하네 / 지친 내 어깨를 떠미네'

　존경하는 선배 양희은에게 〈한계령〉을 써서 헌사한 하덕규는 알다시

피 '시인과 촌장'으로 데뷔하여 많은 사랑을 받았던 싱어송라이터다. 그의 또 다른 노래 〈가시나무〉 역시 시인들이 좋아하는 주요 노래 중 하나로 꼽혔다. 그의 선배격인 가수 조동진의 느릿느릿한 포크에 영향을 받은 하덕규는 시적인 상상력과 언어 구사가 탁월한 가수였다. 나중에 후배가수 조성모가 리메이크하여 밀리언셀러가 됐던 〈가시나무〉 역시 시적인 언어와 상상력으로 가득 찬 노래다.

◆하덕규의 가시나무가 수록된 시인과 촌장의 앨범

강원도 홍천에서 태어나 고성에서 어린 시절을 보낸 하덕규에게 한계령은 어린 시절의 추억이 실타래처럼 얽혀 있는 마음의 고향이었다. 눈만 뜨면 안개를 두르고 묵묵히 서 있는 한계령이 온전히 그의 마음속에 자리잡은 것이다. 10살 때 부모님의 이혼으로 아버지를 따라 서울로 이주해 온 그에게 고향은 힘들고 어려울 때마다 찾는 마음의 도피처였다. 스물여섯 살 여름, 홍익대 미대에 재학 중이던 그는 '시인과 촌장'을 결성하여 노래를 발표했지만 방황은 여전히 계속되었다.

죽음까지도 생각했던 그 무렵 다시 한계령을 찾았고, 게서 〈한계령〉이 만들어진 것이다. 최근에는 CCM에 심취하여 대중적인 노래를 부르지 않는 그가 그리운 이유는 탁월한 시적인 감성을 가진 새 노래들을 더 이상 만나지 못한다는 안타까움 때문이다.

마지막으로 정태춘을 얘기해야 한다. 그의 처음을 기억하는 이들은 어쩌면 '소리없이 어둠이 내리고 / 길손처럼 또 밤이 찾아오면'으로 시작하는 〈촛불〉과 〈시인의 마을〉 등의 노래로 기억할 것이다. 시인들이 좋아하는 노래 3위에 오른 〈북한강에서〉를 비롯해 〈떠나가는 배〉, 〈사랑하는 이에게〉 등의 노래는 마치 유장한 서사시를 방불케 하는 대작이다.

'짙은 안개 속으로 새벽 강은 흐르고 / 나는 그 강물에 여윈 내 손을 담그고 / 산과 산들이 얘기하는 나무와 새들이 얘기하는 그 신비한 소리를 들으려 했소 / 강물 속으론 또 강물이 흐르고 내 맘속엔 또 내가 서로 부딪치며 흘러가고 / 강가에는 안개가 안개가 또 가득 흘러가오.'

사실 정태춘은 70년대에 활동을 시작한 가수였음에도 불구하고 당대의 통기타 가수와는 다른 느낌을 가진 가수다. 그는 대학 근처에도 가본 적이 없으면서도 대학이 가진 이상이나 낭만, 열정 이상의 것을 노래로 쏟아부은 가수다. 특히 동료가수 박은옥과 결혼한 뒤 보여준 전투적이면서도 서사적인 전사의 풍모는 그가 단순한 대중가수가 아니었음을 반증한다. 특히 그는 줄기찬 투쟁 끝에 대중들의 상상력을 억눌러온 '사전심의제'를 철폐하는 데 공헌했으며, 운동권 대학생들의 집회가 있는 곳이면 어디든 달려가는 투사였다. 그럼에도 불구하고 그의 노래는 선동적이거나 직설적이지 않았다. 그 이면에는 그가 일찍이 고백했듯이 선배가수 김민기의 영향이 컸다.

한때 레오나드 코헨이나 존 바에즈, 비틀스나 에릭 클랩튼을 들으면서 풍성한 노랫말에 감탄하곤 하던 시절이 있었다. 그러나 우리가 같이 숨 쉬면서 살아가는 동시대 가수들도 음유시인으로 칭송하기에 모자람이 없다. 하지만 안타깝게도 대중음악이 상업화로 치달으면서 가사는 전자음의 소음에 묻혀 버렸고, 운율은 빠른 비트에 희생됐다.

　노래는 시보다도 먼저 우리가 살아가는 풍경을 반영한다. 시보다도 훨씬 대중적인 매개체인 노래가 시대를 재빠르게 반영하는 건 어쩌면 당연한 일이다. 스피드가 미덕인 시대에 댄스음악이 유행하고, 행동보다 말이 앞서는 시대에 랩이 각광받는 건 당연한 일이다. 느릿느릿 살아가는 것이 미덕인 시대가 온다면 다음 세대들이 〈봄날은 간다〉를 부르면서 완상하는 날도 오지 않을까.

금지곡의 다양한 이유

수많은 금지곡이 해금된 건
1987년 6월항쟁으로 쟁취한 민주화 덕분이었다.

박정희 정권이 유신헌법을 만들고 본격적인 독재의 칼날을 휘두르던 시대에 우리 대중음악계는 한마디로 암흑의 시대였다. 1975년 5월 긴급조치 9호가 선포되고 문화공보부가 '공연활동의 정화대책'을 발표하면서 금지곡이 쏟아졌다. 국가안보와 국민총화에 악영향을 주거나 외래풍조를 무분별하게 도입 또는 모방한 노래, 패배·자학·비관적인 내용, 선정·퇴폐적인 노래들은 무조건 퇴출 대상이었다. 그러나 아무리 독재의 칼을 휘두르던 시절이었지만 납득할 만한 이유는 있어야 금지곡 리스트에 올릴 수 있는 법. 그러다보니 공안당국이나 문화공보부 산하 한국공연윤리위원회가 만든 금지곡의 이유들 중에는 참 황당한 것들이 많았다. 코미디가 따로 없었다.

◆1975년 5월 13일 긴급조치 8, 9호 선포, 같은 날, 경향신문

◆ 김추자 《거짓말이야》　　　◆ 한대수 《멀고 먼 길》　　　◆ 이장희 《그건 너》

　　지금은 명곡 대열에 올라 있는 신중현의 〈미인〉은 내용이 퇴폐적이라는 이유로 금지곡이 됐다. 그가 작곡한 김추자의 〈거짓말이야〉는 반정치적이라는 이유였다. '한 번 보고 두 번 보고 자꾸만 보고 싶네'가 퇴폐적이고, '사랑도 거짓말 눈물도 거짓말'이 반정치적이라면 요즘 노래들은 모두 퇴폐적이고 반정치적인 노래들뿐이다. 일설에 의하면 박정희 대통령의 연설 방송 직후 프로듀서가 〈거짓말이야〉를 트는 바람에 금지곡이 됐다고도 한다. 신중현의 증언에 의하면 당시 정권에서 국민 통합적인 노래를 만들어달라는 요청을 거절하자 그의 노래가 무더기로 금지곡이 됐다는 것이다. 심지어 조국 산천이 아름답다고 노래한 〈아름다운 강산〉까지 금지곡 딱지를 붙였다.

　　한대수의 〈물 좀 주소〉는 물고문을 연상케 해서, 양희은의 〈이루어질 수 없는 사랑〉이 허무주의를 조장한다고 해서, 〈늙은 군인의 노래〉는 군인들의 사기를 저하하게 한다는 이유로 각각 금지곡이 됐다. 한대수의 〈행복의 나라로〉는 "노래에서 말하는 행복의 나라가 북한이 아

◆혜은이 《제3한강교》　　　◆송창식 《애창곡 모음 2집》　　　◆심수봉 《그때 그 사람》

니냐"는 이유로 금지곡에 올렸다.

이장희가 부른 〈그건 너〉는 '모두들 잠들은 고요한 이 밤에 어이해 나 홀로 잠 못 이루나'는 노랫말을 두고 "늦은 밤까지 잠 못 이루는 이 유가 무엇이냐?"면서 금지곡 딱지를 붙였다. 배호가 부른 〈0시의 이별〉 은 통행금지 시간인 자정에 이별을 하는 게 말이 되느냐면서 금지시켰 다. 혜은이가 부른 〈제3한강교〉는 '어제 처음 만나서 사랑을 하고 우 리들은 하나가 되었습니다'가 문제되어, 송창식의 〈왜 불러〉는 장발단 속에 저항하고, 공권력을 조롱했다는 이유로 금지곡 리스트에 올랐다. '돌아서서 가는 사람을 왜 불러'의 주체가 장발단속하는 경찰이 아니냐 는 거였다.

이장희가 만들고 조영남이 불러 크게 히트한 〈불 꺼진 창〉 역시 쓸데 없는 상상을 불러일으킨다는 이유로 금지곡이 됐다. 또 다른 이장희의 곡 〈한 잔의 추억〉은 '마시자 한 잔의 술'이라는 가사 때문에 금지곡이 됐는데 얼마 전 청소년보호위원회가 '술'만 들어가면 빨간딱지를 붙였던 사건이 연상된다.

1979년 박정희 대통령이 10·26사건으로 살해된 뒤 전두환 정권이 들어섰지만 대중음악에 대한 탄압은 여전했다. 박정희 시해사건 현장에 있었던 '그때 그 여인' 심수봉 역시 탄압의 대상이었다. 그가 부른 〈순자의 가을〉은 순전히 당시 영부인인 이순자 여사의 이름이 들어갔다는 이유로 금지당했다. '참으면 이긴다'는 가사가 들어간 그의 노래 〈무궁화〉도 "참으면 어떻게 이긴다는 거냐?"고 시비를 걸어 리스트에 올랐다. 80년대를 대표하는 로커 중의 한 명인 전인권의 〈그것만이 내 세상〉은 어처구니없게도 가사가 전달이 안 되고 창법이 미흡하다는 이유로 금지곡이 됐다. 전인권이 불렀던 〈사노라면〉의 원곡인 쟈니 리의 〈내일은 해가 뜬다〉도 "그렇다면 오늘은 해가 안 떴다는 거냐?"고 시비를 걸어 금지됐다.

80년대 금지곡 리스트가 풍성(?)하지 않은 이유는 다른 데 있다. 대학가 시위현장을 중심으로 불리던 '운동권 노래'들은 대개 구전가요처럼 입에서 입으로 전해졌기 때문이다. 바꿔 말하면 정권이 금지시킬 수 없는 영역에서 유통되고 불렸던 셈이다. 당시에 많은 대중가요들이 '노가바(노래 가사 바꿔 부르기)'로 불렸지만 그러한 노래들이 대중적인 미디어에 등장하는 것은 상상할 수 없던 시대였다.

수많은 금지곡이 해금된 건 1987년 6월항쟁으로 쟁취한 민주화 덕분이었다. 그해 8월 문공부의 가요금지곡 해금지침에 따라 금지곡 186곡이 해금되었고, 뒤이어 방송 금지곡들도 차례로 규제에서 풀려났다. 1996년 사전심의제는 위헌 결정을 받아 폐지되었고, 방송심의도 2000

년 방송사 자체 심의로 전환됐다. 2012년 여성가족부 산하 청소년보호위원회에 의해 자행된 '19금 딱지' 사건은 지난 시대 많은 이들이 투쟁으로 일궈낸 자유도 여차하는 순간에 물거품이 될 수 있다는 교훈을 보여주는 상징적인 사건이었다.

독재가 만든 `대마초 가수`라는 연좌제

대마초 연예인으로 분류된 이들은 이후 모든 연예활동이 금지됐다.
방송과 영화 출연은 물론이고 음반 취입과 창작활동도 금지됐다.

금지곡의 시대로 기록된 1975년 겨울, 연예인들은 이른바 '대마초 사건'으로 대대적인 '숙청'의 대상이 됐다. 그해 12월 초 신문 사회면은 매일매일 연예인들의 사진으로 도배됐다. 대마초를 피운 연예인들이 줄줄이 구속수사를 받고 있다는 뉴스였다. 당시 검찰에 가서 조사를 받은 연예인은 모두 137명, 혐의가 인정된 연예인만 해도 수십 명에 이르렀다. 대한민국 연예사에 가장 많은 연예인이 한꺼번에 검찰 문턱을 넘은 사건이었다.

가수 이장희·윤형주·이종용·신중현·김추자 등을 시작으로 김정호, 어니언스의 임창제, 장현 등이 줄줄이 조사를 받았다. 이수미·정훈

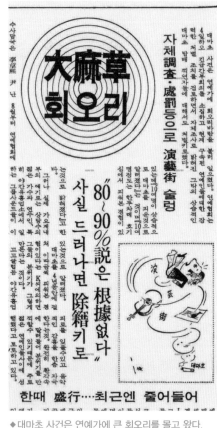

◆대마초 사건은 연예가에 큰 회오리를 몰고 왔다.
1975년 12월, 경향신문.

희·이연실 등 여가수들도 있었다. 이들뿐 아니라 조용필을 비롯해 김세환·김도향·하남석·이동원·채은옥·박인수·임희숙·이태원 등도 대마초 연예인의 명단에 올랐다. 가수뿐 아니라 영화감독 이장호, 영화배우 하재영·하용수·김용건, 코미디언 이상해·이상한·전유성·송영길·고영수 등도 있었다. 이들은 대부분 수년 전 무명 시절에 대마초에 손을 댄 경력(?) 때문에 조사를 받았다. 훗날 조용필은 60년대 말 미8군 밴드 시절에 4차례에 걸쳐 피운 대마초가 문제되어 당시 250만 원의 벌금을 물었고, 〈돌아와요 부산항에〉가 히트곡 반열에 오르자 연예활동이 금지됐다고 털어놓은 바 있다. 이처럼 대부분의 연예인들이 현행범이 아니라 과거 전력이 문제가 됐던 것이다. 이들 중 채은옥은 법정투쟁 끝에 무죄를 입증하기도 했다.

◆이장희·윤형주·이종용 대마초 혐의로 구속, 1975년 12월, 경향신문

당시 대대적인 대마초 단속의 시작은 당시 박정희 대통령의 강력한 의지에서 비롯됐다. 한바탕 회오리가 몰아친 이듬해 2월 박정희 대통령은 법무부를 순시한 자리에서 "연예인들은 물론이고 학생 사회에도 대마초가 상당히 흘러 들어가 있다고 하는데 나는 다른 사건보다 이 문제에 특별한 관심을 갖고 있다"고 밝혔다. 박 대통령은 "반사회적·반시국적 사범들을 강력하게 단속하되 현행법으로 단속하기 곤란한 경우도 있을 것이니 어떤 방법으로 단속할 것인지 연구하라"고 지시했다. 연예인 대마초 사건이 청와대, 그것도 최고통치자의 지시로 이루어졌음을 알 수 있는 대목이다. 더불어 대마초를 피우는 일을 반사회적이고 반시국적인 범죄로 규정했다.

대마초 연예인으로 분류된 이들은 이후 모든 연예활동이 금지됐다. 방송과 영화 출연은 물론이고 음반 취입과 창작활동도 금지됐다. 게다가 생계를 위해 밤무대에 출연하는 것도 허용하지 않았다. 아이러니하게도 대마초 연예인들의 면면을 보면 당대의 청년문화를 주도하던 스타급이 대부분이어서 다분히 정치적 탄압의도가 담긴 '기획수사'의 냄새가 짙었다. 이들 연예인에 대한 규제는 1979년 말 전면 해제됐으나 그 사이 많은 연예인이 연예계를 떠났거나 조국을 등지고 외국으로 나가야만 했다.

패션과 파격의 아이콘 윤복희

치렁치렁한 긴 치마나 바지를 입던 당시 여성들에게
미니스커트는 '파격'이자 '해방'의 상징이었다.

미니스커트를 얘기할 때마다 빠지지 않는 연예인이 가수 윤복희다. 한동안 미니스커트가 유행하게 된 것은 미국에서 4인조 여성 그룹 '코리언 키튼즈'의 멤버로 활약하던 윤복희가 귀국할 당시 입고 들어왔기 때문인 것으로 알려져 있었다. 그러나 윤복희에 따르면 사실과 다르다. 그해 1월 그녀가 2주간의 휴가를 받아 김포공항에 내렸을 때는 새벽 두 시, 게다가 그녀는 털 코트와 부츠 차림이었다. 통행금지 때문에 새벽 네 시가 되어서야 택시를 타고 숙소인 조선호텔로 왔다는 것이다.

◆파격적인 미니스커트를 선보인 윤복희 1집 앨범 재킷

그녀가 한국 땅에서 미니스커트를 처음 선보인 건 그해 3월, 디자이너 박윤정 씨가 미니스커트를 주제로 한 패션쇼 무대에서였다. 가늘고 긴 다리를 뽐내며 미니스커트를 입고 무대에 오른 윤복희의 모습은 그녀가 미국에서 구가해 온 명성에 힘입어 매스컴을 장식했다. 내친김에 윤복희는 미니스커트 차림의 파격적인 사진을 앨범 재킷에 썼다. 치렁치렁한 긴 치마나 바지를 입던 당시 여성들에게 미니스커트는 '파격'이자 '해방'의 상징이었다. 특히 젊고 탄력적인 몸매를 가진 젊은 여성들에게 미니스커트는 자신의 장점을 뽐낼 수 있는 패션의 혁명이었다.

미니스커트에 가려서 별로 알려지지 않았지만 사실 윤복희가 속해 있던 그룹 '코리언 키튼즈'는 미국에 진출한 한국인 그룹 1호이자, 요즘 유행하는 한류 그룹의 원조였다. 그들이 미국의 한가운데인 라스베이거스와 뉴욕, 워싱턴에 진출하여 유명 TV에 출연한 계기도 재미있다.

◆코리언 키튼즈의 1968년 월남 위문공연

원래 윤복희는 1964년 11명의 가수와 무용단으로 구성된 쇼단의 일원으로 필리핀 마닐라 공연에 나섰다. 그러나 현지에서의 인기와는 달리 그들을 인솔해 간 에이전시가 출연료를 주지 않았다. 할 수 없이 윤복희는 용돈을 벌기 위해 마닐라의 클럽 '베이 사이드'에서 밴드의 전속가수로 나섰다. 한국 대사관의 도움으로 단원들은 외상 비행기표를 구입하여 귀국했지만 가수였던 윤복희와 세 명의 무용수는 비행기표 값을 위해 마닐라는 물론 싱가포르까지 가서 공연을 해야 했다. 싱가포르 공연 당시 영국의 유명한 쇼프로모터 찰스 메이더를 만났고, 그의

「뉴요크『라스베가스』등지에서 인기를 끌고있었 女性 보컬팀「코리언·키튼즈」의 핵심멤버 尹福姬양이 친구들과 실컷 우리말을 하고싶어『6일 귀국했당.

歐美서돌아온 尹福姬양

어석 (2일밤3시)에 첫 업기념공연 (21·22일)을 드라머센터서 갖는 당 레퍼터리는 柳니찌지 도인「몰리엘작 구두쇠」(5막).

◆4년 만에 귀국한 윤복희, 1967년 1월, 경향신문

제안으로 영국 무대로 진출하여 '코리언 키튼즈'로 이름을 붙인 뒤 BBC의 〈투나잇쇼〉에 출연하면서 일약 스타덤에 올랐다. 1965년 이들은 유럽을 넘어 미국 라스베이거스와 뉴욕 무대에 선다. 이후 미국 CBS TV의 〈봅 호프의 크리스마스 스페셜〉에 출연하면서 미국에서도 유명한 그룹이 된 것이다. 물론 한국인들의 프로모션이 이룬 결과물은 아니었지만 '코리언 키튼즈'는 미국 진출 1호 그룹이자 한류의 원조임은 분명하다.

그런 얘깃거리를 몰고 입국한 윤복희의 일거수일투족이 세간의 화제가 되는 것은 당연했고, 그녀의 패션이 순식간에 유행으로 번지는 건 그리 새삼스러운 일이 아니었다. 패션의 혁명이라고 불리는 미니스커트가 탄생한 것은 1963년. 영국에서 진저그룹이라는 급진적 패션그룹을 이끌던 디자이너 메리 콴트가 과감하게 짧은 길이의 스커트를 선보이면서부터다. 당시 영국에서도 '도덕성을 잘라낸 옷'이라는 비난을 받던 옷이 전쟁의 상처가 채 아물지 않은 한국에 도입됐으니 미니스커트는 곧 시련을 맞았다.

1971년 박정희 정권은 내무·법무·보건사회·문화공보부가 합동으

로 발표한 담화문에서 "사회윤리와 질서를 저해하는 모든 행위를 대상으로 퇴폐풍조 단속에 나선다"고 밝혔다. 단속 대상은 장발과 미니스커트 등 고유의 미풍양속을 해치는 일체의 행위였다. 이후 바리캉과 가위, 30센티 자를 든 경찰과 장발의 청년, 미니스커트 아가씨가 곳곳에서 숨바꼭질을 했다. 암울했던 70년대 유신 시절을 상징하는 너무나 희극적인 풍경이었다. 요즘도 '하의실종'이 가끔 호사가들에 의해 기사가 되기도 하지만 경범죄 처벌법은 1988년 이 땅에서 사라졌다.

윤복희 역시 떠들썩한 귀국과 약혼, 이혼 등으로 세간의 스포트라이트를 받았지만 방송에 미니스커트를 입고 출연할 수는 없었다. 서슬 퍼런 권력의 시대에 권력의 핵심인 최고위층들이 싫어하는 일을 한다는 건 당시로서는 목을 내놓는 일과 다름이 없었다. 그러나 아무리 강력한 권력도 미니스커트 열풍을 막지 못했고, 미니스커트는 젊은이들의 취향에 따라 짧아지고 길어지면서 오늘날에도 여전히 각광받는 패션이 됐다.

뮤직박스 속의 황태자 디제이

세월이 흘러도 지직거리는 빽판으로 음악을 듣고, "오늘은 왠지……"로
시작하는 DJ들의 닭살 멘트가 그리워지는 건 어쩔 수 없다.

윤석호 감독이 연출한 드라마 〈사랑비〉에는 70년대 음악다방 '세라비'
가 등장한다. 극중 이동욱(김시후 분)은 의학을 전공하는 명석한 두뇌에
훤칠한 외모, 재치 있는 말솜씨까지 갖춘 세라비의 인기 DJ다. 장발머리
와 나팔바지로 한껏 멋을 낸 이동욱의 캐릭터를 스타벅스와 카페베네
에 길들여진 요즘 세대들이 이해하기란 쉽지 않다.

그 시절, 음악다방이 있었다. 뮤직박스 안에서 리퀘스트를 받아 턴테
이블에 음반을 걸고, 멋진 멘트로 처녀들의 가슴을 뒤흔들던 DJ는 그
시절의 꽃이었다. 처녀 시절 음악다방 DJ를 짝사랑하여 매일 음악다방
에 출근했다는 아줌마들의 사연이 요즘도 심심치 않게 오르내린다.

젊은이들에게 인기가 높은 음악다방에 가면 시간대별로 출연하는 인
기 DJ의 이름을 줄줄이 걸어놓고 청춘들을 불러모았다. 인기 DJ들은
팝에 대한 풍부한 상식은 물론 그때그때 적절한 멘트를 구사할 수 있
어야 했고, 외모 또한 준수해야 다방 매출에 기여하면서 오래 살아남을
수 있었다. 당시 인기 DJ들은 지금의 아이돌 그룹 멤버들처럼 여성 팬들
로부터 각종 선물공세에 시달리기도 했다. 1천 마리 종이학을 접어 리
퀘스트 음악과 함께 선물하는 여성 팬들이 있는가 하면, 용감하게 일이
끝난 뒤 따로 만나자는 은밀한 제안을 해오는 여성 팬들도 많았다.

◆음악다방 DJ를 소개하는 당시 기사, 1982년 12월, 경향신문

　　1950년대 말 서울 충무로에 문을 연 '세시봉'이 음악다방의 효시라는
이들도 있고, 명동의 '은하수'가 최초라는 주장도 있다. 그 후 종로2가
'디쉐네', 미도파 옆의 '라 스칼라', 화신백화점 3층의 '메트로', 충무로의
'카네기' 등이 잇따라 생겨나면서 70년대까지 전성기를 이뤘다. 최동욱·
박원웅·김광한·이종환·황인용·김기덕·전영혁·이문세 등이 FM라디오
의 DJ로 명성을 날렸지만 각 도시의 음악다방 인기 DJ들은 가요계의
히트곡을 만들어낼 만큼 파워도 있었다. 70년대 김정호의 매니저였던
이상기는 "당시에 새 앨범을 내면 전국의 유명 음악다방을 돌면서 DJ를

◆디제이들의 필독서 《월간팝송》

만나 홍보를 부탁했다"면서 "음악 다방이 새 노래를 홍보하는 주요 창구 중의 하나였고 그 중심에 DJ들이 있었다"고 회고했다. 80년대에서 90년대 초반에 이르기까지 전국 DJ연합회가 주 1회씩 발행하던 인기가요 차트가 가요계에 큰 영향력을 행사하기도 했다.

전업 DJ들은 나름대로 전문성을 유지하기 위해 부단히 노력해야만 했다. 당시 DJ들의 필독서는 《월간팝송》이라는 팝음악 잡지였다. 전 세계 팝스타들의 최근 소식은 물론 팝 용어들을 알기 쉽게 설명하기도 하고, 유명 팝음악의 노랫말을 우리말로 번역하여 싣기도 했다. 정보에 목말랐던 DJ들에겐 가뭄 끝 단비와 같은 전문잡지가 아닐 수 없었다. 요즘에야 밥 딜런이나 스팅, 에릭 클랩튼, 보니엠에 이르기까지 다양한 팝스타들이 내한공연을 갖는 시대지만 당시에는 해외 팝스타의 새 앨범 소식조차 미디어를 통해 쉽게 접하기 힘든 시대였다.

음악다방 DJ가 급격하게 쇠락의 길을 걷게 된 것은 80년대 중반 이후였고, 88올림픽이 열렸던 1988년에는 거의 자취를 감췄다. 여러 가지 요인이 있었지만 가장 큰 이유는 스테레오 사운드를 들을 수 있는 오디오가 각 가정에 보급되면서부터였다. 또 LP가 사라지고 CD가 보급되면서 각 개인들이 휴대하여 음악을 재생해 들을 수 있는 CD플레이어가 등장한 것도 음악다방의 몰락에 큰 영향을 미쳤다. 이제는 CD조차 구경하기 힘든 시대가 됐으니 격세지감이 아닐 수 없다.

세월이 흘러도 지직거리는 빽판(정품이 아닌 불법 복제품)으로 음악을 듣고, "오늘은 왠지……"로 시작하는 DJ들의 닭살 멘트가 그리워지는 건 어쩔 수 없다. 커피도 직접 가서 주문해야 하고, 소위 '테이크아웃'이 보편화된 요즘의 커피숍을 보면서 문득 그 많던 다방레지들은 다 어디로 갔을까 궁금해진다.

금지곡의 시대, 3대 저항가수

당대의 젊은이들은 마치 암구호처럼 금지곡을 들었고,
술집 한구석에서 나지막이 불렀다.

시(詩)를 쓰되 좀스럽게 쓰지 말고 똑 이렇게 쓰랏다. / 내 어쩌다 붓끝이 험한 죄로 칠전에 끌려가 / 볼기를 맞은지도 하도 오래라 삭신이 근질근질 / 방정맞은 조동아리 손목댕이 오물오물 수물수물 / 뭐든 자꾸 쓰고 싶어 견딜 수가 없으니, 에라 모르겠다 / 볼기가 확확 불이 나게 맞을 때는 맞더라도 / 내 별별 이상한 도둑이야길 하나 쓰것다. (중략) / 저 솟고 싶은 대로 솟구쳐 올라 삐까번쩍 / 으리으리 꽃궁궐에 밤낮으로 풍악이 질펀 떡치는 소리 쿵떡 / 예가 바로 재벌, 국회의원, 고급공무원, 장성, 장차관이라 이름하는 / 간뗑이 부어 남산하고 목질기기가 동탁배꼽 같은 / 천하흉포 오적五賊의 소굴이렷다. / 사람마다 뱃속이 오장육보로 되었으되 / 이놈들의 배안에는 큰 황소불알 만한 도둑보가 겉붙어 오장칠보, / 본시 한 왕초에게 도둑질을 배웠으나 재조는 각각이라 / 밤낮없이 도둑질만 일삼으니 그 재조 또한 신기神技에 이르렀것다./ 하루는 다섯놈이 모여 / 십년전 이맘때 우리 서로 피로써 맹세코 도둑질을 개업한 뒤 / 날이날로 느느니 기술이요 쌓으니 황금이라, 황금 /십만근을 걸어놓고 그간에 일취월장 묘기妙技를 어디 한번 서로 겨룸이 어떠한가 / 이렇게 뜻을 모아 도盜짜 한자 크게 써 걸어놓고 도둑시합을 벌이는데 / 때는 양춘가절陽春佳節이라 날씨는 화창, 바람은 건 듯, 구름은 둥실 / 지마다 골프채 하나씩 비껴들고 꼰아잡고 / 행여 질세라 다투어 내달아

비전祕傳의 신기神技를 자랑해 썼는
다. (하략)

70년대를 살았던 사람들이라면
한 번쯤 골방에 숨어서 읽어봤을 김
지하의 장시 〈오적〉의 일부분이다.
이 시는 1970년 5월 《사상계》를 통
해 '담시譚詩'라는 독창적인 이름으
로 발표, 파문과 물의를 일으키며
김지하라는 이름을 세상에 알린 작
품이다. 또한 그가 독재에 항거하는
지식인의 아이콘으로 떠오른 시가

◆김지하의 〈오적〉을 게재한 월간 《사상계》

됐을 뿐 아니라 70년대를 차가운 감옥의 독방에서 보내야 했던 시이기
도 하다.

70년대 박정희 독재정권에 항거하던 이들은 사회 전반에 포진해 있었
다. 문인들뿐만 아니라 대학생들을 비롯해 정치권, 노동권, 종교계, 문
화계 등 각계각층의 투사들이 독재정권에 항거하면서 싸웠다. 그 항거
는 단순히 군부독재를 종식하고 민주적인 세상을 만들자는 구호로 끝
나지 않았다. 누군가는 구호를 외쳤다는 이유로, 누군가는 불온한 책
을 펴냈다는 이유로, 또 누군가는 언론에 쓴 칼럼 때문에 고문을 당하
거나 감옥에 갇혔고, 이로 인해 소중한 삶의 터전에서 내몰려야 했다.
한마디로 저항은 곧 목숨을 담보로 해야 하는 시대였다.

◆ 금지곡 선포 기사, 1975년 6월, 경향신문

'인생 별거 아니에요. 살아보니 거기서 거기예요……. 날 버리고 널 버리고 망가지고 후회하고 후회하고.' 김창완 밴드가 펴낸 앨범의 노래 중에서 〈금지곡〉이라고 이름 붙인 노래다. 김창완은 진흙탕 선거판과 학교폭력 등 온갖 사회문제에 환멸을 느끼면서 만든 노래에 대한 반어적 표현을 제목에 담았다고 했다. 불과 얼마 전 MB 정권은 청소년 보호를 명목으로 노래에 마구잡이로 붉은 딱지를 붙여 반발을 산 적이 있었다. '술'만 들어가도 금지곡 딱지를 붙였던 심의위원장은 결국 사퇴했다.

70년대 금지곡을 이유로 대중으로부터 격리되어 살아야 했던 가수들의 시대에 비한다면 요즘의 금지곡은 그저 상업적 판로가 제한되는 데 그치는 정도다. 박정희 정권이 장기집권을 위해 유신헌법을 만들고 국민들을 마구잡이로 탄압하던 시대, 그 한가운데서 맨몸으로 싸우면서 버티던 가수들이 있었다. 당연히 오랫동안 그들이 만든 노래는 금지곡으로 묶였다. 금지곡을 부르거나 소유하고 있어도 불온한 사상을 가진 불순분자로 몰리던 시대였다. 당대의 젊은이들은 마치 암구호처럼 금지곡을 들었고, 술집 한구석에서 나지막이 불렀다. 김민기와 한대수·양병집은 그들의 무기인 오선지와 기타를 들고 답답한 세상과 싸웠던 젊은 투사였다.

■ 이름조차 부르지 못했던 김민기

나 태어나 이 강산에 군인이 되어 / 꽃 피고 눈 내리고 어언 사십 년 / 무엇을 하였느냐 무엇을 바라느냐 / 나 죽어 이 강산에 묻히면 그만이지

— 〈늙은 군인의 노래〉 일부

김민기가 쓰고 양희은이 불렀던 이 노래 역시 당연히 금지곡이었다. 당시 서울대생 김민기는 '71동지회' 회원들과 친분이 있었다. 71동지회는 1971년 박정희 정권에 의해 학교에서 제적당한 뒤 강제 징집된 학생회 간부들이 만든 모임이었다. 역시 그가 만든 〈아침이슬〉과 〈공장의 불빛〉 등의 노래도 금지곡으로 묶였다. 그러나 잡초를 밟으면 더 무성하게 자라는 법이다.

'긴 밤 지새우고 풀잎마다 맺힌 진주보다 더 고운…… 태양은 묘지 위에 붉게 타오르고'로 이어지는 이 노래는 유신독재를 무너뜨린 학생운동 현장에서는 물론 이후 노동운동의 현장에 이르기까지 폭넓게 불리던 '운동권 가요'가 됐다. 역시 김민기가 쓰고 양희은이 부른 〈작은 연못〉도 금지곡 리스트에 올랐다.

> 깊은 산 오솔길 옆 자그마한 연못엔 / 지금은 더러운 물만 고이고 아무것도 살지 않지만 / 먼 옛날 이 연못엔 예쁜 붕어 두 마리 / 살고 있었다고 전해지지요. 깊은 산 작은 연못 / 어느 맑은 여름날 연못 속에 붕어 두 마리 / 서로 싸워 한 마리는 물 위에 떠오르고 / 그놈 살이 썩어 들어가 물도 따라 썩어 들어가 / 연못 속에선 아무것도 살 수 없게 되었죠

다분히 철학적이고 은유적인 노래였다. 김민기는 연못 속 붕어를 소재로 분단된 남북한이 서로 싸운다면 공멸밖에 없음을 경고하고 있다.

70년대 서울대 미대에서 그림을 전공했던 김민기는 조영남이나 이장희, 작고한 전 홍익대 미대 학장이었던 화가 이두식 등과 자주 어울렸다. 조영남의 회상에 의하면 김민기는 두주불사형의 술꾼이었고, 기타치고 노래를 잘 만드는 학생이었다. 조영남은 그가 그리는 그림을 어깨너머로 보고 훗날 화가가 될 수 있었고, 김민기는 기타치고 노래부르는 조영남을 보고 많은 곡을 만들 수 있었다. 그러나 그가 만든 노래들의 수혜는 세시봉의 막내 격이었던 양희은에게 많이 돌아갔다.

수년 전 양희은은 공연기획자이자 뮤지컬 연출자로 변신한 김민기에

◆대중음악을 무기로 군사정권에 저항했던 김민기

게 헌정음반을 만들어서 바쳤다. 이 앨범에는 김민기가 양희은에게 써준 노래들인 〈아침이슬〉, 〈작은 연못〉, 〈거칠은 들판에 푸르른 솔잎처럼(원제:상록수)〉 등을 비롯해 〈아름다운 사람〉, 〈친구〉, 〈가을편지〉, 〈나비〉 등 김민기가 만들어 널리 유행됐던 노래들이 수록돼 있다.

〈아침이슬〉은 양희은의 데뷔곡이었지만 1975년 금지곡으로 묶였다가 90년대 들어서야 해금됐던 곡이다. 〈나비〉는 김민기가 독재에 항거하다가 연행되거나 투옥된 친구들을 보면서 느낀 착잡한 심경이 담겨 있고, 〈노병〉은 김민기가 군대 시절 정년퇴임하는 선임하사의 푸념을 듣고 만든 곡이다. 양희은이 〈늙은 군인의 노래〉로 발표한 이 곡은 80년대 학생운동 현장과 노동 현장에서 투쟁가로 자주 불렸다. 〈작은 연못〉 역시 반전의식을 상징적으로 담은 시적인 가사와 슬픈 멜로디 때문에 젊은 층들로부터 사랑을 받았다.

여하튼 김민기의 노래들이 본인의 의도와는 상관없이 70년대 말과 80년대 학생운동과 노동운동 현장에서 줄기차게 불린 이유는 무엇일까? 결국 청년 김민기의 깊은 고뇌가 학생들이나 노동 현장의 노동자에게 전달됐기 때문일 것이다. 그러나 김민기는 좀처럼 대중 앞에 모습을 드러내는 것을 꺼렸다. 그 첫째 이유는 그가 오랜 시간 동안 정보기관의 사찰 대상이었고, 또 하나의 이유는 자신을 드러내는 것을 즐기지 않았던 이유도 있었다. 90년대 이후에도 김민기는 대학로에 학전소극장을 차리고 뮤지컬 〈지하철 1호선〉을 장기 공연했고, 줄기차게 어린이 뮤지컬을 만들었다. 그러나 그가 그런 공연 콘텐츠로 큰돈을 벌었다는 얘기는 들어보지 못했다. 다만 "누군가 꼭 해야 할 일이기에 돈이 안 되는 줄 알면서도 포기할 수 없었다"는 그의 말을 인터뷰를 통해 들었다. 안타깝게도 〈지하철 1호선〉과 김광석, 많은 어린이 뮤지컬 등이 공연됐던 학전소극장은 2012년 높은 세 부담을 이기지 못하고 문을 닫아야 했다.

■ 바람처럼 자유로운 영혼 한대수

70년대 혜성처럼 나타나 포크음악을 주도했던 한대수 역시 금지곡의 대명사였다. 당국이 그의 노래 〈물 좀 주소〉와 〈행복의 나라〉에 금지곡 딱지를 붙였지만 젊은이들의 입에서 입으로 구전되면서 명곡 반열에 올랐다.

'물 좀 주소. 물 좀 주소. 목말라요. 물 좀 주소'로 시작되는 〈물 좀 주소〉는 물고문을 연상시킨다는 이유로, '장막을 거둬라. 너의 좁은 눈으로 이 세상을 떠보자'로 시작하는 〈행복의 나라로〉는 유토피아를 노래했다는 이유로 금지곡이 됐다. 이들 노래와 함께 같은 앨범《멀고 먼 길》에 수록된 〈옥이의 슬픔〉역시 옥이를 내세워 당시의 그늘진 사회상을 비판한 노래로 오랫동안 금지곡으로 묶여야 했다.

"제가 노래할 당시만 해도 어려운 정치상황 때문에 창작활동에 큰 제약을 받았죠. 그 당시 영자지 기자와 디자인포장센터 디자이너로 활동해서 생계를 걱정할 정도는 아니었지만 창작활동을 계속하다가는 정신병원에 갈 것 같아 미국행을 결심했죠."

1997년 서울 잠실 실내체육관에서 열린 '97록콘서트' 무대를 앞두고 기자와 가진 인터뷰에서 그는 70년대 자신이 만든 노래로 인해 탄압받아야 했던 사실을 인정했다. 60년대 말 이후 〈행복의 나라로〉, 〈물 좀 주소〉, 〈옥이의 슬픔〉, 〈고무신〉 등을 발표하면서 군사정권과 싸우며 자유를 노래했던 그는 28년 만에 귀국하여 고국무대에 섰다. 마지막으로 무대에 섰던 것은 1969년 드라마센터와 이화여대 공연이었다.

　뉴욕에서 그룹 '징기스칸'을 결성하는 등 꾸준한 음악활동을 펼쳐온 그는 사진작가, 그래픽디자이너 등으로 활동 폭을 넓혀왔다. 미국에서 시집 《데이브릭 온 더 랜드》를 내놓고 미국 시단에 이름을 올리기도 했다. 미국에 머물면서는 줄곧 〈무한대〉, 〈기억상실〉, 〈이우창&한대수—천사들의 담화〉 등 다소 전위적인 음악을 생산해 왔다.

　사실 한대수는 헝그리했던 대다수의 가수들에 비한다면 유복한 집안에서 문화적 수혜를 충분히 받고 자랐다. 한국전쟁 당시 연세대 임시 교사가 차려진 영도에서 어린 시절을 보낸 한대수의 집안은 누구나 부러워할 만큼 풍요로웠다. 친가에는 박사만 12명이 넘을 정도였고, 외가는 실로암백화점, 부산진철공소, 국제시장 상점 등을 운영했던 준재벌이었다.

　그의 아버지 한창석은 당시 드물었던 핵물리학자로 한대수가 태어난 지 100일 만에 미국 명문 코넬대로 유학을 떠났다. 홀로 남았던 어머니 박정자는 끝내 이혼하고 집을 떠났다.

　형제 없이 독자로 자란 한대수는 겉으로는 '부잣집 도련님'이었지만 늘 외로움에 시달렸다. 열 살 때인 1958년 그는 아버지를 찾아 조부모와 함께 미국으로 갔다. 그러나 끝내 아버지를 만나지 못한 채 그는 서울과 미국을 오가면서 생활했다. 그가 아버지를 만난 건 열일곱 살 때

◆한국 최초의 히피 가수 한대수

였다. 그러나 천재라고 불렸던 아버지는 예전의 모습은 온데간데없고 형편없이 망가져 있었다.

한대수가 홀연 귀국하여 대중음악계에 나타난 건 1968년도였다. 장발에 찢어진 청바지, 예전 한국 가요계에서는 볼 수 없었던 창법을 구사하는 그를 가리켜 언론은 '한국 최초의 히피 가수'라고 명명했다. 1968년도는 한국 대중음악사에서 기록될 만한 해였다. 그해 미8군을 중심으로 활동하던 신중현은 여성 듀오 펄시스터즈 데뷔 앨범을 만들어 폭발적인 반향을 얻었다. 한대수는 통기타를 둘러메고 이제까지 누구도 접해보지 않은 걸쭉한 창법으로 번안곡을 불러 젊은 층들의 관심을 얻었다.

그다음 해에는 영국의 톱스타 클리프 리차드가 이화여대에서 내한 공연을 갖다가 흥분한 여성 관객이 팬티를 벗어 무대에 던지는 사건 때문에 온 나라가 시끄러웠다. 또 송창식과 윤형주는 트윈폴리오 앨범을 내면서 젊은이들의 감수성을 마구 흔들어놓기도 했다. 이 시기야말로 통기타와 청바지, 생맥주로 상징되는 한국 청년문화의 발아기였던 것이다.

한대수가 귀국하여 처음 선 무대는 무교동의 세시봉이었다. 트윈폴리오, 조영남 등과 함께 나란히 무대에 섰지만 관객들은 기타와 하모니카를 불면서 괴상하게 노래하는 히피쯤으로 여기며 신기해했다. 게다가 그가 TV에 등장하자 여자를 방불케 하는 긴 머리 때문에 구설수에 올랐다. 그가 싱어송라이터이자 완성도 높은 곡을 들고 나온 아티스트 이전에 미국에서 히피가 돼서 돌아온 교포쯤으로 여기는 분위기였다.

1969년 그는 이화여대에 다니던 두 여대생 팬의 도움으로 남산 드라마센터에서 톱을 켜는 전위적인 공연을 열었다. 그는 TV의 외면으로 명동 일대의 다운타운가에서 노래했지만 처음 언론이 히피로 규정하는 바람에 진정성 있는 아티스트로 평가받는 데 한계가 있었다.

군복무 이후 그는 가수로서가 아니라 작곡가로 컴백했다. 김민기에게 〈바람과 나〉, 양희은에게 〈행복의 나라〉 등을 주면서 노래를 드문드문 불렀다.

1974년에야 데뷔 음반 《멀고 먼 길》을 내놓은 한대수는 대학생들을 중심으로 저항정신으로 똘똘 뭉친 가수로 평가받았다. 타이틀곡 〈물 좀 주소〉는 자유와 사랑을 타는 목마름으로 호소하는 절규를 담고 있었기 때문이다.

생계 때문에 《코리아 헤럴드》 기자로 일하기도 했던 그는 1975년 2집 앨범 《고무신》을 발표한 뒤 한국 땅과의 이별을 고한다. 아니 그가 스스로 이별을 고했던 것이 아니고 서슬 퍼런 독재정권의 탄압 때문이었다.

그의 2집 앨범 재킷은 당시로서는 파격적인 사진을 담았다. 철조망 위에 흰 고무신 두 짝이 외롭게 걸려 있고, 뒷면에는 기괴한 톱연주를 하는 사진이 수록됐다. 보는 것만으로도 암울해 보이는 이 앨범은 당국에 의해 체제전복적이라는 이유로 햇빛도 보지 못한 채 폐기됐다.

1집 앨범까지 판매금지당한 한대수는 1977년 미국 뉴욕으로 돌아가서 3인조 록밴드 징기스칸의 리더로 활동하는 등 망명 아닌 망명생활을 해야 했다. 이후 그는 미국과 한국을 오가면서 총 12장의 앨범을 발표했지만 전위적이고 파격적인 앨범이 대부분이었다.

앞에서도 언급했지만 그의 개인사 역시 파란만장하다. 스물일곱 살 때, 동갑내기 디자이너 김명신과 결혼했지만 1989년 이혼했다. 1992년 엔 뉴욕에서 만난 스물두 살 연하의 러시아인 옥사나 알페로바와 재혼했다. 2004년 한국에 정착했고 지독한 알코올중독에 빠진 옥사나와의 사이에서 딸 양호를 낳은 것은 환갑을 한 해 앞둔 2007년이었다.

그는 아이러니하게도 젊은 시절 박정희 정권에 저항하는 가수였고, 그들에 의해 탄압받으면서 미국을 떠돌았지만 한편으로는 박정희를 옹호했다.

"30년 동안 작고 가난했던 나라가 세계 경제 10위권으로 급성장한 예는 없었다. 당시 우리나라는 내 노래 〈물 좀 주소〉보다 줄 물조차 없었던 가난 극복이 더 절실했다. 박 전 대통령은 나쁜 일도 많이 했지만, 국론분열보다 밝은 국가의 미래를 생각한다면 그분이 이뤄낸 경제적 성과만은 평가해야 한다고 생각한다."

2005년 CBS라디오에 출연하여 이같이 밝히자 그의 발언을 둘러싸고 뜨거운 논란이 펼쳐졌다. 한편에서는 그의 전향선언이라고 얘기했고, 또 한편에서는 그의 발언이 일리가 있다고 고개를 끄덕였다. 또 2012년 대선을 앞두고 그는 새누리당이 추진하는 일자리 프로젝트의 로고송을 만들었다. 로고송은 그의 대표곡인 〈행복의 나라로〉를 빠르게 편곡한 것으로, 청년들의 해외 진출을 지원하는 'K-move' 프로젝트를 홍보하는 데 쓰였다. 박정희의 딸 박근혜가 대통령이 되는 프로젝트에 그가 동참한 것이다. 그는 한 언론과의 인터뷰에서 "좋은 일이든 나쁜 일이든 아버지 때 일은 그 대代에서 끝내야……"라면서도 "특정 후보를 지지하는 것은 아니다. 모든 후보가 훌륭하다"고 했다.

▪ 빈부격차, 이농을 정면으로 비판한 양병집

김민기·한대수와 더불어 70년대 3대 저항가수였던 양병집의 첫 음반《넋두리》(1974)도 한 젊은 아티스트의 저항을 담은 앨범이었다. '내 안경이 졸도할 만한 서울에 올라와 나도 한번 벌고 싶어 헤매 다녔으나 내 맘대로 되지 않더라'(〈서울하늘〉), '휘몰아치는 바람 속에서 참다, 참다 스러져간 꽃'(〈잃어버린 전설〉), '타박타박 타박네야 너 어드메 울며 가니'(〈타복네〉), '두 바퀴로 가는 자동차, 네 바퀴로 가는 자전거'(〈역〉, 훗날 김광석이 〈두 바퀴로 가는……〉으로 리메이크) 등 외국 포크곡에 붙인 가사는 인상적이다. 〈두 바퀴로 가는 자동차〉는 양병집이 1973년도에 전국 포크송 콘테스트에 나가 〈역逆〉이라는 제목으로 불렀던 번안곡이다. 이 노래는 밥 딜런의 〈Don't think twice, It's all right〉를 번안한 곡으로 양병집이 발표한 이후 이연실, 그리고 김광석이 부르면서 더욱 세간에 알려졌다. 〈타복네〉로 발표된 곡의 바른 우리말 표기는 '타박네'로 훗날 서유석이 리메이크하여 더 유명해진 노래다. 구전돼 오던 우리 민요를 양병집이 채록한 노래였다.

당시 양병집의 등장은 독재정권의 억압으로부터 해방되고 싶어하는 젊은이들의 욕구를 달래주는 위안, 그 자체였다. 명동 한 증권사의 말단 직원이었던 그는 1972년 초, 그의 나이 스물두 살 때《월간팝송》이 주최한 '제1회 포크콘테스트'에 참가한다. 그 대회에서 그는 창작곡

◆젊은 아티스트의 저항을 노래한 양병집

〈역〉으로 3위에 입상한다. 중앙고등학교 시절부터 음악광이었던 그는 서라벌예대 작곡과에 입학했으나 부모님의 반대에 부딪혀 휴학을 하고 부친의 가업을 잇기 위해 증권사에 입사했다. 그로부터 1년 만에 음악을 잊지 못하고 다시 돌아온 것이다. 이 대회의 1위는 〈내 님의 사랑은〉, 〈한 사람〉의 작곡자 겸 가수 이주원이, 그리고 2위는 김민기와 더불어 '도깨비 두 마리' 즉 '도비두'의 멤버인 김영세의 동생, 김준세가 각각 차지했다.

양병집은 입상 이후 가요관계자들로부터 주목받기 시작하면서 명동의 오비스 캐빈이나 네쉬빌 그리고 르 실랑스 같은 무대에서 노래를 불렀다. 이러한 무대를 통해 그는 밥 딜런과 우디 거슬리를 세상에 소개했다. 또 조병제·유명숙·최성원·임용환 등과 함께 트리오, 혹은 4인조를 결성해 무대활동을 펼치기도 했다.

그는 경제개발과 국가재건을 목표로 달려온 당대의 대한민국이 빈부격차와 이농현상 등으로 곪아가고 있다고 신랄하게 비판했다. 결국 이 음반은 수개월 만에 금지 앨범으로 묶여 세상 속으로 스며들지 못한 채 단명했다. 《넋두리》의 당시 금지 사유는 '가사와 창법 저속'이었다. 결국 '저주받은 걸작'이 되어버린 이 음반은 70년대를 보내면서 청계천의 LP점이나 대학가에서 몰래 거래되던 금지 앨범 1호였다.

그는 1975년 7월, 〈서울하늘〉이 금지곡으로 묶인 것과 때를 같이해 당시 연예가를 뒤흔든 대마초 파동의 시점에서 기타를 내려놓고 무대를 떠난다. 그는 무대를 떠난 뒤 원래 다니던 증권회사에 재입사하여 증권분석가로 변신했다. 그 후 1980년, 두 번째 독집 앨범《아침이 올 때까지》를 발표하며 다시 대중 앞에 등장하기도 했다.

양병집은 비록 굵고 짧게 활동했지만 미국의 팝음악, 특히 싱어송라이터들의 노래들을 절묘하게 가사를 붙여서 한국 사회의 부조리를 신랄하게 비판했다. 그것조차 허용되지 않는 사회에서 일찌감치 단명할 수밖에 없었지만 그가 남긴 족적만은 뚜렷하게 남아서 70년대를 관통했다.

■ 저항시인, 싱어송라이터들의 반란

김민기와 한대수·양병집은 동시대에 호흡하면서 대중의 환호를 받으며 음악활동을 한 건 아니었지만 그 개성만은 뚜렷한 아티스트였다.

우선 그들이 음악적 산고를 겪었을 그 시절을 돌이켜보자. 1968년 서울은 청와대 뒷산에서 울려퍼진 총성으로 시작된 해였다. 영화 〈실미도〉로 요즘 세대들도 아는 사건이 됐지만 북한의 특수부대 요원들이 박정희를 암살하기 위해 청와대 뒷산까지 내려왔던 것이다. 박정희 정권은 이 사건을 계기로 향토예비군 제도를 시행하고, 주민등록증 제도를 강화했으며, 국민교육헌장을 내놓았다. 또 고등학교와 대학교에서 교련을 가르치는 등 자주국방을 기치로 국민 통제기능을 강화한 것이다.

해방 직후 태어난 세 가수는 양키들이 나눠 주는 구호물자를 먹고 자라거나 미국을 오가면서 자랐다. 또 어린 시절 한국전쟁을 몸소 겪으면서 전쟁의 참상을 목도하기도 한 세대들이다. 이러한 시대적 배경으로 인해 세 사람은 청소년기를 보내면서 미국 문화를 몸소 체험할 수 있었다.

이들은 저항이라는 단어에 앞서 스스로 작사와 작곡을 하면서 자신들의 메시지를 노래에 담았던 아티스트였다. 그것도 사랑노래나 고향을 그리워하는 노래에서 벗어나 그들이 처한 현실을 얘기했다는 점에서 거의 최초라고 할 만하다.

세 사람은 음악적 도구로 기타를 사용했다. 기타를 기반으로 한 음악이기에 미국에서 한창 유행하던 포크음악의 범주에서 벗어나지 않았지만 한편으로는 우리 고유의 판소리나 가락을 그들의 음악 위에 얹었다. 김민기의 〈작은 연못〉이나 한대수의 〈행복의 나라로〉, 양병집의 〈타복네〉 등을 듣다보면 지극히 한국적인 색채가 진하게 배어 있다.

그들이 노래를 통해 바라본 세상풍경 역시 남다른 데가 있다. 세 사람 모두 고도의 은유를 사용하면서 남북문제나 이농현상, 폭정 등에 항의하고 있지만 특유의 서정성을 잃지 않고 오래 기억되는 노래로 만들었다는 점도 주목해 볼 필요가 있다. 단순히 사회문제에 대해 깊이 파고든 노래를 발표했다는 의미 외에도 그들 모두가 음악적 천재성을 갖추고 있었다.

이들의 노래가 80년대와 90년대까지 대학가에서 불려지고, 지금 세대도 기억하는 노래가 된 것은 결코 우연이 아니다.

요절한 천재 싱어송라이터 김정호

'내 죽거든 앞이 툭 트인 곳에 묻어달라'는 유언을 남긴 채
그는 1985년 11월 서울대병원에서 세상을 떴다.

죽음은 늘 우리 곁에 있다. 죽음과 친해지는 일이야말로 인간의 가장 큰 과제다. 서른셋. 젊은 나이에 세상을 떠난 포크가수 김정호는 죽음과 서서히 친해지면서 짧지만 뜨거웠던 청춘의 한때를 불사른 가수였다. 1952년생, 서울 성동고 졸업, 본명은 조용호. 그의 성장기가 어땠는지는 아무도 모른다. 판소리하는 홀어머니 밑에서 자랐고, 아버지는 성이 조가였다는 것밖엔. 70년대 초반 통기타 한 대 들고 명동에 왔을 때 사람들은 "신동神童에 가까운 작곡가가 나타났다"고 했다. 어머니 덕분에 일찌감치 익힌 판소리를 바탕으로 그는 5음계만을 사용하여 심금을 울리고 폐부를 찌르는 처연한 노래를 만들었다. 그의 재능을 알아보고 가수로 만든 건 애플프로덕션 김웅일 대표였다.

1974년 데뷔 앨범에 〈이름모를 소녀〉를 내놨을 때 시장의 반향은 폭발적이었다. 밤을 새워 앨범을 찍어내도 모자랄 정도였다. 단조短調에서 오는 처연함과 애수를 느끼게 하는 그의 목소리는 듣는 이의 가슴을 후벼팠다.

'버들잎 따다가 연못 위에 띄워놓고 / 쓸쓸히 돌아서는 이름모를 소녀 / 밤은 깊어가고 산새들은 잠들어 / 아무도 찾지 않는 조그만 연못 속에 / 달빛 젖은 금빛 물결 바람에 이누나'

타이틀곡 〈이름모를 소녀〉는 물론 〈사랑의 진실〉, 〈잊으리라〉, 〈작은 새〉, 〈빗속을 둘이서〉에 이르기까지 어느 곡 하나 버릴 것 없는 꽉 찬 앨범이었다. 당시 김정호의 매니저였던 이상기(현 U21 대표)는 〈이름모를 소녀〉의 주인공은 훗날 결혼한 부인 이영희였다고 술회한다. 많은 히트곡을 있게 한 '몰래사랑'을 하고 있었던 셈이다. 1975년 잇달아 새 앨범 《하얀나

◆〈이름모를 소녀〉가 수록된 김정호 첫 앨범

비》를 내놓으면서 한恨이 느껴지는 포크가수로서 자리매김했다.

그러나 인기가 오를수록 그는 서서히 죽음 곁으로 다가서고 있었다. 대마초와 폐결핵, 그 두 단어가 결정적으로 그의 발목을 잡았다.

"곡을 쓸 때면 수유리 그린파크호텔이나 변두리 여관에 장기투숙했어요. 한 달이고 두 달이고 곡이 나올 때까지 나오지 않았어요. 매일 피워대던 줄담배로 그의 폐는 빠르게 썩어 들어갔죠."

이상기의 회고다. 1975년 겨울은 당대의 다른 가수가 그러했듯이 김정호에게도 불행한 계절이었다. 인기 듀오그룹 멤버였던 ㅇ씨가 박정희 대통령의 아들 지만 씨와 대마초를 피우다가 발각되어 대마초 가수들에게 철퇴가 내려졌다. 당시 김정호를 담당했던 조모 검사는 딸이 열렬한 팬이라면서 훈방조치했다. 그러나 다시 내려진 재수사 지시에 김정

KIM JUNG HO · LIFE

人生

김정호

◆ 김정호의 재기 앨범 《인생》

호는 모진 고문에 시달린 뒤 가수 활동이 금지됐다.

이상기는 그의 폐병 치료를 위해 인천의 한 요양소에 수용시켰다. 그러나 김정호는 감시가 느슨할 때면 어김없이 서울에 올라와 통기타 업소에서 노래하고 있었다.

이상기는 "그의 노랫말에서 알 수 있듯이 인간에 대한 애틋함을 갖고 있던 가수"라고 회고한다.

당시로서는 꽤 많은 돈을 벌었음에도 그는 집에 한 푼도 가져가지 못했다. 살림이 어려운 선배가수 집에 쌀을 보낸 미담이 뒤늦게 알려지기도 했고, 배고픈 음악동네 후배들의 용돈은 거의 그의 주머니에서 나왔다.

1977년 부인 이영희와의 사이에 쌍둥이 두 딸이 출생했다. 그러나 폐결핵은 그의 생명을 시나브로 단축시키고 있었다.

1981년 활동금지가 풀리면서 재기 앨범 《인생》을 내놨다. 1983년 유작 앨범이 된 《님》은 그가 남긴 유언인 셈이었다. '간다 간다 나를 두고 떠나간다'라는 절규가 담긴 노래를 녹음하면서 그는 삐쩍 말라 뼈만 남은 몸으로 가쁜 숨을 몰아쉬면서 죽음을 예감하고 있었다. 그가 부른 노래에는 국악과 가요를 접목하여 새로운 리듬과 멜로디를 만들어보겠다는 의지가 담겨 있었다.

'내 죽거든 앞이 툭 트인 곳에 묻어달라'는 유언을 남긴 채 그는 1985년 11월 서울대병원에서 세상을 떴다. 나이 서른셋이었고 겨울이었다. 그는 지금 경기도 파주의 기독교 공원묘지에 잠들어 있다. 〈이름모를 소녀〉의 주인공이었던 부인 이영희는 재가도 하지 않은 채 두 쌍둥이 딸을 키웠고, 큰딸 정선은 작곡가로 데뷔했다.

한 시인은 그의 노랫말을 가리켜 "한국적인 정서가 물씬 묻어나는 울림이 담겨 있다"고 평했다. 하늘과 바람, 새와 꽃잎, 무엇보다도 인간을 사랑할 줄 알았던 가수 김정호는 지금 여기 없다. 그러나 그의 노래는 지금도 많은 이의 가슴속에 살아 있다.

김정호의 이른 죽음은 가요계에 큰 슬픔을 몰고 왔다. 배호·차중락·하수영의 요절에 이은 김정호의 죽음. 가요계서는 '슬픈 노래를 부르면 요절한다'는 소문까지 나돌 정도였다. 살아 있을 때 유난히도 살갑게 가요계 선후배들과 어울렸던 김정호의 죽음은 충격적인 사건이었다. 특히 〈밤에 떠난 여인〉의 가수 하남석은 가장 아끼던 후배의 죽음에 가장 슬퍼했다. 서울대병원 영안실을 지키던 하남석에게 〈향수〉의 가수 이동원이 그의 음악세계도 조명하고 유족들에게 도움이 될 수 있도록 헌정앨범을 만들자고 제의했다.

이래서 나온 《김정호 추모앨범》은 헌정앨범의 효시였다. 김범룡이 〈이름모를 소녀〉를, 김현식이 〈님〉을 불렀다. 송창식(잊으리라), 윤시내(하얀나비), 한마음(빗속을 둘이서), 서수남·하청일(사랑의 진실), 윤승태(작은 새) 등이 그가 남긴 주옥같은 노래들을 불렀다. 이들 외에도 전영록·김학래 홍민·이정선 등 후배들이 앞다퉈 선배가수의 추모앨범을 만드는 데 열과 성을 다했다. 당시 각자 다른 소속사에 적을 두고 있었지만 아무런 이해관계 없이 자발적으로 참여했다는 점에서 'KBS음반기획상'을 받는 등 높이 평가받았다.

최근에도 그의 고향 전남 장성에서 '김정호추모가요제'가 열리는 등 그를 기리는 사업들이 끊이지 않고 있다. 만약 그가 살아 있었다면 한국을 대표하는 싱어송라이터로 자리매김했을 텐데 너무도 빠른 그의 죽음이 못내 아쉽다.

음유시인 김민기·송창식·정태춘

갈수록 서정과 서사가 사라지는 우리 노랫말에 대해
다시 한 번 곰곰이 함께 고민해 봐야 할 시점이 아닐까.

How many roads must a man walk down

Before you call him a man?

Yes, 'n' how many seas must a white dove sail

Before she sleeps in the sand?

Yes, 'n' how many times must the cannon balls fly

Before they're forever banned?

The answer, my friend, is blowin' in the wind,

The answer is blowin' in the wind.

How many years can a mountain exist

Before it's washed to the sea?

Yes, 'n' how many years can some people exist

Before they're allowed to be free?

Yes, 'n' how many times can a man turn his head,

and pretend that he just doesn't see?

The answer, my friend, is blowin' in the wind,

The answer is blowin' in the wind.

시인 딜런 토마스를 너무도 좋아해서 예명까지 밥 딜런으로 붙인 전설적인 팝가수가 부른 〈바람만이 알고 있네Blowin' in the Wind〉의 노랫말 일부다. 팝가사를 번역한다는 것은 때로 어리석은 짓이긴 하지만 이 노래가 담고 있는 얘기는 대강 이렇다.

'사람이 얼마나 많은 길을 걸어야 / 그를 사람이라 부를 수 있을까 / 얼마나 많은 바다를 날아가야만 / 비둘기는 모래땅에서 쉴 수 있을까 / 얼마나 많은 포탄이 날아다녀야 / 그것들이 영영 금지될 수 있을까 / 그 대답은 친구여, 바람만이 알고 있네 / 바람만이 알고 있다네 // 얼마나 많은 세월이 가고 나서야 / 산이 씻겨 내려서 바다로 갈 수 있을까 / 얼마나 많은 세월이 지나고 나서야 / 사람들이 자유를 얻을 수 있을까 / 사람이 얼마나 더 외면을 하고 / 보지 못한 척 할 수 있을까 / 그 대답은 친구여, 바람만이 알고 있네 / 바람만이 알고 있다네'

전쟁에 대한 회의와 자유에 대한 갈망을 담은 이 노래는 60년대 시대적 상황과 맞물려 수많은 젊은이들의 지지를 얻어냈다. 시적인 상상력과 철학적인 사유로 아직까지 밥 딜런은 당대 최고의 음유시인으로 인정받고 있다. 그 생명력 또한 길어서 지금까지도 그의 노래들은 스테디송 반열에 올라 세계인들의 사랑을 받고 있다.

대중음악의 시적 감수성을 논하는 자리의 맨 앞에 밥 딜런을 인용한 것은 그의 노래들이 이 글에서 말하고자 하는 상징성을 드러내 보여주기에 부족함이 없다는 생각에서였다.

60년대와 70년대 청춘을 보낸 이들이라면 누구나 일정 부분 팝송에 대한 향수를 갖고 있을 것이다. 빽판을 사서 턴테이블에 걸고 음악적 매력에 푹 빠져보기도 하고, 그 노래를 연주하고 부르기 위해 열심히 통기타를 배웠으리라. 라디오 FM에서 흘러나오는 팝송을 따라 부르기 위해서 영어공부를 열심히 했다는 사람들도 꽤 있다.

비틀스를 시작으로 레드 제플린, 사이먼&가펑클 등 수많은 팝스타가 세계인의 마음을 뒤흔들어 왔다. 그들뿐인가. 그룹 비지스를 비롯해 로드 스튜어트, 제니스 조플린, 존 바에즈, 그룹 퀸, 레오나드 코엔, 닐 다이아몬드, 그룹 아바에 이르기까지 아름다운 노랫말과 감성적인 멜로디로 세계인들의 감성을 지배해 온 팝스타들은 얼마든지 있다.

일일이 그 이름을 거명하기조차 힘들다. 록이든 블루스든 재즈든 그 장르와는 상관없이 시적 감수성이 넘치는 팝음악을 구사하던 음유시인들이 한 시대의 정서를 지배해 왔다. 현대 시인들의 계보를 줄줄이 꿰는 이는 드물어도 음유시인들의 계보와 그들의 대표작들을 줄줄이 꿰는 이들은 얼마든지 많다. 그만큼 대중음악은 대중 속으로 파고드는 흡인력이 높고, 그 흡인력만큼이나 당대 사람들의 정서를 지배해 온 셈이다.

이 글에서 이미 수많은 대중음악평론가에 의해 입증된 전설적인 팝스타들의 노랫말들을 다시 한 번 반추하는 것은 의미가 없다. 이미 그들에 대한 분석적인 글들은 차고 넘칠 뿐 아니라 일부는 이미 화석이 돼버렸다.

대신 역사가 일천한 한국 대중음악 속으로 파고 들어가 시적 감수성이 어떻게 시작되어 확산돼 왔는지 분석하는 것이 훨씬 의미있는 작업이 될 것이다.

■ 시집까지 펴낸 가수 정태춘

◆ 정태춘 시집《노독일처》

가수 정태춘은 시집《노독일처老獨一處》(실천문학사)를 세상에 내놨다. 그리고 본격적으로 시인으로 활동하겠다고 선언하기도 했다.

아, 시를 써야겠다 / 황지우처럼 시를 써야겠다 / '저물면서 빛나'지 않고 / 그저 무너지는 바다 / 잿빛 바다 / 그의 전생과 엇비슷한 전생쯤에서 / 그가 아닌 내가 보았던 / 벼랑의 바다, 단애의 바다

— 시 〈황지우처럼〉 일부

〈북한강에서〉, 〈떠나가는 배〉 등 서정적인 노랫말로 한 시대를 풍미해 온 그가 왜 시인의 길을 택했을까. 또 그 첫 시집에서 대한민국 현역 대표시인 중의 한 사람인 황지우를 소재로 삼았을까.

그의 시집에서 해답을 찾을 만한 어떠한 단서도 없다. 그러나 적어도 유추해 보자면 그는 '시적인 가사'가 아닌 '진짜 시'를 쓰고 싶었을 것이다. 사실 이 땅의 대중가요는 늘 지식인 계층들로부터 폄훼당해 온 것이 사실이다. '뽕짝'이나 '유행가'로 불리면서 그저 흔한 사랑이나 이별을 얘기하는 하위문화로 인식돼 왔다. 엄청난 영향력에도 불구하고 우리 노래나 우리 노랫말이 우리 삶에 미치는 영향력에 대해 논의돼 본 적

◆ 정태춘·박은옥의 앨범 재킷

이 없는 것이 사실이다.

　시가 혹은 시인이 신문이나 각종 문예지의 중심에서 얘기될 때도 정태춘의 아름다운 노랫말은 제대로 평가된 적이 없었던 것이 사실이다. 물론 여러 가지 제약이 따르는 노랫말보다는 훨씬 형식이 자유로운 시를 쓰고 싶어하는 정태춘의 의지가 있었겠지만 저간에는 그러한 불만(?)도 있었을 것으로 추정된다.

'눈물에 옷자락이 젖어도 / 갈 길은 머나먼데 / 고요히 잡아주는 손 있어 / 서러움을 더해주나 / 저 사공이 나를 태우고 / 노 저어 떠나면 / 또다른 날 위에 내리면 / 나는 어디로 가야 하나 / 서해 먼 바다 위론 눈물이 / 비단결처럼 고운데 / 나 떠나가는 배에 물결은 멀리멀리 퍼져간다 / 꿈을 꾸는 저녁 바다에 / 갈매기 날아가고 / 섬마을 아이들의 웃음소리 / 물결 따라 멀어져간다'

그의 절창인 〈서해에서〉의 노랫말이 보여주듯 정태춘은 탁월한 시적 감성을 보여준다. 시인 안도현이 이 노래를 18번으로 삼은 이유도 게 있지 않을까. 이 노래뿐 아니라 그의 대부분의 노래들은 탁월한 서정시인으로서의 언어감각을 드러내 보여준다. 여기에 80년대 이후 노동운동의 한복판에 뛰어들면서 보여준 그의 전투적 서정 역시 시대와 맞서 싸운 용감한 활동가로서의 면모도 갖고 있다. 저 어두웠던 시대에 많은 지식인들이 침묵했던 것을 상기한다면 그의 투쟁은 충분히 평가받을 만한 것이었다.

■ 유신정권도 두려워했던 김민기의 서사

70년대 대중음악 속에 표현된 노랫말들 중에서 우리가 주목할 것은 시대에 대한 끊임없는 저항정신을 담았다는 점이다. 시인 김지하와 가수 김민기는 그 중심에 서서 시대와의 불화를 얘기했다. 그 작업은 상업적인 성공과는 거리가 멀 뿐 아니라 서슬 퍼런 독재정권으로부터 탄압의 대상이 됐음에도 불구하고 시와 노래로 독재의 칼날과 맞서 싸웠다.

'얼어붙은 저 하늘 / 얼어붙은 저 벌판 / 태양도 빛을 잃어 / 아 캄캄

한 가난의 거리 / 어디에서 왔나 / 얼굴 여윈 사람들 / 무얼 찾아 헤매이나 / 저 눈 저 메마른 손길 / 오 주여 이제는 여기에 / 오 주여 이제는 여기에'

김지하가 〈오적〉을 발표한 뒤 차가운 감옥에 있을 때 김민기는 김지하의 시에 곡을 붙여 〈금관의 예수〉를 발표했다. 그의 또 다른 걸작인 〈공장의 불빛〉은 노동의 고단함에서 헤어나지 못한 채 청춘을 보내야 했던 우리 누이들에 대한 헌사였다. 뿐만 아니라 산업사회의 한가운데로 내몰려 끝없이 탄압받던 산업일꾼들의 현실을 날카롭게 고발했던 작품이었다.

그의 대표곡인 〈친구〉나 〈작은 연못〉 등 김민기가 만들었던 대표작들을 섭렵하고 나면 한 시대의 저항문학의 표상이었던 김지하의 그것과는 또 다른 차원에서 평가받아 마땅한 파괴력을 느낄 수 있다.

'긴 밤 지새우고 풀잎마다 맺힌 / 진주보다 더 고운 아침이슬처럼 / 내 맘에 설움이 알알이 맺힐 때 / 아침 동산에 올라 작은 미소를 태운다 / 태양은 묘지 위에 붉게 떠오르고 / 한낮에 찌는 더위는 나의 시련일지라'

양희은이 불러 대중화된 이 노래는 적어도 70년대와 80년대를 거치는 동안 최루탄이 난무하는 대학가의 스테디송이었다. 지금은 공연기획자로 활동하는 김민기는 대중음악사에 있어서 현실을 외면하지 않고 맞서 싸운 1세대 작가이자 가수로 기록될 만하다.

김민기가 노래운동의 포문을 열었다면 안치환은 노래가 대중들의 의식을 전환시키고 깨우치는 기폭제가 될 수 있다는 것을 입증해 보인 2

세대 작가였다.

'거센 바람이 불어와서 / 어머님의 눈물이 / 가슴속에 사무쳐오는 / 갈라진 이 세상에 / 민중의 넋이 주인되는 / 참세상 자유 위하여 / 시퍼렇게 쑥물 들어도 / 강물 저어 가리라 / 솔아솔아 푸르른 솔아 / 샛바람에 떨지 마라 / 창살 아래 내가 묶인 곳 / 살아서 만나리라'

안치환이 쓰고 부른 〈솔아 솔아 푸르른 솔아〉는 80년대 대학가에서 빼놓을 수 없는 운동가요로 사랑받은 노래다. 운동권 노래패인 '노래를 찾는 사람들'의 주요 멤버였던 그는 솔로 데뷔 이후에도 운동권 색채가 짙은 노래들을 발표했다. 시대가 안정을 찾아가면서 그의 노래도 다소 달라지긴 했지만 전투적 서정의 냄새를 조금씩 지워 나가면서도 그 정신은 늘 한 줄기를 유지한다. 그의 또 다른 히트곡인 〈사람이 꽃보다 아름다워〉에서 느낄 수 있듯이 그는 인간에 대한 사랑과 예의를 갖춘 노래들을 줄곧 불러온 몇 안 되는 가수 중의 한 사람이다.

'강물 같은 노래를 품고 사는 사람은 알게 되지 / 음 알게 되지 / 내내 어두웠던 산들이 저녁이 되면 왜 강으로 스미어 꿈을 꾸다 / 밤이 깊을수록 말없이 서로를 쓰다듬으며 / 부둥켜 안은 채 느긋하게 정들어 가는지를'

■ 송창식과 조동진, 청년들의 서정 주도

70년대 음유시인을 얘기하면서 이 사람을 빼놓을 수는 없다. 〈왜 불러〉로 시작하여 〈딩동댕 지난여름〉, 〈가나다라〉, 〈담배가게 아가씨〉 등 수많은 히트곡을 양산했던 송창식이 그 주인공이다. 그가 한때 통기타

◆송창식의 《애창곡 모음 2집》

와 청바지로 상징되는 청년문화의 기수였기도 하지만 당대로서는 찾아
보기 힘든 로맨티스트였음을 누구도 부인할 수 없다.

'술 마시고 노래하고 춤을 춰봐도 / 가슴에는 하나 가득 슬픔뿐이네
/ 무엇을 할 것인가 둘러보아도 / 보이는 건 모두가 돌아앉았네 / 자 떠
나자 동해바다로 / 삼등삼등 완행열차 기차를 타고'

누구든 청춘의 한 고비에서 〈고래사냥〉을 불러보지 않은 사람은 거의 없을 것이다. 암울했던 독재정권 시절을 살던 청년들에게 이 노래는 터질 듯한 가슴속의 울분을 달래주기에 더없이 좋은 노래였다.

이러한 은유적 로맨티스트들은 송창식 이후에도 시대상황에 따라 변주를 계속하면서 명맥을 이어간다. '들국화'의 멤버이기도 했던 최성원이 부른 〈제주도의 푸른 밤〉 역시 그러한 맥락에서 들여다볼 수 있는 노래다.

'떠나요 둘이서 모든 것 훌훌 버리고 / 제주도 푸른 밤 그별 아래 / 이제는 더 이상 얽매이긴 우리 싫어요 / 신문에 티비에 월급봉투에 / 그동안 둘이서 힘들 게 별로 없어요 / 제주도 푸른 밤 그 별 아래 / 그동안 우리는 오랫동안 지쳤잖아요 / 술집에 카페에 많은 사람에 / 아파트 담벼락보다는 / 바다 볼 수 있는 창문이 좋아요 / 낑깡밭 일구고 감귤도 우리 둘이 가꿔봐요 / 정말로 그대가 외롭다고 느껴진다면 떠나요 제주도 푸른 밤 하늘 아래로'

최근 가수 성시경이 리메이크하여 다시 인기를 얻었던 이 노래는 풍부한 시적 감성이 잘 살아 있다. 시대가 변해도 노래가 주는 감성이 잘 묻어나 있는 노랫말 때문에 리메이크라는 음악적 변주를 통해서도 다시 인기를 얻을 수 있었던 셈이다. 그러한 맥락에서 이문세의 〈광화문연가〉도 크게 다를 바 없다.

'이제 모두 세월 따라 흔적도 없이 변하였지만 / 덕수궁 돌담길엔 아직 남아 있어요 / 다정히 걸어가는 연인들 / 언젠가는 우리 모두 세월을 따라 떠나가지만 / 언덕 밑 정동길엔 아직 남아 있어요 / 눈덮인 조그만

조동진1

행복한 사람
거울 비
내가 좋아하는 너는 언제나

STEREO/VIP-20025

◆ 서정적 감수성이 돋보인 조동진의 첫 앨범

교회당'

이영훈이 작사하고 이문세가 부른 이 노래 역시 한 폭의 아름다운 풍경화 같은 노래다. 그 풍경에서 머무르지 않고 마치 삶의 내밀한 비밀까지 품고 있는 듯한 노랫말이 일품이다. 이문세가 오늘날까지 그 인기를 누려올 수 있었던 배경에는 탁월한 시적 감성이 한몫하고 있음을 부인할 수 없다.

　적어도 우리 시대의 음유시인을 얘기할 때 빼놓을 수 없는 이들이 몇 명 더 있다. 그중의 한 사람은 마치 담백하면서도 깔끔한 시를 쓰는 자연주의 시인을 연상케 하는 조동진이다. 그의 노래는 조용하면서도 소박하게 사람들의 마음을 흔들면서 한 시대를 풍미해 왔다.

　'나뭇잎 사이로 파란 가로등 / 그 불빛 아래로 너의 야윈 얼굴 / 지붕들 사이로 좁다란 하늘 / 그 하늘 아래로 사람들 물결 / 여름은 벌써 가버렸네 / 거리엔 어느새 싸늘한 바람 / 계절은 이렇게 쉽사리 가는데 / 우린 또 얼마나 어렵게 사랑해야 하는지'

　언젠가 개인 시집을 내기도 했던 조동진은 그의 대표곡 〈나뭇잎 사이로〉에서 보듯이 시적인 감성을 통기타에 담아 세상 사람들에게 전한 포크음악의 전령사였다.

　〈제비꽃〉이나 〈행복한 사람〉 등은 물론이고 시인 고은이 가사를 써준 〈작은 배〉에 이르기까지 그는 탁월한 서정시인이었다.

　그의 뒤를 이은 음유시인은 '시인과 촌장'의 하덕규였다. 이미 전설이 된 노래 〈가시나무〉는 그가 얼마나 탁월한 감성의 소유자였는지 잘 드러내 보여준다.

　'내 속엔 내가 너무도 많아 / 당신의 쉴 곳 없네 / 내 속엔 헛된 바램들로 / 당신의 편할 곳 없네 / 내 속엔 내가 어쩔 수 없는 어둠 / 당신의 쉴 자리를 뺏고 / 내 속엔 내가 이길 수 없는 슬픔 / 무성한 가시나무 숲 같네 / 바람만 불면 그 메마른 가지 / 서로 부대끼며 울어대고 / 쉴 곳을 찾아 지쳐 날아온 / 어린 새들도 가시에 찔려 날아가고 / 바람만 불면 외롭고 또 괴로워 / 슬픈 노래를 부르던 날이 많았는데 / 내 속엔 내가 너무도 많아 / 당신의 쉴 곳 없네'

그가 부르기도 했고 양희은이 불러 더 유명해진 〈한계령〉 역시 노랫말이 갖고 있는 시적인 탁월함이 돋보이는 노래다. 한 시대의 감성을 개인화시켜 내면의 풍경을 밖으로 드러내는 데 성공한 하덕규의 작법은 높이 평가할 만하다.

이들 외에도 70년대를 풍미했던 그룹 '산울림'도 시적 감수성이 돋보인다. 김창완이 이끄는 이들 삼 형제 그룹은 유니크한 노랫말로 젊은이들 사이에서 큰 인기를 얻었다. 때로 동요를 연상케 하는 천진난만한 노랫말이 이들의 무기였다. 〈아니 벌써〉, 〈아마 늦은 여름이었을 거야〉, 〈산할아버지〉 등등. 그들의 히트곡들은 노래의 엄숙주의나 통속성을 뒤엎는 '유쾌한 반란'으로 기억할 만하다.

이들 외에도 70년대 후반과 80년대 벽두엔 걸출한 가객들이 많았다. 전인권이 이끄는 '들국화'가 있었고, 작고한 김현식이 보컬로 활동했던 '봄여름가을겨울'이 있었다. 이들은 시적인 상상력과 탁월한 가창력을 무기로 한 시대를 풍미하기에 부족함이 없던 음유시인이자 가객이었다.

■ 서정과 서사의 맥을 이은 조용필과 심수봉

'먹이를 찾아 산기슭을 어슬렁거리는 하이에나를 본 일이 있는가? / 짐승의 썩은 고기만을 찾아다니는 산기슭의 하이에나 / 나는 하이에나가 아니라 표범이고 싶다 / 산정 높이 올라가 굶어서 얼어죽는 눈덮인 킬리만자로의 그 표범이고 싶다 // 자고 나면 위대해지고 자고 나

◆양인자의 노랫말이 돋보였던 조용필의 8집 앨범

면 초라해지는 나는 지금 / 지구의 어두운 모퉁이에서 잠시 쉬고 있다 / 야망에 찬 도시의 그 불빛 어디에도 나는 없다 / 이 큰 도시의 복판에 이렇듯 철저히 혼자 버려진들 무슨 상관이랴 / 나보다 더 불행하게 살다 간 고흐란 사나이도 있었는데 // 바람처럼 왔다가 이슬처럼 갈 순 없잖아 / 내가 산 흔적일랑 남겨둬야지 / 한 줄기 연기처럼 가루 없이 사라져도 / 빛나는 불꽃으로 타올라야지 / 묻지 마라 왜냐고 왜 그렇게 높은 곳까지 / 오르려 애쓰는지 묻지를 말아 / 고독한 남자의 불타는 영혼을 아는 이 없으면 또 어떠리'

조용필을 이야기할 때 빼놓을 수 없는 이가 바로 〈킬리만자로의 표범〉을 작사한 방송작가 양인자다. 적어도 작가 양인자는 그의 부군인 김희갑(작곡가)과 함께 천의무봉의 목소리를 가진 조용필에게 날개를 달아주었다. 양씨는 이 노래 외에도 〈허공〉, 〈바람이 전하는 말〉, 〈그 겨울의 찻집〉 등 조용필의 히트곡들에 노랫말을 붙이면서 그녀가 가지고 있는 시적 감수성을 많은 사람에게 알렸다. 물론 〈바람이 전하는 말〉은 한때 표절 시비에 시달렸다. 시인 마종기의 시와 많은 부분 흡사했으며, 양인자 본인도 어느 정도 영향을 받았음을 인정했다.

조용필 노래를 관통하는 절절한 서사와 맞물려 있는 이가 심수봉이다. '지금은 돌아와 거울 앞에 선 누이'처럼 의연하게 살아가고 있는 심수봉이지만 그녀의 아픈 과거는 늘 그녀의 노래와 더불어 얘기되면서 한 시대의 후일담을 만들어왔다. 그 대표적인 노래가 〈남자는 배 여자는 항구〉가 아닐까.

'언제나 찾아오는 부두의 이별이 아쉬워 두 손을 꼭 잡았나 / 눈앞의 바다를 핑계로 헤어지나 남자는 배 여자는 항구 / 보내주는 사람은 말이 없는데 떠나가는 남자가 무슨 말을 해 / 뱃고동 소리도 울리지 마세요 / 하루하루 바다만 바라보다 눈물 지으며 힘없이 돌아오네 / 남자는 남자는 다 모두가 그렇게 다 아아 / 이별의 눈물 보이고 돌아서면 잊어버리는 남자는 다 그래'

◆여인들의 정서를 대변한 심수봉의 앨범 《그때 그 사람》

　흔히 전통적인 남녀관계에 바탕을 둔 이 노래의 가사는 심수봉의 다소 청승맞는 목소리와 어우러져 젓가락 장단으로 부르는 마지막 노래로 남게 됐다.

　쓰다보니 이 땅의 대중가요에 나타난 시적 감수성을 체계적으로 논하지 못하고 살짝 훑어보는 글이 되고 말았다. 굳이 변명을 하자면 아직까지 어떤 지면에서도 이러한 주제를 가진 글들을 찾아보기 힘들었다. 그만큼 시와 노랫말은 별개의 장르로 인식돼 왔으며 이로 인해 서로 융화되어 분석해 보는 시도조차 없었던 셈이다. 좀 더 시대를 거슬러 올라와 최근의 가요들도 분석해 보고 싶었지만 적어도 '서태지와 아이들'로 상징되는 90년대 이후의 노래들은 전 세대의 그것과 발성법이 너무도 달랐다. 물론 그들의 노래 속에도 시적 감성이 배어 있지만 전 세대의 그것과 뭉뚱그려 논하기엔 너무도 뚜렷한 경계선이 보였다.

세상의 정서를 글로 표현하여 문학작품으로 남기거나 노래로 불러 세상 사람들과 교유하는 일에 큰 차이란 게 없다. 그러나 요즘 들어 정서적인 시나 감동적인 노래를 만나기가 쉽지 않다. 한꺼번에 몰아닥친 디지털 문화의 공습 때문에 다들 가슴이 메말라서일까. 갈수록 서정과 서사가 사라지는 우리 노랫말에 대해 다시 한 번 곰곰이 함께 고민해 봐야 할 시점이 아닐까.

오빠부대 라이벌의 원조, 남진과 나훈아

40여 년의 가수인생을 통틀어서
이들의 라이벌 대결을 분석한다면 분명 나훈아의 판정승이다.

60년대 말부터 70년대를 거치면서 박정희와 김대중이 정치적 라이벌이었다면 가요계에는 남진과 나훈아가 있었다. SES와 핑클, HOT와 젝스키스를 라이벌로 기억하는 세대를 제외한다면 이 땅에서 이들의 라이벌 관계를 모르는 이는 거의 없을 것이다.

남진이 전라도 목포의 부유한 집안 출신 가수였다면, 나훈아는 부산의 가난한 집안 출신의 자수성가형 가수였다. 남진이 도시적이고 세련된 매력을 갖고 있다면, 나훈아는 시골스럽지만 푸근한 인상으로 오빠부대를 몰고 다녔다. 성격에서도 두 사람은 대조적이었다. 남진이 매우 쾌활하고 밝은 성격이라면, 나훈아는 조용하면서도 진중한 성격이었다.

90년대 이후 형성된 가요계 라이벌들은 사생팬들의 보이지 않는 신경전 때문에 홍역을 치렀지만 훨씬 이전의 세대에 남진과 나훈아는 초등학생들의 싸움거리가 되기도 했다. 남진이 노래하면 나훈아 팬들이 외면하고, 나훈아가 노래하면 남진 팬들이 외면하던 라이벌 구도는 애당초 미디어가 부추겼다. 그러나 영·호남을 나눠 네 편 내 편을 만들던 지역주의도 한몫한 것이 사실이다. 공교롭게도 두 사람은 지역주의를 잉태한 영호남의 본향 출신이었다.

두 사람의 이력을 보면 남진이
나훈아보다 한 살 더 많다. 남진
이 1946년생이고, 나훈아가 1947
년생이다. 2010년 데뷔 45주년을
맞았던 남진은 인터뷰를 통해 "나
훈아의 실제 나이는 51년생"이라
고 주장하면서 "나훈아가 선배 대
접을 안해서 당시 기분이 상했던
건 사실"이라고 강조했다. 데뷔
역시 남진이 앞선다. 1965년 〈서
울 플레이보이〉로 등장한 남진은

◆한국 가요계의 대표적 라이벌이었던 남진과 나훈아

1966년에 〈울려고 내가 왔나〉, 〈가슴 아프게〉를 잇달아 발표하며 정상
에 올랐다. 1967년 고등학교 졸업반이던 최홍기는 가수 나훈아로 다
시 태어나면서 데뷔곡 〈내 사랑〉과 〈약속했던 길〉을 발표했고, 잇달아
〈사랑은 눈물의 씨앗〉, 〈임 그리워〉를 히트시켰다.

남진이 부유한 가정환경을 배경으로 안정적으로 가요계에 정착했
다면, 나훈아는 전형적인 헝그리 가수였다. 나훈아는 고교 시절 가수
의 꿈을 위해 작곡가 사무실에서 청소를 마다하지 않던 가수 지망생이
었다. 뒤늦게 데뷔한 나훈아가 남진과 같은 반열에 오를 수 있었던 건
1969년 남진이 청룡부대의 일원으로 월남에 파병되면서부터였다. 나훈
아는 1973년 공군으로 입대했으며, 입대 초기 명예 장교로 선발돼 잠깐
동안 월남에 다녀오기도 했다. 이들의 군복무 기간에도 레코드 회사들

◆전성기 시절의 남진 앨범 재킷

은 끊임없이 앨범을 내놨기에 팬들은 그들의 공백기조차 느낄 수가 없었다.

　데뷔 이후 1976년까지 두 사람은 비공식적 통계지만 각각 800여 곡의 노래를 발표했으니 연간 80여 곡의 신곡을 내놓은 셈이다. 이들 라이벌이 본격적으로 대결구도를 형성한 건 1972년이었다. 정치계에서는 박정희-김대중이 대통령 자리를 놓고 경합하는 동안 나훈아는 생애의 걸작이자 한국 트로트의 금자탑으로 남은 〈물레방아 도는데〉(정두수 작사·박춘석 작곡)를 내놨고, 남진은 흥겨운 세미 트로트곡 〈님과 함께〉(고향 작사·남국인 작곡)를 발표하면서 격돌했다. 당시엔 시골 마을 구석까지 이들의 히트곡이 파고들었다. 지금의 오디션 프로그램의 오프라인 버전인 콩쿠르대회의 단골 레퍼토리는 남진과 나훈아의 노래였다. 소풍 때

◆자신의 음악세계를 꾸준히 확장시켜 온 나훈아

마다 초등학생들은 남진 흉내를 내면서 〈님과 함께〉를 불렀다. 연말이면 두 사람이 각 방송사의 가수왕 자리를 놓고 대립했고, 승자는 환호했으며 패자는 무릎을 꿇고 오열했다.

이들의 라이벌 구도가 절정을 이룬 것은 1972년 소위 나훈아의 밤무대 피습사건이었다. 나이트클럽에서 노래하던 나훈아가 괴한이 휘두른 맥주병에 맞아 얼굴에 큰 부상을 입은 것이다. 나훈아 피습은 순식간에 남진이 사주하여 벌어진 사건으로 소문났다. 이 때문에 양측의 팬들까지 크게 대립하기에 이르렀다. 사건은 남진의 팬이던 취객의 우발적인 행동으로 결론이 났지만 지나친 라이벌의식이 불러온 사건이었음에는 틀림없다.

두 스타의 스캔들 또한 궤를 같이한다. 남진은 동료가수 윤복희와의 결혼과 이혼으로 세간의 이목을 끌었고, 조폭으로부터 칼을 맞아 큰 부상을 당하기도 했다. 나훈아는 자신보다 7살이나 많은 국민 여배우 김지미와의 결혼으로 세상을 떠들썩하게 만들었다. 나훈아가 김지미와 결혼한 1976년을 기점으로 10년 가까이 이어진 이들의 라이벌 관계도 자연스럽게 청산되었다. 남진 역시 1980년 신군부의 등장과 함께 정치적 탄압을 받아 낙향하면서 가수활동을 접다시피 했다.

그러나 트로트계의 라이벌로 신화를 썼던 이들의 생명이 거기서 끝날 수는 없었다. 1980년 이후 나훈아는 트로트 특유의 서정성에 폭발적인 에너지를 섞어 한국적 트로트를 완성해 나간다. 뒤집고 꺾는 다이내믹한 창법에 국악까지 가미하면서 잇달아 히트작을 내놓았다. 컴백 작인 〈울긴 왜 울어〉를 시작으로 〈대동강 편지〉(1981), 〈여자이니까〉(1982), 〈

사랑〉(1983), 〈청춘을 돌려다오〉(1984), 〈땡벌〉(1987), 〈무시로〉(1988), 〈건배〉(1989), 〈영영〉(1990) 등 주옥같은 히트곡으로 조용필과 더불어 80년대 가요계를 지배했다. 90년대 들어서도 나훈아는 지칠 줄 모르는 열정으로 콘서트 무대를 휘저으면서 한국적 트로트계의 제왕임을 확인하곤 했다. 남진 역시 근래 들어서 TV프로그램 〈불후의 명곡〉이나 〈나는 가수다〉 등을 통해 재발견되고 있다. 특히 임재범이 그의 히트곡 〈빈잔〉을 불러 새삼 화제가 되기도 했다.

40여 년의 가수인생을 통틀어서 이들의 라이벌 대결을 분석한다면 분명 나훈아의 판정승이다. 70년대를 관통하면서 두 사람이 무승부를 기록했다 하더라도, 80년대 이후 가수로서의 행보나 족적은 대조적이다. 나훈아가 자신의 음악세계를 꾸준히 확장시켜 왔다면, 남진은 가수로서보다는 가수협회장 등을 맡으면서 가요계 주변 일에 충실해 왔기 때문이다.

또다시 대중 앞에서 사라진 나훈아가 어떤 모습으로 팬들 앞에 나타날 것인가. 또 오랫동안 올드팬들이 기다려온 남진·나훈아 합동무대를 볼 수 있는 날이 올 것인가. 영원한 라이벌 남진·나훈아는 그래서 현재진행형이다.

우리 시대의 멀티플레이어 매니저들

매니저라는 직업은 '대박'과 '쪽박' 사이에서
한국 대중문화의 한 영역을 담당해 온 또 다른 엔터테이너였다.

'연예인이나 운동선수 등의 섭외나 교섭 또는 그 밖의 시중을 드는 사람'이 매니저의 사전적 정의다. 요즘 들어서는 누구나 '매니저'라는 직업에 대해 잘 알고 있다. 연예 매니지먼트 사업이 대형화하면서 매니저에 대한 사회인식도 많이 바뀌었고, 매니저를 양성하는 대학의 학과도 생겨났다.

매니저라는 말을 쓰기 시작한 것은 70년대 중반으로 거슬러 올라간다. 그 시절에 나이트클럽이나 카바레 등 밤무대에서 잔뼈가 굵은 이들이 밤무대를 통해 알게 된 연예인(주로 가수나 코미디언, 영화배우)들과 손잡으면서 매니저로 나서는 경우가 많았다.

그 시절 매니저를 '가방모찌'라고 불렀다, 일본 말이 섞인 표현으로 '가방을 대신 들어주는 사람'이었다. 60년대 말부터 70년대로 넘어오는 과정에서 매니저는 크게 세 가지 경로를 통해 산업화 과정의 정식 직업으로 등장한다.

그 한 갈래는 그 당시 유행하던 쇼단에서 배출됐다. 소위 악극단 시절이 막을 내리고 나훈아쇼, 남진쇼, 하춘화쇼 등 리사이틀이 유행하던 시절, 인기가수들에게는 지방을 다닐 때 가방을 대신 들어주고 스케줄을 챙겨줄 수행원이 필요했다. 초창기에는 그저 가방이나 들어주고 운전이나 해주던 이들이 점차 스케줄을 관리하면서 매니저로 변신한 것이다.

또 한 부류는 명동이나 충무로의 다방에서 배우를 캐스팅하고 영화 제작을 논의하던 시절, 영화 제작부장이라는 직함으로 활동하던 이들 중에 1세대 매니저로 변신한 이들도 있었다.

70년대 가수들이 카바레나 나이트클럽 등 유흥업소를 주무대로 수입을 챙기던 시절, 밤무대에서 연예부장으로 활동하던 이들이 매니저로 변신한 경우도 많았다.

■ 매니저의 효시격이었던 최봉호

비교적 초창기 매니저로 알려진 이들 중에서 인구에 회자되는 원로 매니저는 최봉호다. 그가 매니저로 활동하던 시기보다 앞선 매니저는

◆하춘화《임 따라 가겠어요》

◆패티김《길옥윤 작편곡집》

◆ 매니저들의 삶을 사실적으로 그린 《MBC 드라마 빛과 그림자》

하춘화의 어린 시절부터 매니저 업무를 했던 이한복, 패티김의 매니저로 활약했던 김병식 등이 있었다. 그러나 이분들은 정식으로 매니지먼트 회사를 설립하여 활동했다기보다는 단순히 일대일 구도의 매니저 업무를 하던 분들이었다.

필자가 기억하는 한 최씨는 매니저 1세대로 분류할 수 있는 분이다. 2012년 방영됐던 MBC 특별기획 드라마 〈빛과 그림자〉는 작가가 최봉호에게서 매니저 활동을 시작했을 무렵의 각종 에피소드를 구술받아 상당 부분 드라마에 반영하여 만들었다. 이 때문에 극중 의리 있는 매니저 강기태(안재욱 분)는 최씨의 분신 같은 존재로 봐도 무방하다.

필자가 그를 처음 만난 건 80년대 중반 연예기자 초년병 시절이었다. 당시 삼호프로덕션 최봉호 대표는 잘나가는 가요기획사 대표였으며, 서울 일대에 많은 밤업소를 운영하는 사장이기도 했다. 그 당시 최씨는 지금의 리버사이드호텔 지하에 서울에서 가장 잘나가는 나이트클럽을 운영하고 있었다. 나는 그곳에서 그를 처음 보았다. 그가 몇몇 연예기자를 나이트클럽으로 불러서 술대접(?)을 한 것이다. 어쩌면 훗날 PD사건 등으로 번진 접대문화의 부작용이 그 시절에 예고된 셈이었다.

여하튼 최봉호는 80년대 '연예계의 대부'로 불릴 만큼 그 영향력이 대단했다. 그러나 그의 시작은 미미했다. 최씨의 증언에 의하면 그는 50년대 말 군부대 예술위문공연단을 쫓아다니면서 연예계에 발을 들여놨다. 60년대 유명한 악극단을 만들어서 가수와 코미디언 등과 친분을 맺기 시작한 최씨는 그때 만들어놓은 친분을 바탕으로 삼호프로덕션을 세웠다. 삼호프로덕션에는 하춘화가 소속 가수로 활약했다. 또 최씨는 당대 최고의 스타인 최무룡이나 신성일과도 친분이 두터웠다. 70년대를 떠들썩하게 했던 최무룡과 김지미의 간통사건을 해결해 준 것도 최씨였다.

그는 훗날 소속사 가수였던 나미와 재혼했다. 그들 사이에 태어난 정철(본명 최정철)도 가수로 데뷔했으나 큰 빛을 보지 못했다. 연예계에서 최봉호는 배짱 좋고 머리도 좋으며 의리가 있는 사람으로 통했다.

평생 쇼단을 따라다니면서 무명 진행자로 살아온 이주일이 1979년 단 한 번의 방송 출연으로 유명해지는 과정에도 최봉호가 있었다. 최씨는 1977년 이리역 폭발사고 때 인근 극장에서 쇼를 하고 있던 하춘화가 실신하자 용감하게 그녀를 들쳐업고 사선을 넘은 이주일을 어떻든 먹고살게 해주고 싶었다. 당시 이주일은 머리가 함몰되는 부상에도 불구하고 하춘화를 업고 극장을 빠져나와서 그녀의 생명을 구했다.

이주일의 의리와 용기에 감명받은 최씨는 그를 각종 코미디프로그램 프로듀서에게 소개했다. 처음에는 너무 못생긴 얼굴 때문에 번번이 퇴짜를 맞았지만 이에 굴하지 않고 노력한 끝에 한 코미디프로그램에 단역으로 출연하게 됐고, 이주일은 단 2주일 만에 스타가 됐다. 원래 이주일의 본명은 정주일이었는데, 단 2주일 만에 스타가 됐다고 해서 이주일을 예명으로 사용했다.

사업수단이 남달랐던 최씨는 국내 최초로 연예인이 출연하는 밤업소 서울구락부를 차리고 강남의 리버사이드호텔을 비롯해 롯데월드, 뉴월드호텔, 북악파크호텔의 나이트클럽을 운영하면서 큰돈을 벌었다. 이러한 인연으로 이주일은 유명인이 된 뒤에 최씨로부터 나이트클럽을 인수하여 직접 운영하기도 했다.

■ 대중문화의 역사를 쓴 매니저들

삼호프로덕션의 성공스토리에서 보듯이 대부분의 매니저들은 보따리장사 수준의 연예기획사를 차리고 매니지먼트 업무를 시작했다. 80년대에 이르러서 서울 여의도 방송국 근처에 연예기획사들이 자리잡기 시작했다. 당시 가요담당 기자들은 여의도를 한 바퀴 돌면서 취재하는 것이 관행이었다.

그 당시 굵직굵직한 연예기획사들을 한번 일별해 보자. 우선 다른 기획사들과 달리 서대문 사거리에 사무실이 있었던 박남성 대표의 준프로덕션(훗날의 도레미미디어)이 가장 인상 깊다. 박 대표는 당시 잘나가던 코미디언들을 거의 모두 거느리고 있던 매니저였다. 엄용수나 최병서·임하룡·김형곤 등이 그 회사 소속이었다. 코미디언들의 매니지먼트로 시작하여 전영록, 형제 듀오 수와 진, 가수 신효범 등이 이 회사에 소속

돼 있었다. 박 대표가 코미디언들을 영입하여 프로덕션을 세울 수 있었던 것은 나이트클럽에서 일하면서 코미디언들의 권익을 챙기는 '의리 있는 사람'으로 인식되면서 가능할 수 있었다.

◆ 김건모의 4집 앨범 《Exchange kg. M4》

80년대부터 90년대로 넘어오는 동안 도레미미디어의 활약은 눈부시다. 음반제작사로 영역을 넓히면서 소위 플래티넘 음반들을 양산, 최고의 음반제작사로 성장했다. 최진희와 신효범 등의 매니지먼트와 음반제작에 이어 조성모·김건모·터보·조관우 등 플래티넘 앨범들이 모두 이 회사에서 나왔다. 특히 김건모의 앨범《스피드》는 200만 장 이상이 판매되면서 한국 대중음악사의 새 기록을 세우기도 했다.

그러나 2000년대 이후 CD공장 건립, 채널V코리아 개국 등 사업 다각화 과정에서 큰 빛을 보지 못하고 아이돌 그룹을 육성해 온 SM엔터테인먼트, YG, JYP 등에 주도권을 내주고 말았다. 그럼에도 불구하고 80년대와 90년대 한국 대중음악의 역사에서 도레미미디어를 빼놓고는 얘기할 수 없을 정도로 그 영향력이 대단했던 것은 부인할 수 없다.

조용필의 매니저였던 유재학 사장은 조용필의 인기에 힘입어 탄탄대로를 걸어온 매니저다. 학창 시절 아마추어 밴드를 결성하여 활동하던 유씨는 1978년 조용필의 매니저가 되면서 연예계에 발을 들여놓았다. 그가 설립한 대영기획은 조용필을 비롯해 윤항기와 윤시내 등이 소속돼 있었다. 80년대 후반부터는 신해철·015B·윤종신·전람회 등 음악성과 가창력을 겸비한 대학생들을 영입, 음반업계 미다스의 손이 됐다. JYP를 이끌고 있는 박진영 역시 대영기획에서 뼈가 굵은 가수였다.

대영기획은 대영AV로 사명을 바꾸고 대중음악 채널인 KMTV를 인수하는 등 2000년대 초반까지 승승장구했다. 유재학 대표는 현재 현장에서 물러났지만 업계에서는 보기 드물게 성공한 제작자로 인정받고 있다.

80년대 여의도에서 한 시절을 보낸 제작자들 중에는 여성도 눈에 띄었다. 공식적으로 한국 최초의 여자 매니저로 꼽히는 이명순은 이화여대를 졸업한 뒤 대기업 비서실에서 근무하다가 후배인 가수 정미조가 일을 도와달라는 바람에 자의 반 타의 반으로 매니저가 됐다. 매니저가 된 뒤에 배우 선우혜경, 가수 박경애, 배우 정윤희를 비롯해 가수 민해경, 탤런트 금보라의 매니저로 탁월한 수완을 발휘했다. 당시 가요 매니저로는 보기 드물게 홍일점에 가까웠던 그녀는 차림새부터가 남자에 가까웠다. 짧게 커트한 머리와 화장기 없는 얼굴, 늘 바지만 고집했으며 운동화를 신고 다녔다. 선천적인 것인지 아니면 남성들이 우글거리는 정글에서 살아남기 위해 변신한 것인지 몰라도 목소리도 여성스럽지 않고 남자처럼 걸걸했다.

그녀는 90년대에도 가수 김종환을 발굴하여 100만 장이 넘는 앨범을 팔아치웠고, 이범학과 서주경 등 꾸준히 스타를 배출했다.

또 한 명의 여성 매니저로는 한
백희(작고)가 있었다. 70년대 미8군
무대에서 팝송을 부르던 가수로
활약했던 그녀는 1978년 인순이
가 속해 있던 '희자매'의 매니저로
나서면서 활동을 시작했다.

◆ 김종환 6집 《Now & Forever》

가수 김완선의 이모이기도 했던
그녀는 80년대 김완선을 데뷔시
키면서 인순이에 이은 섹시 디바의
계보를 이었다. 그녀 역시 남자 못
지않은 체구에 화끈한 성격의 소
유자로, 당시만 해도 여성스러운
이미지로는 매니저로 살아남기 힘
든 게 현실이었다. 오죽했으면 가
요계 관계자들이 스스로 '가요바
닥'이라고 불렀겠는가.

◆ 김완선 2집 앨범

제이엠프로덕션의 김종민(작고)
도 초창기 매니저로서 대활약했던
분이다. 가수 최헌을 비롯해 윤수
일·조경수(배우 조승우 아버지)·방실
이 등 주로 솔로 가수들을 키우면
서 매니저로서의 입지를 넓혔다.

◆ 김현식 6집 앨범　　　　◆ 신촌블루스 2집 앨범　　　◆ 시인과 촌장 1집 앨범

　　한밭기획의 양승국 역시 한 시절 가요기획사로서 인정받았다. 대전 유성에서 나이트클럽을 운영하기도 했던 양승국 대표는 송골매의 리드 싱어였던 구창모와 심신 등을 톱스타 반열에 올려놓았다. 90년대 이후 가요 매니지먼트 사업을 접고 건설업계로 이직하여 현재는 외국을 오가면서 사업체를 운영하고 있다.

　　김영 대표도 한국 가요계에서 빼놓을 수 없는 매니저이자 음반기획자였다. 그가 설립한 동아기획은 대한민국 명반 100선을 꼽을 때 가장 많은 앨범을 배출한 기획사로 기록될 만하다. 김 대표는 상업적인 성공보다 앞서 소위 레이블의 가치를 위해 좋은 아티스트를 발굴하고, 가장 최고의 앨범을 내놓기 위해 노력했던 매니저였다.

　　동아기획이 배출한 가수들을 일별해 보면 그 영향력이 어느 정도인지 알 수 있다. 김현식·들국화·신촌블루스·시인과촌장·한영애·박학기·장필순·이정선·김현철·이소라·김장훈·푸른하늘·봄여름가을겨울·윤상·사람과나무 등등. 이처럼 동아기획의 뿌리는 신촌을 중심으로 활동

◆김장훈 1집 앨범　　　◆장필순 2집 앨범　　　◆봄여름가을겨울 2집 앨범

했던 언더그라운드 뮤지션들의 집합소였다. 그래서 가요기자 시절 동아기획이 내는 음반들은 휴지통에 버리지 않고 꼭 모니터해야 할 '필청 음반'이었다.

80년대 동아기획은 대부분의 음반기획사가 여의도에 있었던 것과 달리 서울 광화문 근처 신문로에 위치해 있었다. 김영 대표 역시 다른 매니저들이 여의도 방송국을 무대로 열심히 뛰어다니던 시절 방송사 근처에도 가지 않았다. 〈가요톱10〉에 소속 가수들을 출연시키는 법이 없었고, 연말 가수왕 시상식에도 관심이 없었다.

그의 관심은 오로지 음반의 완성도였다. 음반 작업이 마무리될 때쯤이면 친한 가요기자들을 불러서 노래를 들려주곤 했다. 가요기자들의 모니터를 거쳐 타이틀곡을 정했던 것이다. 그렇다고 상업성을 무시하지 않았다. '좋은 노래는 잘 팔린다'는 신념을 가지고 음반을 만들었고, 그런 동아기획에 좋은 뮤지션들이 제 발로 찾아왔던 것이다.

예당기획의 변대윤(작고) 역시 여의도 시절 다섯 평도 안 되는 작은 사무실을 내고 시작한 매니저다. 춥고 배고팠던 시절, 젊음 하나로 엔터테인먼트 업계에 뛰어든 그는 훗날 "그 당시에는 여의도까지 오는 버스를 탈 토큰이 없어서 걸어서 마포대교를 건너온 적도 있다"고 회고하기도 했다. 그는 최성수와 조덕배를 톱가수 대열에 올려놓았고, 양수경을 발굴하여 스타로 키운 뒤 결혼까지 했다. 그러나 끝내 경영 압박을 견디지 못하고 2013년 자살로 생을 마감했다.

현 코어콘텐츠미디어 김광수 대표는 1981년 MBC 음악프로그램 〈젊음의 행진〉에서 활동하던 '짝꿍들(백댄서 그룹의 효시)'의 멤버였다. 그러다가 원로 매니저 한백희의 눈에 띄어 매니저가 됐다. 그는 첫 작품으로 김완선을 제작했고, 대박 상품으로 만들었다. 그 이후 김종찬·김민우·윤상·노영심·조성모·SG워너비·이효리를 비롯해 FT아일랜드·엠씨더맥스·다비치·씨야 등 굵직한 가수들을 스타로 합류시켰다.

그는 조성모를 스타로 만들 때 당시로서는 보기 드물게 뮤직비디오에 수억 원을 투자하는 등 남다른 수완으로 정평이 나 있다.

그 밖에도 여의도에는 많은 매니저가 동지의식을 가지고 방송국을 중심으로 자신이 키우는(?) 가수 홍보를 위해 밤낮없이 뛰었다. 김정호를 시작으로 장현과 장덕 남매를 스타덤에 올려놓은 이상기, 김연자의 매니저 유수태, 장미화 매니저 이주, 방미에 이어 김혜연을 키운 서판석, 이선희 매니저 윤희중(작고), 변진섭의 매니저 엄용섭 등 줄잡아 70~80명의 매니저들이 누비고 다녔다.

80년대 초 제약회사에 근무하다가 가수로 데뷔했으나 크게 빛을 보지 못한 박동아는 매니저로 전업한 뒤 90년대 드라마 〈겨울연가〉의 빅 히트로 현재는 팬엔터테인먼트를 이끌고 있다. 그의 본명은 박영석이었으나 자신이 근무하던 동아제약의 이름을 따서 예명을 지은 일화도 유명하다.

■ 여배우 뒤에는 어머니가 있었다

가수 매니저들과 달리 탤런트들은 소득이 그리 높지 않았고, 가수처럼 일정한 관리가 필요없었기에 매니저를 두는 경우가 많지 않았다. 그 대신 하이틴 스타들은 어머니들이 그림자처럼 따라다니면서 자식의 스케줄을 챙기고 운전까지 했다. 어머니 매니저로 가장 이름이 높았던 사람은 배우 장미희 어머니였다. 장미희 어머니는 방송국이나 신문사, 잡지사 등에 직접 만든 도시락을 보내기도 하고, 모든 이들에게 살갑게 전화하는 등 적극적인 매니지먼트(?)로 이름이 높았다. 웬만한 총각 기자들은 모두 장씨의 어머니에게 "우리 사위 왔냐?"는 말을 들어봤다.

장미희 어머니는 물론 김혜수·김혜선·이상아·오연수·고현정 등 대부분의 하이틴 스타 어머니들은 방송국을 내 집 드나들 듯 하면서 딸들을 챙겼다. 오연수 어머니는 아예 여의도 방송국 근처에 아파트를 얻어 방송국을 출입하는 연예기자들의 점심까지 챙기는 등 적극적이었다. 어머니들의 경쟁이 얼마나 심한지 연예주간지 등에서 매기는 인기순위를 놓고 신경전을 벌이는 등 진풍경이 연출되기도 했다.

탤런트 시장에도 본격적으로 매니지먼트 회사가 등장한 건 최진실의 매니저였던 배병수를 효시로 꼽는다. 배씨는 1957년생 동갑내기인 가수 김학래를 군대 동기로 만난 게 인연이 되어 연예계에 입문했다. 80년대

중반 제대한 배씨는 김학래의 매니지먼트사 아트뮤직을 찾아가 매니저에 입문, 신인가수 조태선의 매니저로 일했다. 아트뮤직에서 조태선을 데리고 독립한 배병수는 조태선을 스타로 만드는 데는 실패했다.

가수 매니지먼트에 한계를 느낀 배병수는 영화계로 눈을 돌려서 막 떠오르는 신인이었던 최민수의 매니저로 활약한다. 그는 어느 날 CF에 얼굴을 내민 최진실을 보고 그녀와 계약하여 단숨에 최고 스타 자리에 올려놓았다. 최진실은 '남자는 여자 하기 나름'이라는 광고문구 하나로 일약 스타덤에 올랐고, 동시에 배씨의 몸값도 치솟았다. 배병수는 최씨의 인기를 등에 업고 MBC합창단의 엄정화를 스카우트해 배우 겸 가수로 데뷔시킨다.

그 당시 배씨는 방송국 프로듀서들 사이에서 악명(?)이 높았다. 그때까지만 해도 대부분의 프로듀서와 매니저의 관계는 갑과 을의 관계였다. 아니 어쩌면 프로듀서들은 연예인이나 매니저의 생사여탈권을 가진 슈퍼 갑이었다. 그러나 배씨는 PD나 연예기자들을 향해 동등한 관계를 요구했다. 그 배경에는 까칠한 배씨의 성격도 한몫했지만 최진실을 출연시키고 싶어 안달이 난 PD나, 인터뷰하고 싶어하는 기자들의 속성을 배씨가 적절히 이용한 것이다.

배병수가 방송사 제작국에 가서 언성을 높이고 싸우거나, 당시 신문사 편집국에 들이닥쳐 화분을 뒤엎었다는 등의 무용담이 떠돌기도 했다.

그러나 배씨는 1994년 12월 최진실의 로드매니저 전모씨(현재 복역 중)에 의해 살해된다. 살해동기가 구체적으로 밝혀지지 않았지만 전모씨는 평소 자신에게 인간 이하의 대접을 하는 배씨가 미워서 우발적으로 살해했다고 진술했다.

이후 배우나 탤런트도 매니지먼트로 큰돈을 만질 수 있다는 전례가 만들어지면서 90년대 이후 배우나 탤런트를 전속으로 두고 활약하는 매니지먼트사들이 우후죽순으로 생겨났다. 동국대학교 연극영화과 출신인 정훈탁은 처음 조용필 사무실의 로드매니저로 입사했으나 배우로 눈길을 돌려 성공한 케이스다. 그는 MBC에서 막 데뷔한 정우성을 필두로 전지현·장혁 등을 스타로 만드는 데 크게 기여했다. 그러한 성공을 바탕으로 연예매니지먼트사인 싸이더스HQ뿐만 아니라 영화제작사 IHQ도 운영하고 있다.

■ **요절복통한 매니저들의 에피소드**

매니저들의 시대에 매니저들이 만들어낸 신화 같은 이야기들도 많다. 스스로 매니저들이 '가요바닥'이라고 얘기하듯이 각양각색의 경력을 가진 인간군상들이 모여서 대중문화의 꽃을 피워보겠다고 악다구니를 쓰다보니 정말 별의별 일들이 많았다. 지금은 이제 거의 중진급 매니저로 레코드사 및 기획사를 운영하는 ㄱ씨는 온몸이 칼자국투성이이다. 특히 배 부분을 가로지르는 칼자국은 한두 개가 아니다. 그 때문에 ㄱ씨는 조폭 출신이라는 오명이 따라다녔다.

언젠가 그로부터 칼자국에 얽힌 사연을 듣게 됐다. 20대 초반 그는 반공청년단체—대개 이러한 단체들은 정치인을 내세워 조폭들이 조직원을 구성했다—의 똘마니였다. 어느 날 조직의 보스가 일본대사관 앞에 가서 항의시위를 하라고 지시했다. 일본과 국교 정상화를 앞두고 세상이 시끄러웠을 즈음이었을 게다. 급기야 보스는 항의시위를 넘어 단지와 자해를 명했다. 명령에 살고 명령에 죽던 시절, 또 그 당시는 조직의 보스가 생계까지 책임져 주고 있었기에 거역할 수 없었다. 같이 갔던 누군가는 칼로 새끼손가락을 잘랐고, 그는 칼로 배를 죽죽 그었다. 그의 표현에 의하면 온 배를 칼로 그어서 피가 철철 흘렀지만 치료는커녕 빨간약을 바르는 선에서 응급처치를 했고, 그 때문에 상처가 깊게 남았다는 설명이었다.

ㄱ씨 밑에서 일하던 ㄴ씨 역시 한때 조직원으로 일했던 경험을 가진 이였다. 그는 젊었을 때 별명이 쌍도끼였다. 특히 ㄱ씨 팀에서 일하면서 ㄴ씨는 주먹으로 해결할 일이 있으면 허리춤에 쌍도끼를 차고 가서 해결했다는 전설 같은 일화도 있었다. 70년대만 해도 연예인들이 지방의 나이트클럽이나 카바레에 출연하게 되면 꼭 동네 건달들이 끼어드는 일이 많았다고 한다. 경우에 따라서는 출연료도 못 받고 얻어맞기도 하던 시절이었으니 초창기 매니지먼트 사업을 하던 이들에게는 '악으로 깡으로 정신'이 필요했던 것이다. 연예인들 역시 자신들의 권익을 보장받기 위해서라도 힘 있는 조폭 출신들의 엄호가 필요하기도 했다.

내가 아는 또 다른 매니저 ㅎ씨는 지방에서 상경하여 연예인 로드매니저부터 시작했던 분이다. 그는 매니저 초창기 시절 하루 세 끼가 아니라 6~7끼를 먹었다고 했다. 그렇다고 그가 절대 대식가는 아니었다. 서울에 일정한 거처가 없어서 방송사들이 몰려 있는 여의도 목욕탕을 집으로 삼아 살던 그의 일과는 4시경 시작됐다. 방송사의 라디오 프로그램들이 한 시간 단위로 편성돼 있었기에 6시, 7시, 8시 끝나는 라디오 PD들과 줄잡아 아침 해장국을 먹기로 약속한다. 6시 타임에 끝나는 PD와 밥 한 끼를 먹은 뒤 다시 7시에 끝나는 PD와 마치 처음 아침 해장을 하는 양 식사를 했다는 것이다.

그가 소속 가수들이 한꺼번에 '대박'이 나는 바람에 주체할 수 없이 돈을 벌고 있을 때의 일화도 유명하다. 결혼도 안하고 혼자 살던 그는 그 당시 강남의 룸살롱에서 VIP로 통했다. 그도 그럴 것이 하룻저녁 30년산 발렌타인을 폭탄주로 제조해서 10병씩 먹곤 했으니 최고의 대접을 받을 만했다. 그때 발렌타인 한 병이 150만 원 정도로, 술값만 해도 1500만 원이 넘었다.

매니저 ㅁ씨는 목포 출신으로 한때 나이트클럽에서 일했다. 의리도 있고 예의도 있는 매니저였지만 가방끈이 짧아서 고생이 많았다. 그를 둘러싼 에피소드가 많지만 하나를 소개하자면 이런 식이다.

어느 날 소속 가수를 데리고 제주도에 내려갈 일이 있었다. 사무실 직원한테 비행기편 예약을 부탁했다.

"대한항공으로 제주도 예약하라는 거 했나?"

"네 사장님, 칼로 예약했어요."

"아니 왜 대한항공으로 하라니까 칼로 예약한 거야. 다시 취소하고 대한항공으로 해!"

매니저 ㄷ씨는 160센티를 간신히 넘은 작은 키에 땅딸막한 체구의 소유자였다. 그가 어느 겨울 저녁 가라오케에서 술을 마시고 있었다. 그런데 화장실에 다녀오다가 옆 테이블 건달들과 시비가 붙었다. 순식간에 건달 여러 명이 몰려왔다. 그때 매니저 ㄷ씨가 웃옷을 벗어부치고 의기양양하게 나섰다. 그런데 아뿔싸, 그가 입은 내복 바지는 하필 빨간 내복이었다. 그것도 배꼽 위로 추켜올려 입어서 보는 것만으로도 웃음을 자아냈다. 일전을 불사하려고 달려들던 건달들은 순간 웃음을 참지 못하고 자지러졌다.

매니저 ㅅ씨 역시 90년대 동시다발적으로 음반이 히트하는 바람에 현금을 주체할 수 없었다. 그는 매일 저녁 강남 룸살롱의 방 여러 개를 예약해서 이 방 저 방을 오가며 방송국 PD 등 가요관계자들을 접대했다. 그러다가 차라리 강남 룸살롱 한 곳을 경영하기로 했다. 그런데 문제는 거기서 터졌다. 얼굴마담 한 명을 앉혔는데 그만 그녀의 치마폭에 푹 빠져버린 것이다. 이 절세미녀는 매니저 ㅅ씨가 벌어들인 돈을 차곡차곡 빼돌렸고, 매니저 ㅅ씨는 결국 야반도주하여 남미로 날아갔다.

■ 매니저들은 맥가이버

나는 개인적으로 매니저야말로 그들이 관리하는 연예인들보다 더 멀티테이너라고 생각한다. 국정원이 음지에서 양지를 지향한다면 매니저도 마찬가지다. 영화 〈라디오스타〉에서 한물간 매니저 안성기가 그가 아끼는 가수 박중훈에게 "저 스스로 빛나는 별은 없다"고 얘기하지 않는가.

요즘은 한류의 영향으로 매니지먼트가 기업화하면서 역할도 세분화됐지만 80년대만 해도 매니저는 모든 일을 다 하는 사람이었다. 우선 가수 매니저 역할을 해온 사람들의 일만 놓고 분석해 보자.

매니저는 우선 운전을 잘해야 한다. 매니저들 사이에서는 '매니저운전'이라는 말이 있다. 늘 스케줄에 쫓기는 가수일수록 하루 이동거리가 엄청나다. 이 때문에 매니저들은 각종 샛길과 지름길은 물론이고, 교통경찰에게 걸리지 않고 운전하는 법을 일찌감치 터득하고 있다. 누군가는 서울과 부산을 단 두 시간여에 끊었다든가, 강남역서 여의도까지 10여 분 만에 날아다니는 재주도 갖고 있다.

게다가 매니저는 '한 싸움'을 할 줄 알아야 한다. 가수들이 지방의 밤무대를 뛰던 시절에는 유흥주점에서 괜스레 시비를 거는 건달들이 많았다. 그런 위기에서 매니저가 그들과 한판 붙어서 물리치지 못한다면 매니저이길 포기해야 했다. 그래서 매니저를 뽑을 때에는 악과 깡을 살펴보기도 했다.

가요 매니저들은 음악도 잘 알아야 한다. 어떤 음악이 당대의 트렌드이고, 어떤 곡을 타이틀로 밀어야 하는가를 결정하는 건 최종적으로 매니저의 몫이었다. 내가 아는 매니저들 중에는 악보는 볼 줄 몰라도 귀신같이 히트곡을 찾아내는 재주를 가진 이들이 여러 명 있다. 또 스타를 발굴하는 예리한 눈도 갖추고 있어야 자본을 투자해서 말아먹지 않는다.

탤런트나 영화배우 매니저 역시 방송대본이나 시나리오를 보고 자신이 키우고 있는 탤런트나 배우에 적합한 역인지 골라내야 하기에 작품 분석 능력도 갖춰야 한다. 그러기 위해서는 작가와 감독의 역량이나 지명도를 꿰차고 있어야 하고, 제작사나 배급사 등과도 친분을 유지해놔야 한다. 소속 가수나 배우가 TV 연예프로그램에 출연하여 득이 될 것인지 실이 될 것인지도 면밀히 따질 줄 알아야 한다.

강철 같은 체력도 기본이다. 새벽부터 움직이는 매니저들은 밤에는 주로 술집에서 접대를 해야 했다. 폭탄주를 돌리는 것은 기본이고, 좀 더 즐거운 술자리를 위해서 여러 가지 개인기를 익혀둬야 하는 것이 매니저다.

뿐만 아니라 경영에 대한 해박한 지식이 없다면 쪽박을 찰 수밖에 없기에 경영능력 또한 필수적이다.

■ 악어와 악어새, 매니저와 PD들

매니저라는 직업, 이들이 운영하는 연예기획사를 둘러싼 세인들의 시각은 늘 곱기만 한 것이 아니었다. 매니저나 연예기획사라고 하면 늘 금품 로비와 성상납, 출연 미끼로 금품 갈취 등 부정적인 단어들이 쭉 떠오른다. 유명 연예인들이 즐비한 동네라서 별것 아닌 사건도 언론에 보도가 되기에 유독 도드라져 보이는 게 사실이다.

우선 연예계 금품비리사건부터 일별해 보자. 속칭 PD사건이라고도 불리는 연예계 금품비리사건은 악어와 악어새 같은 PD와 매니저 간의 관계에서 비롯된다. 80년대와 90년대까지만 해도 주요 매니저들의 출근 장소는 방송국 로비였다. 특히 로비 중에서도 라디오국이 있는 각 방송사의 로비가 주요 출근 장소였다. 그때만 해도 음반이 출시된 뒤에 라디오에 얼마나 많이 나오느냐가 음반 성공여부의 가장 큰 관건이었다. 오죽 했으면 방송사 순위 차트가 발행됐겠는가? 방송사 순위 차트를 보면 각 방송사에 각 가수의 노래가 몇 회 방송됐는지 자세한 통

계가 나온다. 이는 곧 가수가 내놓은 앨범의 인기 순위와 정확히 비례
한다.

각 매니저들은 로비에서 지키고 있다가 프로그램을 끝내고 나오는
PD들에게 몰려가서 아는 척을 한다. 새로 나온 앨범을 건네고, 자신이
키우는 가수를 소개하기도 한다. 라디오에서 어느 정도 성공하면 각 방
송사 TV의 순위프로그램에 진입할 수 있다. 일종의 통과의례인 셈이다.

문제는 여기서 발생한다. 하루에
도 수십 장씩 앨범이 쏟아지지만 그
중에서 라디오나 TV에 소개되는 앨
범이나 가수는 극소수일 수밖에 없
다. 이 때문에 매니저들은 기를 쓰고
자신이 키우는 가수의 노래가 라디
오나 TV에 노출될 수 있도록 로비
를 벌여야 했다. 그 로비라는 것이
단순히 낮 시간에만 국한되지 않았
다. 밤에도 강남의 룸살롱이나 여의
도의 단란주점으로 이어졌고, 그 과
정에서 금품이 오가기도 한다. 속된
말로 80년대와 90년대에 잘나가는
라디오 프로그램만 하나 맡고 있는
PD는 집 한 채를 살 수 있다는 루머
도 떠돌았다.

◆수뢰 PD 구속 사건, 1995년 1월, 경향신문

우연의 일치라고 보기엔 다소 의문스럽지만 PD사건은 5년 주기로 정권교체와 더불어 터지곤 했다. 근자에만 해도 1995년, 2002년, 2007년 등에 굵직한 PD사건이 터졌다. PD사건은 수사를 당하는 연예기획자나 PD들에게는 공포이지만, 이를 수사하는 검찰로서는 이보다 더 좋은 먹잇감이 없다. 굵직한 연예인들의 이름이 거론되니 언론은 매일 중계방송하듯이 사건을 보도해 주고, 일반 대중들의 관심 또한 높을 수밖에 없다. 이러한 이유로 역대 정권들은 적절한 시기에 PD사건을 만들어서 여론의 물꼬를 되돌리는 데 악용하기도 했다. 권력형 비리사건이나 심상치 않은 반정부 분위기가 무르익을 때 PD사건이나 연예인이 연루된 마약사건 등은 여론을 잠재울 수 있는 강력한 무기로 작용할 수 있기 때문이다.

PD사건이 터지면 매니저들은 시쳇말로 모든 활동을 접고 잠수를 탄다. 죄가 있든 없든 검찰에 불려다니면 피곤할뿐더러 털면 먼지 안 나오는 사람이 없기에 삼십육계 줄행랑을 놓기 일쑤였다. 이 때문에 PD사건이 터진 여의도 방송국 주변에는 매니저들이 종적을 감춰 그 어디에서도 그들을 볼 수 없었다. 사건이 마무리되면 미국이나 해외로, 때로는 지방으로, 한적한 산사로 잠적했던 매니저들이 하나둘씩 나타났다. 그 와중에 연예프로그램을 맡았던 PD들도 함께 잠적하기도 했다. 요즘은 방송사에서 갑자기 장기휴가를 내놓고 사라지는 PD들을 다시 받아들이는 것을 쉽게 이해할 수 없지만, 80년대나 90년대는 흔히 볼 수 있는 풍경이었다.

그러나 대부분의 PD사건은 한 국가의 기강을 흔들 만한 대형 사건처럼 부풀려졌다가도 슬그머니 꼬리를 감추는 경우가 많았다. 애당초 악어와 악어새 관계인 PD와 매니저 사이에 오간 금품이나 향응을 입증하기가 쉽지 않은 일이기에 한두 명의 매니저나 PD들을 구속시키는 선에서 끝나곤 했다. 사건 때마다 여의도 방송가에서는 몇몇 매니저들이 검찰에 들어가서 자신은 빠져나오는 조건으로 줄줄이 불었다, 누가 누구를 배신했다는 등의 뒷이야기들이 오가기도 했다. 또 사건 때마다 소위 수사 대상 리스트가 떠돌기도 했는데, 믿거나 말거나 당대 최고의 가수 매니저들이나 잘나가는 PD들의 이름도 빠지지 않고 거론됐다.

PD사건 때마다 소위 성상납 소문도 빠지지 않고 돌았다. 이름만 대면 알 만한 여자 연예인들의 이름도 거론됐다. 그들의 성상납 대상은 주로 잘나가는 드라마 PD들이었다. 지금은 연예인들의 위상이 과거에 비해 엄청나게 향상됐지만 불과 십여 년 전만 해도 드라마에 캐스팅되기 위한 로비가 치열할 수밖에 없었고, 그 캐스팅 권한이 연출가에게 집중돼 있었다. 그런 권력구조 속에서 어떤 연예인도 자유로울 수 없었다.

실제로 몇몇 드라마 PD 중에는 캐스팅 조건으로 잠자리를 요구하는 경우도 있었다. 그 때문에 여자 연예인들 사이에서 악명을 떨치던 드라마 PD도 분명 있었다. 그러나 성상납이야말로 그 실체를 밝히는 게 쉽지 않았다. 금품이 오간 정황이야 계좌추적이나 압수수색 등 물증을 확보할 수 있는 방법이 있었지만 성상납은 당사자들이 동시에 털어놓지 않는다면 죄를 입증할 수가 없다. 게다가 사랑해서 같이 잤다고 말하면 이를 배임수재 등의 죄를 적용하기가 난감할 수밖에 없다.

■ 대박과 쪽박 사이, 매니저가 있다

이처럼 매니저라는 직업은 '대박'과 '쪽박' 사이에서 한국 대중문화의 한 영역을 담당해 온 또 다른 엔터테이너였다. 그들이 키운 스타들이 유명세를 떨치면서 승승장구할 때 그 뒤에서 남모르게 눈물을 흘리며 승리의 기쁨을 맛보는 사람들, 또 한편으로는 전 재산을 다 투자하여 성심성의껏 만든 음반이나 연예인이 때를 못 만나 조용히 사장될 때 함께 매장될 수밖에 없는 운명을 가진 이들이 연예인 매니저들이다.

지금은 이수만·양현석·박진영 등 쇼비지니스로 성공하여 세계 시장에서 인정받는 연예기획사들이 생겨났지만 그 뒤안길엔 LP음반을 등짐처럼 지고 전국을 누볐던 앞선 매니저들이 있었다. 한류 드라마가 전 세계 안방극장에 방영되면서 세계 어디를 가도 알아보는 스타들이 즐비하게 된 이면에도 매니저들의 피와 땀이 어려 있다.

매니저가 젊은이들이 한 번쯤 도전하고 싶어하는 쇼비지니스의 꽃으로 떠오르는 지금, 한 시대를 불꽃처럼 살았던 매니저들의 얼굴을 하나둘씩 떠올려본다.

그 많던 영자는
어디로 갔을까

교복 영화를 추억함

교복에 갇혀 터질 듯한 10대 시절을 보내던 학생들이
자신들의 이야기를 다룬 영화에 열광한 것도 하이틴 영화 붐에 일조했다.

이미 호랑이 담배 피우던 시절 얘기가 됐지만 전국의 모든 중·고생이 똑
같은 교복을 입고 다니던 시대가 있었다. 겨울이면 모든 학생이 일률적
으로 검은색 교복에 검은 모자를 쓰고 다녔다. 여름이 되면 남학생들은
흰색 상의에 회색 바지의 하복을 착용했다. 여학생들도 크게 다를 바
없었다. 다만 목 주변에 하얀색 칼라를 달고, 바지 대신 긴 치마를 입었
다. 학교에서 훈육주임이 매타작이라도 하는 날이면 한겨울 내내 갈아
입지 않은 교복에서 풀풀 먼지가 날렸다.

그처럼 퀴퀴하기만 했던 교복이 스크린에서 빛났던 때가 있었다. 70

년대 중반 이후 불어닥친 소위 '하이
틴 영화' 붐이 일던 시절이었다. 지금
용어로 바꾼다면 '아이돌 영화'쯤 될
까. 하이틴 영화의 전성기를 이끈 것
은 '진짜 진짜 시리즈'와 '얄개 시리
즈'였다.

1976년 제작된 문여송 감독의 영
화 〈진짜 진짜 잊지 마〉는 지금 돌
이켜보면 신파에 가까울 정도로 고
답적이고 상투적인 사랑얘기였다.
한 여고생이 자전거를 타다가 마라
톤 연습을 하던 남학생과 충돌하면
서 사랑이 싹튼다. 남학생은 장기요
양이 필요한 몸으로 전국 마라톤대
회에 출전했다가 골인 지점을 앞두

◆〈진짜 진짜 잊지마〉 포스터 1976

고 쓰러진다. 여고생은 어려운 형편에 입원까지 한 남학생을 돕기 위해
물건을 훔치게 되고, 이 때문에 학교에서 정학 처분을 받는다. 남학생은
미안한 마음에 여학생을 피하다가 끝내 숨을 거두고, 여학생은 그의 유
품을 태우면서 눈물을 흘리는 것으로 막을 내리는 영화다.

당시 여고생이었던 임예진이 여주인공이었고, 이덕화가 고교생으로
출연했다. 도쿄대 예술학부 출신의 문여송 감독(2009년 작고)은 이 영화
한 편으로 일약 스타 감독이 됐다. 〈진짜 진짜 잊지 마〉의 흥행으로 잇

◆〈고교 얄개〉 포스터 1976

달아 〈진짜 진짜 좋아해〉와 〈진짜 진짜 미안해〉가 제작되어 방학 때마다 극장에 내걸리면서 흥행을 이어갔다. 당시 이 세 편의 영화에 모두 주연을 맡았던 임예진은 남학생들 사이에서 최고의 인기를 누렸다. 남고생들은 물론이고 대학생들까지 수첩이나 노트에 하얀 칼라가 돋보이는 임예진의 교복 사진을 넣고 다니거나 붙이고 다녔다. 이덕화와 정운용 등 상대 배우들도 여학생들의 사랑을 받으면서 청춘스타로 떠올랐다. 청순한 외모와 맑은 목소리로 사랑받던 가수 혜은이도 고 길옥윤 씨가 작곡한 〈진짜 진짜 좋아해〉를 불러 크게 히트시켰다.

'진짜 진짜 시리즈'와 쌍벽을 이룬 하이틴 영화는 조흔파 씨가 《학원》지에 연재했던 소설 〈얄개전〉을 원작으로 한 작품이었다. 영화감독 석래명(2003년 작고)이 만든 〈고교 얄개〉(1976)는 이승현·진유영·김정훈·강주희를 주인공으로 한창 감수성이 예민한 고교 악동들의 좌충우돌하는 행적을 다루면서 크게 히트했다. 당시 5만 명의 관객만 들어도 흥행작 대접을 받았는데, 이 영화는 전국 25만 관객을 모으면서 감독과 주연배우를 스타덤에 올려놓았다. 이후 〈제 7교실〉, 〈고교 꺼꾸리군 장다리군〉, 〈얄개 행진곡〉, 〈대학 얄개〉 등 수십 편의 속편과 아류작이 등장했다. 특히 얄개 이승현은 당시 집 한 채 값을 출연료로 받을 정도로 높은 주가를 올리던 배우였다.

당시 하이틴물이 히트하게 된 배경에는 부모 세대의 희생으로 보릿고개를 넘기게 된 중·고등학생들이 영화관의 관객층으로 흡수된 데서 기인한다. 부모님들에게 받은 용돈으로 영화 한 편 정도는 볼 수 있는 여유가 생겼고, 학교에서도 하이틴 영화를 단체 관람하는 등 사회적 분위기도 달라져 있었다. 또 교복에 갇혀 터질 듯한 10대 시절을 보내던 학생들이 자신들의 이야기를 다룬 영화에 열광한 것도 하이틴 영화 붐에 일조했다.

이제는 교복도 다양해지면서 패션을 강조하는 시대가 됐다. 또 10대들은 이미 대중문화의 왕성한 소비자가 되어 시장을 주도하고, 그 한가운데 아이돌 스타들이 자리잡고 있다. 70년대 하이틴 스타였던 이들은 지금 누군가의 아버지와 어머니가 되어 중년의 한가운데를 보내고 있다.

아직도 '김지미'는 여배우의 고유명사다

"그래, 남자는 다 어린애야. 불안하고 부족한 존재지.
여자들이 모성애로 감싸니까 사는 거지."

영화배우 김지미를 처음 만난 건 80년대 후반이었다. 영화배우로서가
아니라 잘나가는 지미필름 대표로 일할 때였으니, 배우로서 산전수전·
공중전을 다 겪은 뒤 사업가로도 인정받던 시기였다. 김지미 대표는 그
당시 베르나르도 베르톨루치 감독의 영화 〈마지막 황제〉를 수입하여
대박을 터뜨렸다. 이 영화가 제작에 들어갔다는 이야기만 듣고 싼값에
계약하여 들여왔는데 뜻하지 않게 전 세계적인 화제작이 됐고 한국에서
도 큰 성공을 거두었다.

그녀와의 첫 만남 때 떠오른 단어는 '여걸'이라는 단어였다. 영화에서
와는 달리 걸걸한 목소리로 부하 직원들에게 이것저것 지시하는 모습에
서 오너로서의 위엄과 정확한 판단력을 볼 수 있었다. 인터뷰 내내 거침
이 없었고, 숨김이 없었다. 또 한편으로는 대한민국 최고의 여배우로 살
아온 자긍심을 느낄 수도 있었다.

일찍이 한국 영화계에서 김지미라는 이름을 뛰어넘는 배우가 있었을
까. 연기는 물론 그 화려한 스캔들 경력(?)까지 그녀는 타의 추종을 불
허한다.

1940년 대전 출생인 김지미는 덕성여고 재학 당시 영화계에 뛰어들었
다. 1957년 명동에서 길거리 캐스팅된 그녀는 김기영 감독의 영화 〈황혼

열차〉로 데뷔했다. 1958년 그의 첫
남편이 되는 홍성기 감독의 영화 〈별
아 내 가슴에〉는 김지미라는 배우를
세상에 알린 작품이었다. 신파 멜로
드라마인 이 영화는 극장 안을 눈물
바다로 만들면서 한국 영화사상 최
고의 흥행 기록과 장기 개봉 기록을
세운다.

열두 살 연상의 홍성기 감독은 여
고생 신분으로 영화계에 뛰어든 김
지미에게 연기의 깊이를 가르쳐주었
고, 두 사람은 동지적 관계를 넘어서
결혼에 골인한다.

◆〈황혼열차〉 포스터 1957

그러나 1961년 홍성기 감독과 김
지미의 결별을 예고하는 사건이 생긴다. 그해 두 편의 춘향전이 동시 개
봉한 것이다. 그 한 편은 역시 감독과 배우 커플이 되는 최은희와 신상
옥이 조를 이뤄 만든 〈성춘향〉이었고, 또 한 편은 김지미와 홍성기 감독
이 만든 〈춘향전〉이었다.

우연인지 필연인지 몰라도 똑같은 소재의 영화가 동시에 제작되면서
이들 사이에 원조논쟁이 펼쳐졌고, 영화계조차 두 편으로 나뉘어 싸우
는 사건으로 발전했다. 그러나 모든 것은 결국 작품의 흥행이 말해주
는 것. 이 흥미롭지만 피말리는 대결에서 김지미·홍성기 부부는 참패를

◆ 〈춘향전〉과 〈성춘향〉 포스터 1961

당한다. 결국 홍성기 감독은 〈춘향전〉의 실패로 많은 빚을 지게 되고, 우여곡절 끝에 다음 영화를 제작했지만 역시 참패했다. 그 영화의 제작비도 김지미가 겹치기 출연하면서 벌어들인 수입이었다. 아내의 인기는 날로 치솟으면서 너무 바빠져서 일주일에 한두 번만 집에 들어가는 상황이 되었고 남편 활동은 주춤해졌다.

그쯤 되다보니 결혼생활이 평탄할 리가 없었다. 정신적·육체적으로 지쳐 있던 김지미 앞에 나타난 남자는 다름 아닌 최무룡이었다. 그러나 두 사람은 이미 유부남, 유부녀 신분이었다. 최무룡은 배우 최민수의 아

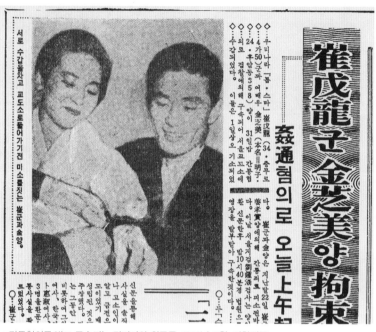

◆간통혐의를 받고 구속되는 김지미와 최무룡, 1962년 11월, 경향신문

버지이자, 배우 강효실의 남편이었다. 결국 1962년 두 사람은 간통죄로 피소되어 구속되기에 이른다.

　우여곡절 끝에 두 사람은 그다음 해 결혼하여 6년간 결혼생활을 했다. 결혼 후에도 인기 절정의 배우였던 최무룡은 감독 데뷔를 선언하고 영화제작에 뛰어든다. 그러나 영화배우가 감독을 맡아 제작까지 책임지다보니 흥행에 성공할 수가 없었다. 결국 실패하여 빚더미에 앉게 되었다. 최무룡은 김지미가 떠안을 여러 부담을 덜어주고 톱스타인 아내의 앞길을 막을 수 없다며 이혼을 결정했다. 두 사람이 1969년 합의

◆4년 동거 끝에 약혼하는 김지미와 나훈아,
1976년 7월, 경향신문

이혼할 때 인터뷰에서 "사랑하기 때
문에 헤어진다"는 말을 남긴 것이
두고두고 오랜 세월 동안 명언으로
남아 회자되었다. 훗날 김지미는 자
신의 많은 이혼을 두고 "나는 남편
이 필요했던 게 아니라 아내가 필요
했다"는 말을 남기기도 했다.

60년대 주목받는 흥행감독과 최
고의 남자 배우와 결혼과 이혼을 거
듭했던 김지미는 70년대 메가톤급
화제를 세인들에게 제공한다. 7살
연하남이면서 국내 남자 가수를 대
표하는 나훈아와의 만남이었다. 두
사람은 혼인신고를 하지 않은 채 함
께 살았지만 두 사람의 동거는 세
인들에게 큰 관심거리였다. 이들은
1976년부터 4년간 함께 살았다. 당
시 두 사람의 거주지는 김지미의 고
향인 대전이었다. 내 기억으로 김지
미는 대전의 번화가인 은행동에서
'숲속의 장미'라는 레스토랑을 경영
했다. 당시 대전 사람들은 그 레스토

랑을 '김지미 레스토랑'이라고 불렀다. 가끔씩 두 사람이 함께 산책하는 장면을 목격했다는 이들도 많았다. 훗날 나훈아를 개인적으로 만났을 때 그는 "김지미와 보낸 4년이 자신에게 참 소중한 시간"이었다고 회고했다. 김지미는 나훈아에게 그림을 그리도록 권유했고, 일본어를 비롯해서 영어 등 외국어를 공부할 수 있도록 배려했다. 나훈아의 범상치 않은 그림 솜씨와 외국어 실력은 그 시기에 형성된 것이다.

네 번째 남편은 세계적으로 유명한 심장전문의 이종구 박사였다. 1991년 11월 김지미는 한강변의 한 성당에서 결혼식을 올린다. 공식적으로는 세 번째 결혼식이었고, 비공식적으로는 네 번째 남편을 맞이한 것이다. 이때 김지미 나이는 52세였고 이종구 박사는 8살 위인 60세였다. 김지미는 어머니가 아파서 병원에 다니다가 알게 된 이 박사가 열렬하게 연애편지를 보내면서 구애를 했다고 밝힌 바 있다. 결혼 후에 김지미는 그녀의 표현대로 "남편이 가져다주는 월급으로 생활"하면서 평범한 주부로 지냈다. 그러나 대한민국 최고의 배우와 세계적인 심장전문의와의 결혼생활은 11년 만에 마무리되었다.

김지미는 훗날 한 언론과의 인터뷰에서 "살아보니 남자 별것 아니더라"면서 "그래, 남자는 다 어린애야. 불안하고 부족한 존재지. 여자들이 모성애로 감싸니까 사는 거지. 내가 어린 남자, 나이든 남자 다 살아봤지만 남자는 다 똑같아. 어린애야"라고 네 번의 결혼생활을 정리한 바 있다.

세상을 뒤흔든 스캔들

70년대 중반 충무로가 때 아닌 여배우 기근에 시달리게 된 것도
박동명 사건의 영향이 컸다.

스캔들에도 분명 체급이 있다. 윤창중 청와대 전 대변인의 성희롱 스캔들은 거의 메가톤급 스캔들이었다. 그가 성희롱 혐의를 받은 사실만으로는 어쩌면 전 국민이 경악할 만한 스캔들은 아니었다. 그러나 그가 성희롱을 하게 된 시기와 장소, 주변 환경이 문제였다. 대한민국 역사상 첫 여성 대통령이 미국 순방길에 나섰고, '대통령의 입'이어야 할 사람이 상상도 못할 일을 벌인 것이다.

70년대 이후 우리 사회를 뒤흔든 스캔들을 보면 권력과 연예인, 섹스 등 이 나라 장삼이사들이 늘 관심 갖는 요건을 갖춘 스캔들이 많았다. 이러한 요인들이 한데 어우러질 때 비로소 스캔들이 온 국민의 관심을 모으는 메가톤급이 된다.

■ 정인숙 피살사건

70년대 벽두 개통된 지 얼마 되지 않던 강변도로에서 26세 미모의 여인이 총에 맞아 피살된다. 피살자는 코로나 승용차에 타고 있던 정인숙. 부상을 입은 정인숙을 현장에서 신촌 세브란스병원으로 실어온 사람은 그의 오빠 정종욱이었다.

경찰은 오빠 정종욱을 살해범으로 지목했다. 경찰 발표에 의하면 오

빠 정종욱이 사생활이 문란했던 정인숙과 말다툼 끝에 격분하여 권총으로 살해하고 자신도 자살하려 했다는 것이었다. 그러나 경찰의 수사 발표를 믿는 사람은 별로 없었다.

70년대 초는 박정희 정권이 서서히 독재의 발톱을 드러내던 시기였다. 당시 세 살 난 사생아 승일(훗날 개명) 군을 남겨두고 떠난 정인숙의 슈트케이스에서 발견된 수첩에는 사회 저명인사 33명의 이름과 전화번호가 들어 있었다. 이 석연치 않은 사건을 두고 세간에는 온갖 소문이

◆언론에 대서특필된 정인숙 사건, 1970년 3월, 경향신문

나돌았다. 빼어난 미모를 자랑하는 정인숙은 하는 일도 별로 없이 고급 주택에서 살고 일류 호텔과 카바레를 전전하며 호화생활을 누리고 있었다. 게다가 평소 그녀는 자신이 모 고관과 깊은 관계라고 떠들고 다녔다는 것이었다. 언론은 이 사건이 권력의 핵심과 관련된 치정사건으로 단정하고 추적했지만 무엇 하나 확인할 수 없었다. 야당은 국회에서 진상규명을 요구하면서 정치 문제화하였다.

그 당시 정일권 국무총리의 이름이 수없이 거명되었고, 심지어는 박 대통령도 거론되었다. 정인숙이 이른바 비밀요정에서 일하는 고급 접대부로서 정부의 고관대작들만을 상대했다는 사실이 밝혀지면서 의심이

깊어갔다. 시중에는 나훈아의 노래 〈사랑은 눈물의 씨앗〉을 패러디해 '아빠가 누구냐고 물으신다면 / 청와대 누구라고 말하겠어요 / 만약에 그대가 나를 죽이지 않았다면 / 영원히 우리만 알았을 것을……' 하는 노래가 급속도로 퍼져 나갔다.

그러나 당시만 해도 권력의 핵심과 관련된 사건의 진실이 만천하에 드러나기는 쉽지 않은 분위기였다. 결국 오빠 정종욱만 살인죄로 복역 하면서 표면적으로 사건이 마무리됐다.

모 언론사에 근무하던 언론인 송건호는 "역사는 밤에 이루어진다는 말이 있지만 우리 사회에 비춰보면 정치는 요정에서 이루어진다고 할 수 있겠다"고 개탄했다. 그는 "다소라도 이름 있는 정치인치고 요정 출 입이 잦지 않은 인사가 적고 요정 출입이 잦은 정치인치고 마담을 비롯 해 한두 명 친하게 지내는 기생을 가지지 않은 자가 드물다"고 했다.

동생을 살해했다고 자백했던 정종욱은 90년대 출소 후 "나는 살인 죄를 뒤집어썼다. 아이 아버지는 정일권 씨"라고 주장했다. 또 장성한 정인숙의 아들도 정일권 씨를 상대로 친자확인소송을 내기도 했다. 그 러나 1994년 정 전 총리가 별세하는 바람에 법적 확인을 받는 데는 이 르지 못했다.

■ 박동명과 7공자 사건

70년대 중반 소위 '7공자'라는 말이 유행한 적이 있었다. 학교의 불량 서클 이름에도 7공자가 붙었고, 심지어는 조폭들 역시 7공자파를 만들 정도였다.

1975년 이른바 '7공자 사건'은 박 정희 대통령의 경제개발 5개년 개획이 추진되면서 '우리도 모두 잘살아보세'라는 구호가 유행할 때 터졌다. 그 당시 한국 경제는 노동자들의 희생으로 수출역군을 늘려가고, 우수한 기업들에게 대통령이 직접 '수출탑'을 주던 시기였다. 그 즈음에 대검찰청 특별수사부는 모 재벌가 장남 박동명을 외환관리법 위반 등 혐의로 구속했다. 26만 5천 달러를 해외로 불법유출한 혐의였다. 그 당시 외화를 유출하는 건 커다란 범죄였다.

◆ '7공자 스캔들'을 촉발시킨 박동명 사건, 1975년 6월, 경향신문

발표 당시만 해도 이 사건은 단순히 경제사범이 구속되는 사건 중의 하나로 인식되었다. 그러나 검찰은 박씨를 조사하면서 당대 최고의 인기를 누리던 배우가 포함된 100여 명의 여성 전화번호를 발견하였다.

태광실업 대표 박동명은 시온그룹을 이끌던 거부 아버지를 둔 대표적인 재벌 2세로 당시 나이가 불과 31세였으니 세인들의 관심이 집중된 건 당연한 일이었다. 박동명의 자택인 서울 용산구 이촌동의 고급 맨션을 급습했던 수사관들은 명단 외에도 여자용 핸드백, 목걸이, 반지, 팔찌 등 당시 서민들은 구경조차 못하던 200여 점의 귀중품도 압수했다.

사건은 불법 외화유출 사건에서 끝나지 않고 박동명을 둘러싼 소위

'7공자'들의 방탕한 삶으로 불똥이 튀었다. 박동명은 소위 '마담뚜'를 통해 소개받은 국내 영화배우·탤런트 100여 명과 놀아났고, 일본의 유흥가 등으로 해외원정까지 다니면서 환락을 즐겼다. 문제는 박동명과 어울렸던 20대 중후반의 친구나 후배들이 모두 재벌 2세들이었다는 점이다. 이들은 소위 플레이보이 클럽을 드나들면서 바니걸들에게 수천 달러를 지급하는 등 당시 서민들은 꿈도 못 꾸던 방탕한 생활을 즐겼다.

그러나 문제는 수사당국이나 이를 보도하는 언론의 행태였다. 수사당국은 7공자의 실체를 밝혀내고 이들이 온갖 불법과 탈법을 저질러온 사실을 알면서도 더 이상 수사하지 않았다. 또 7공자로 지목된 재벌 2세들은 한결같이 자신은 7공자가 아니라고 발뺌했다.

그 당시 야당 국회의원은 국회에서 박동명을 제외한 나머지 6명의 7공자들을 공개하라고 촉구했지만 메아리만 가득할 뿐이었다. 훗날 이런저런 비화들이 서서히 밝혀지면서 7공자의 실체만 짐작할 뿐이었다.

90년대 초반 기자는 7공자 사건의 뒷이야기를 취재하여 신문에 연재했던 적이 있었다. 물론 그때도 실명을 공개하기는 쉽지 않았지만 그 당시 이름만 들으면 알 만한 대기업들로부터 그 연재를 중단해 달라는 무언의 압력을 받았다. 그 당시 7공자 중에는 훗날 대기업 총수가 된 사람이 4명이나 있었고, 언론사 사주가 된 사람도 있었으며, 아버지의 뒤를 이어 대형 교회 목사가 된 사람도 있었다. 여기에 당시엔 꽤 잘나가는 그룹이었으나 지금은 해체된 그룹의 2세도 있었다. 그쯤 되니 10여 년이 지난 뒤 자신들의 젊은 날 행각이 뒤늦게 드러날까 봐 대기업 총수들이 전전긍긍했거나 아랫사람들이 알아서 기느라 이런저런 압력을 행사한 것이다.

그러나 이들 7공자들과 달리 당시 거론된 소위 '박동명 리스트'에 오른 연예인들은 큰 피해를 입었다.

언론들은 앞다투어 이른바 '박동명 리스트'를 은연중에 흘렸다. 재벌 2세와 잠자리를 하고 귀금속을 챙긴 연예인들에 대해 세인들의 관심이 높아졌고, 분노 또한 커갔다. 결국 한 여배우는 사실과는 무관하게 이름을 실명으로 보도한 언론을 상대로 당시로는 사상 최고 보상요구액인 1억 5천만 원의 소송을 제기하기도 했다. 영화인협회 연기위원회는 1975년 9월에 윤OO 씨 등 여배우 13인을 제명조치한다. '영화계의 부조리를 일소하겠다'는 목적으로 특별조사위원회까지 구성하는 등 부산을 떨었던 협회는 박동명 사건에 연루되거나 비밀요정에 출입한 여배우들을 내사했고, 관련 여배우들을 퇴출시킨 것이다. 당시 신문을 들춰보니 13명의 여배우에게 내려진 처벌 사유는 '비협조자', '행방불명자', '자진사퇴자' 등이었다. 이 때문에 이들을 주연으로 하여 촬영 중이던 영화가 중단되는가 하면 이들이 주연으로 출연한 영화들은 서둘러 상영을 중단하기에 이르렀다.

결혼식을 올리고 외국에 나가서 살고 있던 한 여배우는 시댁의 추궁에 못 이겨 음독자살을 기도하기도 했다. 70년대 중반 충무로가 때 아닌 여배우 기근에 시달리게 된 것도 박동명 사건의 영향이 컸다.

비운의 스타들

자신의 죽음을 예견하듯 마지막으로 불렀던 노래는
〈예정된 시간을 위하여〉였다.

스타로 살다가 어느 날 별똥별처럼 스러지는 이들이 참 많다. 그들이 단지 많은 대중으로부터 잊히는 게 아니라 죽음으로 세상과 작별하는 경우라면 참으로 안타깝다. 지난 시대에도 그렇게 세상과 작별한 스타들이 많았다. 제 명을 다해서 떠난 이들이야 인간의 생로병사가 그러하듯이 단지 아쉬울 뿐이지만, 명멸한 스타들 중에 유독 젊은 나이에 세상과 작별했기에 안타까운 이들이 많다. 그들의 삶 또한 평탄하지 않고, 신산하였기에 더더욱 그러하다.

■ 장현·장덕 남매

조용한 밤이었어요 / 너무나 조용했어요 / 창가에 소녀 혼자서 / 외로이 서 있었지요 / 밤하늘 바라보았죠 / 별 하나 없는 하늘을 / 그리곤 울어 버렸죠 / 아무도 모르게요

진미령이 불러 히트한 〈소녀와 가로등〉은 천재 소녀가수 장덕이 중학교 3학년 때 만든 노래다. 1977년 안양예고에 진학한 장덕은 그해 진미령에게 〈소녀와 가로등〉을 주어 제1회 MBC 서울국제가요제에 출전했다. 당시 가요제 규정상 작곡가와 가수가 함께 무대에 올라야 했다.

그래서 여고생 장덕이 깜찍한 모
습으로 나와 오케스트라를 지휘
했다.

장덕과 장현. 우리에게 이들은
'현이와 덕이'라는 남매 듀엣으로
기억돼 있다. 두 사람은 1990년 같
은 해에 나란히 사망했다. 80년
대 중반쯤이었던가. 나는 이들 두
사람을 서울 여의도의 한 카페에
서 만난 적이 있다. 그 당시 장덕은

◆장덕의 앨범 《순정 만날 수 없는 사람》

가수로 활동 중이었고, 장현은 동생의 매니저로 일하던 시기였다.

이들 남매와의 만남은 정말 유쾌했다. 장덕은 특유의 유쾌함으로 술
자리를 주도했고, 장현 역시 동생 못지않게 서글서글하고 멋진 사람이
었다. 그 당시만 해도 이들 남매가 비운의 주인공이 될 줄은 꿈에도 몰
랐다. 장덕은 새로운 음악에 대한 이야기를 쉴 없이 했고, 장현은 동생
을 위해 매니저로서 정말 열심히 뛰고 있었기 때문이다.

이들 남매의 비극을 얘기하려면 성장과정을 먼저 살펴봐야 한다. 남
매의 부친은 개성고보와 연세대를 나온 시립교향악단 첼리스트였던 장
규상, 모친은 이화여대 서양학과를 나온 재미 서양화가 이숙희 여사다.

두 사람은 장덕이 9살 때 이혼을 한다. 부모가 이혼하기 이전까지 남
매는 그들로부터 이어받은 풍부한 예술적 감성을 바탕으로 장현은 바
이올린을, 장덕은 피아노를 공부하며 음악의 기초를 닦았다.

◆ 현이와 덕이

부모의 갈등은 부친의 기행에서 비롯되었다. 훗날 기자는 '뿐철학'을 주창하는 장덕의 부친을 만난 적이 있다. 첼리스트였던 장규상이 어떤 이유에선지 철학과 종교에 빠진 것이다. 남매의 모친은 일요일에는 교회에 나가는 삶을 원했지만 부친은 기인적 삶과 철학에 심취하면서 가정불화를 낳았다.

장규상은 수시로 집을 비우거나 양로원·고아원에 대한 무료공연 그리고 지인의 빚보증 등으로 이들 남매의 삶을 피폐하게 했다. 결국 이혼 후 어머니는 미국으로 떠나고, 두 남매는 같은 집에 살지 못하고 각각 고모와 지인의 집에 맡겨진다. 부모의 이혼으로 인해 생긴 트라우마가 남매의 사춘기를 지배했다.

말년의 장규상은 '뿐철학'을 주창하면서 수천 명의 추종자가 있다고 주장했다. 장규상은 늘 수염을 길게 기르고 한복을 입고 다니면서 첼로를 연주하는 등 외모부터 범상치 않았다. 결국 남매는 그런 아버지를 따라 도봉산의 한 사찰에서 1년을 보내며 극심한 생활고를 겪는다. 사춘기 시절 장덕은 여러 차례에 걸쳐 자살을 기도한다.

미국에 있던 어머니 이숙희 여사는 남매를 위해 듀엣을 결성하게 해준다. 1975년 장현과 장덕 남매는 '드래곤랫츠'라는 예명으로 미8군 무대에 데뷔했다. 당시부터 장덕은 직접 작사 작곡한 노래를 부르는 여성 싱어송라이터였다. 미8군 쇼무대에 출연해 통기타를 연주하자 남매는 곧바로 방송국 PD들에게 스카우트되었다. 1975년 TBC TV 〈오라오라〉에 출연해 창작곡 〈꼬마 인형〉을 부르며 최연소 남매 듀엣으로 각광받았다. 장덕이 중3이 되던 1976년 자작곡 〈친구야 친구야〉 등 3곡이 수록된 데뷔 음반(오아시스)을 발표했다. 또 장덕은 임현식 감독의 〈마음의 행로〉 등 3편의 영화에도 출연, 깜직한 외모로 단숨에 하이틴 스타로 떠올랐다.

장덕과 오빠 장현은 훌륭한 듀오였지만 분명 음악적 재능은 장덕이 앞섰다. 결국 듀오로서 한계를 느낀 남매는 장덕의 솔로 독립과 장현의 록그룹 '현이와 거룩한 성'의 결성으로 해체한다. 솔로로 독립한 이후에도 자살을 기도하는 등 평탄치 않은 삶을 보낸 장덕은 3년 정도 미국에서 생활한다. 딸의 자살 기도를 걱정하던 이숙희 여사가 장덕을 설득하여 1979년 10월 LA로 불러들인 것이다. 그곳에서 장덕은 LA의 델몬트칼리지 음악과에 입학하였다가 테네시 대학에 편입하여 음악을 전공했다. 장덕은 짧은 결혼생활을 했다. 1981년 컨트리음악의 성지인 내쉬빌에서

◆장덕 사망 기사, 1990년 2월, 경향신문

교회 오빠인 교포와 결혼을 하였다. 그 후 리패밀리라는 가족 그룹을 결성하여 음악활동을 했으나 1983년 가을 이혼하고 다시 한국으로 돌아온다.

그러나 한국에서의 가수생활은 그리 행복하지 않았다. 오빠 장현은 동생을 위해 '현이와 덕이'를 재결성했다. 1985년 이들은 재결성 기념 음반을 발표했다. 다행히 수록곡 중 〈너 나 좋아해, 나 너 좋아해〉, 〈날 찾지 말아요〉 등 예전의 히트곡들이 좋은 반응을 얻었다. 그러나 이마저도 오래가지 않았다. 남매는 1년 만에 듀엣 활동을 중단하고 각각 솔로로 나섰다.

1990년 2월 4일, 스물아홉의 장덕은 약물 과다복용으로 사망했다. 자신의 죽음을 예견하듯 마지막으로 불렀던 노래는 〈예정된 시간을 위하여〉였다. 항상 발랄한 이미지의 소녀 같았던 그녀의 죽음에 의문부호가 남는 건 당연한 일이었다. 그로부터 6개월 후 오빠 장현도 동생의 뒤를 따랐다. 장현은 장덕의 명성에 가려졌지만 진정으로 동생을 아끼고 평생을 보호자로서 자기희생을 마다하지 않았다. 그는 장덕을 위하여 밤무대 출연을 정리하고 장덕·박혜성·훈이와슈퍼스타 등을 소속가수로 하는 코아기획이라는 음반 매니지먼트 회사를 운영했다.

장현은 매니지먼트 사업을 하던 중 혀가 붓고 호흡장애를 겪다가 설암 3기 판정을 받았다. 졸지에 자신을 보호해 주던 오빠의 보호자가 된 장덕은 심각한 불면증을 겪었다. 1990년 2월 당시 친구 집에서 지내던 장덕은 마포 염리동 진주아파트에서 기관지확장제와 수면제 과다복용 등에 의한 약물중독으로 사망한 것이다. 장덕이 죽고 난 6개월 뒤인 8

월 장현도 암으로 사망했다. 그리고 1996년 봉천동 자택에서 부친 장
규상도 70세를 일기로 사망하였다.

■ 오수미·윤영실 자매

1993년 영화배우 오수미가 하와이 여행 중에 교통사고로 사망했다.
영화계의 많은 사람과 그녀의 팬들은 그 죽음에 충격을 받았다. 그녀가
살아온 굴곡 많은 한 세월 때문에 한숨을 지었다.

영화배우 오수미(본명 윤영희)와 패션모델 윤영실 자매의 짧은 삶에는
우리 현대사의 그림자가 짙게 배어 있다.

오수미를 처음 만난 건 1986년 북한으로 납치됐던 신상옥·최은희

◆비운의 자매 오수미(왼쪽)와 윤영실(오른쪽)

부부가 북한을 탈출하여 다시 대한민국으로 돌아오게 됐다는 충격적인 뉴스가 전해질 무렵이었다. 그 당시 동부이촌동에 살고 있던 오수미 집에서 그녀를 만났다. 인터뷰를 하기 위해 찾아갔으나 그녀는 그 큰 눈에서 눈물만 펑펑 쏟아낼 뿐이었다. 이국적인 외모에 늘 슬픈 사슴 같은 외모로 팬들의 사랑을 받았던 그녀에게 애당초 긴 이야기를 듣고 싶어서 찾아간 건 아니었지만 그녀의 파란만장한 삶 때문에 마음이 울적했다.

그 시기에 오수미가 주목받게 된 건 북한으로 납치된 신상옥 감독과 사실상의 부부관계였기 때문이다. 신상옥 감독은 신필름을 설립하면서 60년대와 70년대 한국 영화계를 주도했다. 그는 납북사건 전인 1977

◆신상옥·최은희 납북, 1984년 4월, 경향신문

년 서울에서 최은희와 이혼했고 그와 함께 오수미와의 관계도 노출됐다. 두 사람은 1978년 신 감독이 아내였던 최은희에 이어 북한으로 납치되면서 이별 아닌 이별을 했다. 두 사람 사이에 남매가 남았다. 납북된 신 감독은 최은희와 재결합하면서 북한에서 영화활동을 이어갔다.

오수미 역시 사진작가였던 김중만과 결혼한 뒤 영화배우의 삶을 이어갔다. 그러나 1986년 두 사람은 신상옥·최은희 부부의 북한 탈출 소식이 전해진 뒤 3개월여 만에 결별을 선언했다. 이 때문에 오수미는 영화배우로서 조명받기보다는 현대사의 굵직한 사건에 연루된 주변인이라는 이유로 언론에 더 주목을 받을 수밖에 없었다.

오수미를 둘러싼 스토리는 가감 없이 영화로 만든다 해도 손색이 없을 정도로 극적인 장면들로 이어진다. 1973년 영화 〈이별〉의 파리 로케이션 중 신 감독과 내연의 관계로 발전했을 때 오수미의 나이는 23살이었다. 신상옥 감독과 떳떳한 부부로 산 건 단 1년여뿐이었고, 다시 만난 김중만과도 단란하게 살았던 시간은 4년뿐이었다.

김중만은 당시 감각적이고 철학적인 사진을 찍는 패션사진작가였고, 오수미는 영화배우로서뿐 아니라 패션모델로도 누구나 탐내는 외모의 소유자였다. 그런 두 사람이 파경을 맞게 된 건 두 사람 사이의 문제였기보다는 외부적 요인 때문이었다.

1967년 세기상사의 신인배우 공모에서 선발되면서 영화 〈어느 소녀의 고백〉을 통해 데뷔한 오수미는 50여 편의 영화에 출연했다. 제주시에서 1남 3녀 중 둘째 딸로 태어났다. 그녀를 둘러싼 또 하나의 비극은 친동생 윤영실의 실종사건이었다. 언니에 이어 톱클래스의 모델이자 영화

'83 가장도전적인映画!
두女子가지금모든男子를무릎꿇게하고있다!

本格的미스터리

피지칼트리오 신일롱/오수미/윤영실

안개는 女子처럼 속삭인다

새감독·정지영

合同映画(株)作品

◆오수미·윤영실 자매가 출연한
〈안개는 여자처럼 속삭인다〉

배우로 활동했던 윤영실은 1986년 5월 실종됐다. 어느 날 갑자기 사라진 이후 20여 년 동안 어디에서도 흔적을 찾은 적이 없다. 자살설과 타살설, 납치설 등 끝없는 소문만 있었을 뿐 경찰은 어떤 수사 결과도 발표한 적이 없다. 경찰이 수사를 포기한 지 오래여서 어쩌면 앞으로도 영원한 미제실종사건으로 남을 수밖에 없을 것이다.

두 자매가 출연한 영화 중에서 정지영 감독의 〈안개는 여자처럼 속삭인다〉라는 영화가 있었다. 그 영화 속에서 두 자매의 탁월한 외모와 표정연기 등은 정말 압권이었다.

여하튼 오수미는 신 감독이 서울로 돌아온 뒤에 두 남매를 신 감독에게 보낸 뒤 홀가분한 독신생활을 시작했다. 그러한 그녀가 예기치 않은 교통사고로 비운의 삶을 마감한 것이다.

세운상가의 추억

온갖 권모술수가 난무하던 시절에 세운상가는
어쩌면 주류문화를 비웃던 인디문화의 총본산 같은 곳으로 해석된다.

이러지도 저러지도 못하는 지독한 마음의 열병, / 나 그때 한여름날의 승냥
이처럼 우우거렸네 / 욕정이 없었다면 생도 없었으리 / 수음 아니면 절망이
겠지, 학교를 저주하며 / 모든 금지된 것들을 열망하며, 나 이곳을 서성였다
네 // 흠집 많은 중고 제품들의 거리에서 / 한없이 위안 받았네 나 이미, 그
때 / 돌이킬 수 없이 목이 쉰 야외 전축이었기에 / 올리비아 하세와 진추하,
그 여름의 킬러 또는 별빛 / 포르노의 여왕 세카, 그리고 비틀스 해적판을
찾아서 / 비틀거리며 그 등록 거부한 세상을 찾아서 / 내 가슴엔 온통 해적
들만이 들끓었네 / 해적들의 애꾸눈이 내게 보이지 않는 길의 노래를 가르
쳐주었네

— 유하 〈세운상가 키드의 사랑 1〉 일부

단 한 편의 시로 유하는 세운상가 키드를 대표하는 시인이 되었다.
시인보다는 영화감독으로 더 열심히 활동하고 있는 유하가 주목한 세
운상가는 비단 그에 국한된 성소만이 아니었다. 70년대와 80년대를 관
통하면서 거대도시 한가운데 서울에서 젊은 시기를 보냈던 이들이라면
본인 스스로 세운상가와 연관성이 없다고 얘기할 수 있을까.

각종 전자제품은 물론 해적판 음반, 비디오테이프, 수많은 외국 서적

◆ 세운상가 정비 기사, 1983년 10월, 경향신문

과 희한한 물건으로 넘쳐났던 그곳은 한마디로 만물상이었다. 일제 소니 카세트테이프를 구입하고, 비틀스나 퀸의 해적판 음반을 사고,《플레이보이》나《펜트하우스》등 포르노 잡지가 공공연히(?) 유통되던 곳이 세운상가였다.

　세운상가는 그래서 단순히 청계천을 가로지르는 서울의 대표적인 전자상가 그 이상의 의미가 있었다. 한국 대중문화가 짧은 시기에 한류라는 신조어를 만들어내면서 전 세계에 돌풍을 일으키는 데 기여한 대중문화의 메카였다.

그렇다면 우선 세운상가의 탄생 배경부터 살펴보자. 세운상가가 세워진 것은 1968년 '불도저 시장'이었던 김현옥의 재개발 사업으로 탄생했다. 그 당시 청계천을 중심으로 한 세운상가 자리는 한국전쟁 이후 피란민들이 자리를 잡으면서 빈민가를 형성하고 있었다. 김현옥 시장이 이곳을 건축가 김수근에게 맡겨 주상복합 상가를 건설하게 된 것이다.

종로와 청계천, 을지로에 이르는 세 개의 길을 가로질러 관통하면서 유기적으로 연결된 세운상가는 70년대와 80년대 명동과 함께 서울 상권의 중심가를 형성해 왔다. 그러나 90년대 들어서 새로 건설된 용산 전자상가에 밀리면서 세운상가는 그 기운을 잃고 흉물단지로 변해갔다. 2006년 오세훈 전 서울시장이 의욕적으로 '세운재정비촉진계획'을 발표했지만 여러 가지 이유로 개발이 지연되고 있어 이곳에 잔류하고 있는 상인들만 만성적인 고통에 시달리고 있다.

시인 유하가 추억했듯이 세운상가는 단순히 일본에서 수입한 온갖 전자제품이나 조명기구, 각종 공구를 파는 상가들만 밀집해 있던 지역만이 아니었다. 그곳에는 신기한 전자제품으로 대표되는 하드웨어뿐 아니라 그러한 전자제품으로 구동시킬 수 있는 온갖 소프트웨어가 공존하는 지역이었다.

그 대표적인 상품은 소위 '빽판'이었다. 지금처럼 음원으로 모든 음악을 접했던 시절과 달리 70년대부터 80년대에 이르는 그 시절엔 LP판이 대세를 이뤘다. LP판이 대세를 이루고 있다지만 해외에서 들어오는 LP 판은 음악에 대한 왕성한 식욕(?)을 자랑하는 10대나 20대들에게 늘 갈증을 불러왔다. 게다가 소위 정품들은 가격이 너무 비쌌다.

세운상가는 음악을 좋아하는 이들에게는 천국이나 다름없는 빽판 유통시장이었다. 청계천의 노점에는 리어카마다 산더미처럼 빽판들을 쌓아놓고 마니아들을 기다리고 있었다. 정품을 복제한 LP음반들은 주로 해외 유명 아티스트들의 명반들이었다. 그뿐 아니라 여러 가지 이유로 검열에 걸려 국내 시판이 금지된 앨범들도 즐비했다.

7080세대들은 대부분 그러했지만 고등학교나 대학 시절 가요를 듣는 것은 약간 하층민들의 취향으로 치부했다. 뭔 사대주의냐고 하겠지만 그 당시만 해도 우리 가요계가 풍성한 음악을 내놓기에는 역부족이었던 시절이었다. 트로트가 주류를 이뤘고 발라드나 록 중에서도 소프트한 음악들만 유통되던 시절이었다. 지금과는 사뭇 다르게 음악산업이 일천했으며 가수가 된다는 건 시골에서 상경한 헝그리한 집안 출신이나 하는 걸로 알았다.

각설하고, 청계천은 특히 미국이나 유럽시장에서 각광받던 아티스트들의 최신 앨범까지 구비하고 있었다. 장당 300원이나 500원쯤 주면 빽판을 살 수 있었으니 주머니가 궁했던 학생들에게는 더없이 좋은 보물창고였다.

사실 빽판을 턴테이블에 얹어놓으면 처음부터 끝까지 빗소리가 나고, 재수 없으면 중간중간 툭툭 음악이 끊기는 현상이 나타났다. 게다가 바늘이 더 넘어가지 않아서 같은 소절이 무한 반복되는 현상도 생겼다. 또 정품이 총천연색의 앨범 재킷을 자랑하지만 빽판은 조악한 단색 인쇄로 한두 번만 쓰면 커버가 너덜거리곤 했다. 그래서 대학가에 즐비했던 음악다방의 디제이들은 빽판을 사서 청테이프로 모서리를 감싸주는 게 첫 번째 일이었다.

청계천 빽판 중에서 판매금지가 된 음반을 발견하게 되면 누가 볼세라 신문지로 꼭꼭 싸서 불온문서를 소장한 양심범처럼 비장한 심정으로 집에 돌아오던 기억이 아직도 선하다. 지금은 사라졌지만 팝음악에 대한 풍성한 정보를 담은《월간팝송》또는《음악세계》같은 잡지도 청계천 리어카상들이 함께 팔았다. 단순히 음악을 듣는 데서 그치지 않고 직접 연주를 하던 친구들은 청계천과 이웃한 낙원상가의 악기점들도 주요 순례 대상 지역이었다. 주머니가 가난한 지방 출신 학생들은 청계천변에 즐비한 헌책방을 돌아다니면서 교재도 사고, 희귀본 책들을 뒤지기도 했다.

대중음악의 하드웨어를 공급하는 데 있어서도 청계천은 마르지 않는 상수원이었다. LP시대 중고 전축부터 시작하여 일본산 소니가 만든 카세트테이프 시절에도 마찬가지였다. 중고 턴테이블이나 스피커 등을 싼값에 살 수 있었고, 카세트 역시 싼값에 구입할 수 있었다. 특히 소니나 파나소닉 등이 생산한 미니 카세트들은 누구나 갖고 싶어하던 영순위 구입목록이었기에 한 푼이라도 싸게 사기 위해 청계천을 누비곤 했다.

■ 아저씨, 문화영화 보고 가세요

청계천은 한국 포르노산업에 있어서도 빼놓을 수 없는 공간이었다. 70년대 영상매체 발달 이전에 청계천의 불법 노점상들은《플레이보이》나《펜트하우스》등 국내에서는 구입할 수 없었던 그 화려한 잡지들을 만날 수 있던 곳이었다. 물론 대놓고 거리나 상점에서 팔 수 있었던 서적들이 아니었지만 청계천 일대에서 암약(?)하던 삐끼들은 여드름이 덕지덕지한 중고생들을 잘도 골라서 포르노잡지를 팔았다. 성적 호기심으로 똘똘 뭉친 중고생들이나 중년 아저씨들은 포르노잡지를 사기 위해 청계천으로 모여들었고 삐끼들은 용케도 소비자들을 알아보고 접근하여 마치 마약 밀거래하듯이 포르노잡지를 팔았다. 물론 이렇게 구입한 포르노잡지들은 책이 너덜너덜해질 때까지 돌려보고 훔쳐보면서 중고등학교 교실들을 누비고 다녔다. 이와 함께 소위 '빨간책'이라고 불리던 음란소설들도 청계천에서 구입할 수 있었다.《과부의 욕정》,《빨간 여우》등 자극적인 제목을 단 해적 출판물들은 필자가 누구인지 어디서 인쇄되는지 알 필요도 없었다. 다만 표지가 붉은색 계통의 조악한 인쇄물이어서 '빨간책'으로 불렀을 뿐이다. 그 내용 또한 소설이라고 보기에는 음란하고 또 음란했다. 까까머리 중고등학생들 사이에서 이 책을 다 읽는 동안 수음을 하지 않는다면 성적으로 문제가 있다는 식으로 놀림감이 될 정도였으니 그 수위를 알 만하다.

80년대 들어 비디오 시장이 열리면서 청계천 역시 또 한 번 진화한다. 소위 야동(음란 동영상)은 청계천과 청량리의 대표적인 창녀촌이었던 588 근처에서 팔리던 필수 아이템이었다. 비디오가 각 가정에 보급되면서 음란물 유통 또한 기하급수적으로 그 수효가 늘었고, 청계천 지하시장도 번창했다. 전 세계에서 불법으로 들여온 비디오들은 복제를 거듭하면서 암시장에서 거래됐고, 이 수효가 기하급수적으로 늘면서 정부당국은 수시로 대대적인 단속에 나섰다. 청계천 일대에서 압수한 음란 비디오테이프를 모아서 불살라 버리는 시민단체의 행사가 자주 신문지상에 오르내린 것만 봐도 80년대 쫓고 쫓기는 음란물과의 전쟁을 짐작할 수 있다.

청계천은 음란한 불법 포르노 동영상만 유통된 것이 아니었다. 국내에서는 접하기 힘든 해외의 문제 영화들 역시 청계천이 메카였다. 해외에서 제작돼서 화제가 됐지만 국내 상영이 금지된 걸작 영화들은 물론 상업적인 수지타산이 맞지 않아서 수입되지 않은 영화들까지 청계천에서 유통됐다. 영화 마니아들이나 영화제작자, 영화감독에 이르기까지 그런 영화들을 구하기 위해 청계천 신세를 지지 않은 사람이 없을 정도였다. 이러한 판매와 소비의 니즈가 맞아떨어지면서 청계천 일대에는 불법 포르노 영화를 상영하는 소규모 영화관들도 생겨났다. 3천 원의 입장료(당시 영화관 입장료보다 비쌌다)를 내면 몇 시간 동안 포르노 영화를 볼 수 있는 불법 영화관(?)들이었다. 비디오가 많이 보급되면서 일반 여관이나 다방 등지에서 과감하게 상영하기도 했지만 뭐니뭐니해도 청계천은 그 내용이나 수량에 있어서 한 단계 위였다. 80년대 당시 대학생들은 낮엔 최루탄을 뒤집어쓰면서 데모를 하고, 저녁엔 삼삼오오 청계천이나 신촌 일대 여관으로 몰려가서 '문화영화'라는 은어로 불리던 포르노를 봤다. 어찌 보면 이율배반적이면서도 씁쓸한 풍경이 아닐 수 없었다.

90년대 들어서 콤팩트디스크CD 등 대용량 저장장치가 등장하면서 음란물 유통이 쉬워지고 속도도 다소 빨라졌다. 이 때문에 청계천의 비디오 유통시장도 대폭 축소될 수밖에 없었다. 2000년대 IT혁명으로 인해 음란물 또한 누구나 언제든 손쉽게 얻을 수 있게 됐다. 최근에는 웹하드(인터넷상 저장·공유 장치)와 파일공유P2P 사이트가 음란물 거래의 온상이 되고 있다. 말하자면 특정 지역에서 특정 고객을 상대로 거래되던 불법물들이 불특정 지역에서 불특정 다수에게 유통되면서 시장이 크게 요동친 것이다.

청계천 사람들이 모이면 미사일 한 대쯤은 문제없이 만들어낼 수 있다던 만물상. 세운상가 키드들이 역사 속으로 사라졌듯이 세운상가 역시 쇠락했다. 어쩌면 세운상가는 그 기형적인 생김새처럼 70년대와 80년대 기형적으로 성장한 한국 사회와 맥락을 같이하는지도 모른다.

충무로의 대한극장과 명보극장, 서울극장, 피카디리와 단성사를 연결하고 허리우드극장까지 연결되는 그곳, 세운상가. 대낮에도 세운상가를 어슬렁거리는 게 점잖은 사람들에겐 다소 거북했던 그곳. 정치적으로는 억압과 검열, 온갖 권모술수가 난무하던 시절에 세운상가는 어쩌면 그러한 주류문화를 비웃던 인디문화의 총본산 같은 곳으로 해석된다. 또한 한국의 전자산업이 전 세계를 석권하고 있는 현재를 만들어낸 메카 구실을 세운상가가 해냈던 것이다.

오늘, 저 몰락한 세운상가를 보면서 애잔한 느낌이 드는 건 비단 나 혼자만의 생각은 아니리라.

5공화국이 낳은 히트작 애마부인

4개월에 걸쳐 31만 5천 명의 관객을 동원한 〈애마부인〉은
그해 한국 영화 흥행순위 1위를 차지했다.

"옛날에는 섹시하다는 칭찬이 별로 안 좋았죠. 지금은 섹시하다는 칭찬
을 (배우들이) 좋아하더군요. 우리 시대에는 섹시하다는 게 부정적인 이미
지였죠. 헤픈 여자같이 봤고, 야해 보이고."

80년대 영화 〈애마부인〉으로 스타덤에 올랐던 배우 안소영은 얼마
전 예능프로그램에 출연하여 이같이 고백했다. 그녀는 〈애마부인〉으로
스타가 된 이후로 뭇 남성들의 시선이 한곳(가슴)으로만 집중되는 것 같
아서 "(옷으로) 감싸고 다녔다"고 고백했다. 그녀는 좋은 배우가 되는 것
이 꿈이었지만 〈애마부인〉으로 만들어진 이미지 때문에 결국 그 꿈을
접고 평범한 생활인으로 살아왔다. 한 시절 뭇 사내들의 로망이자 글래
머스타였지만 아무도 그녀를 연기파 배우로 보지 않았던 것이다.

〈애마부인〉은 5공화국과 함께 왔다. 1979년 10월 26일 수십 년 동안
철권통치를 해온 박정희 대통령이 그의 수하였던 김재규에 의해 종말을
맞았다. 그날 궁정동에서 울려퍼진 총성은 우리 현대사의 흐름을 단번
에 바꿔놓기에 충분했다.

박 대통령 시해 다음 날, 다니던 대학 정문에 갔던 대학생들은 교문
앞을 막아선 탱크와 총을 든 군인들이 연출한 살풍경과 마주해야 했
다. 결국 전국의 대학들은 휴교로 인해 방학 아닌 방학을 맞았고, 캠퍼

스마다 군인들의 천막 막사가 들어섰다. 가끔씩 군인들이 무장을 한 채 나와 학교 앞 술집이나 다방, 하숙집들을 돌아다니면서 회합─대학 생이 세 명 이상 모이면 무조건 회합이었다─ 중인 대학생들을 폭행하고 잡아갔다. 일부는 끌려가서 학교 운동장에서 얼차려를 받고 몽둥이 찜질을 당한 뒤에야 풀려나곤 했다.

1980년 봄, 이 땅에 사는 누구라도 설레는 가슴으로 시작됐던 한 해였다. 박정희 정권 시절에 이런저런 이유로 정치활동을 접었던 3김(김대중·김영삼·김종필)이 일제히 정치활동을 재개했고, 의심할 여지 없이 민주화의 봄이 시작된 것으로 알고 있었다. 그러나 대학가는 달랐다. 박정희 대통령 유고 이후 대통령 권한대행을 맡았던 최규하 씨는 식물 대통령으로 전락했다고 했다. 대신 전두환 보안사령관의 이름이 수시로 오르내렸다.

캠퍼스마다 전투경찰들이 교문 앞을 막아섰고, 교문 진출을 시도하는 학생들과 대치했다. 스크럼을 짜고 홀라송을 부르면서 교문 진출을 시도했지만 번번이 전투경찰들이 쏘아대는 최루탄과 사과탄, 페퍼포그에 의해 좌절했다.

역사상 1980년 5월처럼 뜨거웠던 봄이 어이 있었으랴. 서울에서는 거의 모든 대학생들이 전투경찰의 맹렬한 방호벽을 뚫고 서울역에 집결했다. 그러나 광주에서 벌어진 민주화 시위를 진압하기 위해 정치군인들이 공수부대를 투입하면서 그 봄은 그 어느 해보다 잔인한 봄으로 변했다.

휴교와 12·12사태를 거친 뒤 통일주체국민회의의 99.9% 찬성률로 전두환이 제5공화국의 대통령이 됐다. 아이러니하게도 유교적인 관습 속에서 꽁꽁 묶여 있던 에로물의 해빙은 5공화국이 만들어냈다. 총칼로 집권한 전두환 정권은 우선 전 세계에 퍼져 있던 대한민국의 인재들을 주요 장관에 앉혔다. 청와대 핵심은 자신의 참모들로 가득 채웠지만 국민의 닫힌 마음을 열기 위해서는 정치군인들이 아닌 인재들이 필요하다는 판단이었다.

◆계엄군 진입 이후 광주, 1980년 5월, 경향신문

그러나 그 당시 조국을 위해 5공화국의 요직을 맡았던 장관들은 1983년 10월 9일 당시 버마(현 미얀마)를 방문 중이던 전두환 대통령을 수행했다가 대부분 순직했다. 이 사건은 당시 버마의 아웅산 묘소에서 일어난 강력한 폭발 사건으로 대통령의 공식·비공식 수행원 17명이 사망하고 14명이 중경상을 입은 사건이었다. 당시 순직한 희생자는 서석준 부총리, 이범석 외무부장관, 김동휘 상공부장관, 서상철 동자부장관, 함병춘 대통령비서실장, 이계철 주버마대사, 김재익 경제수석비서관 등 17명이었다. 이후 버마 당국은 이 사건이 북한 김정일의 친필지령을 받은 북한 정찰국 특공대에 의해 저질러졌다는 수사결과를 발표했다.

5공화국은 또 출범과 함께 겉으로 내걸지는 않았지만 국민들을 순치하기 위한 3S(Screen, Sports, Sex) 정책을 펼쳐 나갔다. 이로 인해 프로야

◆아웅산 폭탄 테러, 1983년 10월, 경향신문

구가 공식 출범했으며 통금 해제(유흥업소 심야영업금지 해제)와 함께 영화 검열이 완화되고 심야극장 상영이 허가되었다. 영화 〈애마부인〉은 사회성 짙은 영화들이 속속 등장하던 70년대 말의 충무로 분위기를 일거에 뒤엎고 스크린을 살색으로 뒤덮는 데 혁혁한 공을 세우기에 충분했다.

안소영 주연, 정인엽 감독의 〈애마부인〉은 1982년 2월 6일, 종로3가에 위치한 서울극장에서 개봉됐다. 당시 지금처럼 좌석제가 아니었던 극장에 너무나 많은 인파가 몰려들어 유리창이 깨질 정도였다니 그 뜨거운 관심을 미루어 짐작할 수 있다. 4개월에 걸쳐 31만 5천 명의 관객을 동원한 〈애마부인〉은 그해 한국 영화 흥행순위 1위를 차지했다.

극장에서는 〈애마부인〉이 상영되고 있었지만 대학가는 한마디로 살풍경했다. 몇몇 의혈청년 대학생들은 대학가에 유인물을 살포하다가 체포되어 감옥으로 가야 했다. 또 소위 운동권 대학생들은 요주의 인물로 찍혀 정부의 녹색정책에 의해 징집당해서 전방으로 가야 했다.

대학마다 사복경찰들이 상주해 있었고, 당시 안기부(현 국정원) 요원들이 수시로 캠퍼스와 교수실을 드나들면서 대학생들의 동태를 감시했다. 일부 교수들 중에는 이러한 안기부 요원들의 행태에 항의하다가, 또

제자들을 제대로 관리하지 못했다
는 이유로 그들에게 구타를 당하기
도 했다.

5공화국의 과외금지 조치로 주머
니 사정도 넉넉하지 않고, 숨마저 쉴
수조차 없는 사회분위기 속에서 대
학생들 역시 삼삼오오 안소영의 가
슴을 보러 심야극장이나 2본동시상
영관에 숨어들었다. 정부의 여러 가
지 완화 조치로 겉으로는 자유로운
분위기였지만 그 이면은 숨막히는
하루하루가 계속되는 시대였다.

사실 〈애마부인〉을 영화적으로 평
가하는 건 적절치 않다. 〈애마부인〉

◆안소영이 출연한 〈애마부인〉 포스터

은 70년대 제작되어 전 세계적으로 선풍을 일으키면서 시리즈의 숫자
를 늘려가던 〈엠마누엘 부인〉에 영향을 받은 기획물이다. 2012년 60세
의 나이로 세상을 뜬 이 영화의 주인공 실비아 크리스텔은 한국에 상륙
하여 많은 사내의 가슴을 설레게 했던 프랑스 여배우였다. 80년대 불법
비디오테이프로 유통되면서 허름한 여관방이나 다방 등지에서 상영되
던 〈엠마누엘 부인〉 시리즈는 날이 갈수록 에로틱함의 강도를 높이면서
많은 남성을 헐떡이게 한 영화였다.

〈애마부인〉은 원래 '愛馬婦人'의 한문 제목으로 공윤(공연윤리위원회) 검

열에 넣었지만 다소 야한 분위기를 연상케 한다 하여 '말 마馬' 대신 '삼마麻'로 고쳐서 〈애마부인愛麻婦人〉이 되었다. 이 영화에서 오수비 역의 안소영은 과실치사로 복역 중인 남편(임동진)을 면회 다니다가 미술학도 김동엽(하명중)과 만나 사랑을 하게 되고, 옛 애인 김문오(하재영)와도 정사를 나누면서 순수한 사랑과 애욕 사이에서 방황한다는 줄거리다.

영화의 줄거리야 두 번째로 치고 안소영이 야한 슈미즈 차림 노브라에 노팬티로 말을 탄 채 바닷가를 달리던 장면은 두고두고 한국 성애영화의 명장면(?)으로 남았다.

이후 〈애마부인〉은 그 인기에 힘입어 12편이 제작되는 장기 시리즈물이 됐다. 편수가 계속될 때마다 노출 수위를 높이면서 좀 더 자극적인 영화를 만들어야 하는 건 성애영화의 숙명이었다. 2대 애마 오수비는 말을 타는 장면은 물론이고, 해변에 앉아 밀려오는 파도에 몸을 맡긴 채 온몸을 뒤트는 관능적인 장면을 연출했다. 3대 애마 염혜리(현재는 김부선)는 탁월한 몸매는 물론 백치미가 느껴지는 연기로 뭇 남성들의 사랑을 받았다. 유혜리가 등장한 4대에 가서는 〈파리애마〉로 이름을 바꿔 유럽 올 로케이션에 나서는 등 변화를 꾀하기도 했다.

〈애마부인〉 한 편으로 일약 스타덤에 오른 안소영은 김수형 감독의 〈산딸기〉, 노세한 감독의 〈탄야〉 등 한 해 동안 무려 일곱 편의 에로틱한 영화의 주인공으로 출연했다. 한 해 수입이 5천만 원에 이르렀지만 에로배우라는 멍에를 벗지 못하고 여배우로서의 생명을 이어가지 못했다.

여배우 트로이카, 문희·남정임·윤정희

춥고 배고팠던 시절 금세라도 터질 듯한 젊음으로 스크린의 한가운데서
빛났던 트로이카야말로 오래도록 사람들의 머릿속을 떠나지 않는 아이콘이었다.

60년대는 전쟁의 상처가 남긴 가난으로 인해 보릿고개를 넘겨야 했던
시절이었다. 아이러니하게도 60년대 한국 영화는 절정의 인기를 구가
했다. 밥 한 끼를 해결하는 일이 지엄했던 시절에 영화는 유일한 판타지
이자 비루한 현실을 잊을 수 있는 비상구였다. 민족의 명절인 설날이나
추석 때는 전국 방방곡곡 모든 극장이 대목이었다. 지금처럼 좌석이 정
해져 있을 리가 만무여서 명절날 극장은 한마디로 인산인해를 이뤘다.
마치 콩나물시루처럼 사람들로 넘쳐났지만 누구 하나 불평하는 이가
없었다. 동네 처녀들을 괴롭히는 총각들의 '못된 손' 때문에 여기저기서
비명이 터지기도 했지만 영화를 보는 것만으로도 모든 근심을 날려버릴
수 있던 시절이었다. 그렇게 만난 스크린 속의 배우들은 말 그대로 스
타였다. 그네들은 하늘에 반짝이는 별들과 다름이 없었다.

문희·남정임·윤정희, 60년대 후반 혜성과 같이 등장한 여배우들에게
당시의 연예잡지인 《아리랑》, 《명랑》에서는 '여배우 트로이카'라고 이름
지었다. 트로이카troika는 삼두마차를 뜻하는 러시아어로 말하자면 당
대를 휩쓴 '최고 여배우 3인방'이라는 뜻이었다.
60년대 한국 영화 전성기에는 최은희와 김지미를 비롯해 고은아·문

◆70년대 영화계 트로이카 문희·남정임·윤정희(왼쪽부터)

◆문희 〈미워도 다시 한 번〉　　◆남정임 〈바람같은 사나이〉　　◆윤정희 〈육체의 길〉

정숙·최지희·태현실·김혜정·도금봉 등 선배들이 있었고, 청춘의 심벌이었던 신성일과 엄앵란이 톱스타로 군림하고 있었다. 그러나 저마다의 개성으로 무장하고 등장한 세 여배우는 한마디로 승승장구하면서 충무로를 휘젓기 시작했다. 훗날 트로이카는 70년대와 80년대로 이어지면서 심심치 않게 등장했기에 이들 세 여배우는 1세대 트로이카인 셈이다.

　문희는 1965년 이만희 감독의 〈흑맥〉으로 출발해 이듬해 정진우 감독의 〈초우〉로 스타덤에 올랐다. 이후 〈위험한 청춘〉, 〈막차로 온 손님들〉, 〈한〉, 〈타인들〉, 〈미워도 다시 한 번〉 등 화제작을 무더기로 쏟아내면서 단숨에 정상의 여배우가 됐다. 남정임은 1966년 김수용 감독의 〈유정〉으로 데뷔했다. 〈어느 여배우의 고백〉, 〈요화 장희빈〉, 〈분녀〉, 〈봄봄〉, 〈내 생애 단 한 번〉 등이 그녀의 대표작들이다. 윤정희는 1967년 강대진 감독의 〈청춘극장〉으로 데뷔한 이후 〈강명화〉, 〈싸리골의 신화〉, 〈육체의

◆영화 〈결혼교실〉 신문광고, 1970년 7월, 경향신문

길〉, 〈순애보〉, 〈감자〉, 〈내시〉, 〈장군의 수염〉 등에 출연했다. 이들 세 여배우는 60년대 후반 한국 영화계에서 나란히 활동하며 경쟁했기에 영화 팬들 사이에서도 그녀들의 우열을 놓고 논란이 많았다. 영화 〈미워도 다시 한 번〉에서 여성 팬들의 눈물샘을 자극했던 문희는 '멜로의 여왕'이라는 애칭과 함께 청순가련형의 대명사가 됐다. 〈분녀〉 등에서 열연한 남정임은 귀엽고 앳된 외모 때문에 남성 팬들을 몰고 다녔다. 이지적이면서 다소 서구적인 마스크가 뿜어내는 발랄함 때문에 시골 총각들에게는 세련된 도회지 여성으로 각인됐다. 지적이고 세련된 외모를 가졌던 윤정희는 요염함까지 겸비하여 남성 팬들은 물론이고 여성 팬들에게도 선망의 대상이 됐다.

이들 트로이카가 절정을 이뤘던 시기는 1970년 제작된 정인엽 감독의 영화 〈결혼교실〉을 통해서였다. 그해는 우리 영화사상 가장 많은 229편이 제작되어 최고의 전성시대를 구가했다. 반면 부도사태도 가장 많이 일어나 명암이 교차했던 한 해였다. 남자 배우로 당대의 스타 신성일을 일찌감치 낙점한 정 감독은 세 여배우를 캐스팅할 비책을 세웠다. 시나리오작가인 이중헌에게 각기 다른 세 편의 시나리오를 주문한 것이다. 서로에게 라이벌의식을 갖고 있던 당대의 트로이카는 나머지 두 여배우보다 분량이 많은 시나리오를 건네받고 흔쾌히 출연을 수락했다. 하지만 실제 영화에서 어떤 시나리오가 사용됐는지는 확인되지 않는다. 촬영을 끝내놓고도 세 여배우의 경쟁의식은 끝나지 않았다. 누구의 이름을 맨 앞에 배치해야 하는지를 놓고 신경전을 벌이다가 결국 가나다순으로 확정되어 남정임·문희·윤정희 주연의 〈결혼교실〉이 탄생했다. 이 영화는 1970년 서울의 국도극장에서 개봉해 빅 히트를 쳤다.

찬란했던 트로이카 시대는 남정임이 1971년 영화 〈첫정〉을 끝으로 재일교포 사업가와 결혼하면서 막을 내렸다. 그녀의 결혼식에는 1천여 명의 팬이 몰려드는 등 대성황을 이뤘으나 오래지 않아 이혼한 뒤 1978년 재혼했다. 재혼과 함께 연기활동을 재개한 남정임은 그해 〈웃음소리〉에 출연했지만 그것이 마지막 작품이었다. 문희 역시 1971년 10월 한국일보 장강재 회장(작고)과 결혼하면서 평범한 가정주부의 길을 택했다. 윤정희만 홀로 남아 연기활동을 하다가 1975년 피아니스트 백건우와 결혼해 지금까지 행복하게 살고 있다.

트로이카 중에서 남정임은 1992년 47세의 나이에 유방암으로 사망

◆이창동 감독의 영화 〈시〉 포스터

했다. 윤정희는 이창동 감독의 〈시〉(2010)로 컴백하면서 칸영화제의 레드 카펫을 밟는 등 제2의 전성기를 맞고 있다. 지난해 부산국제영화제에 참석해 여전한 아름다움을 뽐낸 문희는 "당시 18세의 나이에 데뷔하여 하루에도 수십 개의 스케줄을 소화하느라 육체적으로나 정신적으로나 몹시 지쳐 있었다"면서 "더 이상 영화 작업에 애착을 갖지 못해 결혼 발표와 함께 미련 없이 주부로서의 역할에 충실할 수 있었다"고 말했다. 문희는 2남 1녀를 낳아 키웠고, 남편과 사별한 채 여생을 보내고 있다.

60년대의 트로이카는 이후 장미희·유지인·정윤희 등 80년대 트로이카로 이어졌으며, 지금도 심심치 않게 연예계에서 이런저런 조합으로 거론되고 있다. 그러나 춥고 배고팠던 시절 금세라도 터질 듯한 젊음으로 스크린의 한가운데서 빛났던 트로이카야말로 오래도록 사람들의 머릿속을 떠나지 않는 아이콘이었다.

오, 불쌍한 누이여

경아나 영자는 어쩌면 대한민국을 경제부국으로 만드는 과정에서 희생된
우리 누이를 대표하는 이름이다.

몇 년 전 '부자 되세요'라는 광고
문구가 유행처럼 번진 적이 있었
다. 저 70년대, 보릿고개를 갓 넘겼
을 때 라디오를 틀면 나오던 노래
는 적어도 당대를 살던 이들에게
는 절절했다. '잘살아 보세. 잘살
아 보세. 우리도 한번 잘살아 보
세'라는 직설화법의 노래는 '부자

◆ 수출 100억 달러 달성 기사, 1977년 12월, 경향신문

되세요'보다 더 절실하고 슬픔이 묻어나는 노래였다.

　70년대 초반 수출 100억 달러를 달성하면서 대한민국은 본격적인
산업화 시대로 접어들었다. 삼촌들은 월남전에서 부상을 입고 돌아왔
지만, 초등학교나 중학교를 졸업한 누이들은 하나둘 도시로 떠났다.
도시에 나와 누이들이 할 수 있는 일이라고는 섬유공장이나 전자회사
직공, 혹은 버스안내양이나 식모살이었다. 운 좋은 형들은 누이들이 버
는 월급으로 대학을 다녔지만 대부분은 제철소나 건설현장에서 비지
땀을 흘려야 했다. 또 누군가는 독일의 광부나 간호사가 되어 떠났다.
이래저래 가족은 제자리를 못 찾고 부평초처럼 떠돌아야 했다. 그 시

절, 대중의 입에 오르내렸던 이름인 경아와 영자는 우리네 슬픈 자화상이었다.

고등학교 때 이미 신춘문예에 입선한 '천재 작가' 최인호는 27세의 젊은 나이에 장편소설 《별들의 고향》을 발표했다. 차가운 도시의 뒷골목에서 자본주의의 희생양이 된 호스티스 경아의 사랑이야기였다. 이 책은 날개 돋친 듯이 팔려서 100만 부가 넘는 베스트셀러가 됐다. 최인호는 일약 스타덤에 오르면서 최초의 전업작가가 됐지만 주변의 시선은 곱지 않았다. 암 투병 중인 최인호(최인호는 이 책을 마무리하던 2013년 9월 25일 별세했다. 삼가 고인의 명복을 빈다.)는 최근 한 매체와의 인터뷰에서 당시 상황에 대해 "체제의 반대편에 선 사람들에게는 상업주의라는 비난을 받았고, 체제를 수호하려는 이들로부터는 퇴폐주의라고 협공을 받았다"고 토로했다. 하여, 비가 올 땐 피하는 심정으로 그가 문단을 떠나 10년간 피난처로 삼은 곳이 영화판이었다.

3선개헌과 유신헌법 등으로 한층 검열이 강화되어 새마을운동 영화와 전쟁영화, 반공을 기치로 내세운 영화들이 판치던 충무로에서 100만 부 이상 팔린 베스트셀러 소설은 누구든 군침을 흘릴 만했다. 《별들의 고향》은 영화로 만들기에 딱 좋은 대중적인 소재였다.

결국 최인호가 손잡은 사람은 서울고등학교 동창인 영화감독 이장호와 가수 이장희였다. "경아, 오랜만에 함께 누워보는군", "아저씨, 추워요. 안아주세요", "내 입술은 작은 술잔이에요" 등 아직도 예능프로그램 등에서 회자되는 명대사를 남긴 영화 〈별들의 고향〉은 당대 최고의 톱스타 신성일과 아역배우 출신 안인숙을 주인공으로 46만 명의 관객을 동원하면서 속편과 속속편으로 이어졌다. 세시봉의 멤버였던 이장희는 〈나 그대에게 모두 드리리〉와 〈한 잔의 추억〉 등을 담은 이 영화의 OST로 영화음악의 새 장을 열었다. 아이러니하게도 〈별들의 고향〉의 주관객은 정든 시골 마을을 떠나서 도시로 도시로 몰려온 우리들의 누이였다. 누이들은 밤샘 작업을 하면서 번 돈으로 소설책을 사 보고 영화를 보면서 손수건을 적셨다.

◆신성일·안인숙 주연의 〈별들의 고향〉

대중문화에 있어서 상업성은 피할 수 없는 덕목이다. 〈별들의 고향〉의 성공은 곧바로 호스티스 영화의 범람으로 이어졌다. 검열을 피하면서 관객도 모을 수 있는 데 더없이 좋은 소재였다. 1975년 개봉된 영화 〈영자의 전성시대〉는 그런 영화들 사이에서 주목할 만한 작품이었고, 〈별들의 고향〉에 이은 또 하나의 히트작(36만 명)이었다. 소설가 조선작의 작품을 원작으로 김호선이 감독을 맡고, 소설가 김승옥이 대본을 쓴 〈영자의 전성시대〉는 70년대 우리 누이들의 슬픈 사랑이야기였다. 아니, 사랑이라고 얘기하기엔 너무 잔인한 스토리였다.

70년대 한국의 가난한 농가에서 태어나 무작정 상경한 영자(염복순 분)

◆영화 〈영자의 전성시대〉 포스터

는 식모로 일하다가 주인 남자에게 성폭행을 당한 뒤 버스안내양을 거쳐 '청량리 588' 매춘부로 전락한다. 그나마도 버스안내양 시절 당한 사고 때문에 한쪽 팔이 잘려나가고 없어 손님들이 재수 없어 하는 외팔이 창녀다. 그녀를 지극정성으로 사랑하는 창수(송재호 분)는 월남에서 돌아온 목욕탕 때밀이였다. 그는 한쪽 팔이 없는 영자를 위해 의수를 만들어 준다. 그러나 창수와 살림을 차리기 위해 악바리처럼 돈을 모았던 영자는 588 화재로 인해 죽음을 맞는다.

경아나 영자는 어쩌면 대한민국을 경제부국으로 만드는 과정에서 희생된 우리 누이를 대표하는 이름이다. 지금도 이 땅에 여전히 호스티스가 존재하지만 그 이름이 예전처럼 슬프지가 않다. 좋은 남자 만나 살림 차리고, 토끼 같은 자식 낳아서 알콩달콩 사는 게 꿈이었던 경아와 영자는 지금 하늘나라에서 행복할까. 이 땅의 반쪽짜리 풍요를 보면서 무슨 말을 할까 궁금하다.

■ 검열에 무릎꿇고 호스티스에 빠진 70년대 충무로

'아, 아파요. 꺾지 마세요. 그냥 보기만 하세요. 향내만 맡으세요'(〈꽃

순이를 아시나요)), '단단한 조가비의 신
음인가 분노인가'(〈가시를 삼킨 장미〉),
'돌아보면 지난날은 눈물 자국이지
만…… 오늘 밤도 미스 오는 환히
웃는다'(〈오양의 아파트〉).

얼핏 보면 그리 야한 구석이 없
는 카피들이다. 그러나 정윤희(〈꽃순
이…〉), 유지인(〈가시를…〉), 김자옥(〈오양
의…〉) 등 젊고 싱그러운 배우들의 야
한 포즈 사진이 곁들여진다면 상황
은 달라진다.

〈별들의 고향〉과 〈영자의 전성시
대〉가 히트하자 70년대 한국 영화계
는 호스티스에 흠뻑 빠진다. 순박한

◆ 영화 〈겨울여자〉 포스터

시골 처녀가 상경하여 다방레지로 일하다가 남자들에게 유린당한 뒤
호스티스로 전락하는 〈꽃순이를 아시나요〉를 비롯해 대부분의 영화들
은 호스티스의 기구한 삶을 다뤘다. 변장호 감독의 영화 〈오양의 아파
트〉 역시 대학에 다니던 여주인공 오미영(김자옥 분)이 생활고에 시달리다
가 애인에게 호스티스가 되겠다고 선언하면서 비극적 삶에 빠져든다는
내용이다.

70년대 후반 공전의 히트를 기록한 〈겨울여자〉(조해일 원작) 역시 호스
티스물과는 다소 거리가 있지만 자유연애를 표방하는 여대생을 주인공

으로 내세워 논란이 됐다. 신인 여배우 장미희의 출세작이기도 하다. 이들 영화 외에도 노세한 감독의 영화 〈26×365=0〉도 호스티스로 살다가 스물여섯 살에 생을 마감해야 했던 여주인공 유지인의 애처로운 삶을 그린 영화였다.

이처럼 호스티스 영화가 범람한 것은 침체기에 접어들던 당시 한국 영화계의 지나친 상업성이 드러난 결과이기도 했지만 당국의 검열 강화로 소위 의식 있는 영화를 만들 수가 없었던 시대상황도 작용했다.

70년대의 전설 이소룡

청소년이나 젊은 충들은 이소룡의 영화에 빠져서
고단한 세월들을 잊었다.

퀴퀴한 냄새가 진동하는 변두리 극장, 2본동시상영관에서 그를 처음 만났다. 〈정무문精武門〉(1973)이라는 영화였지만 제목은 중요하지 않았다. 부르스 리, 이소룡을 그쯤에서 만났다. 바야흐로 이 땅에는 새마을운동으로 '잘살아 보세'라는 구호가 난무했지만, 여전히 보릿고개 넘기가 힘들었던 시기였다.

머리에 기계독이 오른 까까머리 중학생, 여드름투성이의 고등학생들은 저마다 2편 동시상영관으로 몰려갔다. 당시만 해도 소위 개봉관에 학생들이 출입하는 건 자유롭지 못했기에 동시상영관이나 쇼도 보고

◆70년대 청춘들의 피를 끓게 한 이소룡의 〈용쟁호투〉

영화도 보는 극장은 학생들의 명소였다. 더군다나 이소룡의 영화는 미성년자입장불가 딱지가 붙은 영화가 대부분이었다. 150원만 내면, 매일

체육선생에게 얻어터지고 지긋지긋한 수학공식을 외워야 했던 현실에서 잠시라도 탈출할 수 있었다.

이소룡은 피가 끓어 주체를 못하던 청춘들에게 기름을 들이부었다. "아비요!"라는 기합과 함께 그가 몸을 날릴 때마다 적들은 추풍낙엽처럼 나가떨어졌다. 어느 한곳 흠잡을 데 없는 근육질 몸매로 절권도를 구사하면서 붕붕 날아다니던 이소룡은 단박에 까까머리들의 우상으로 떠올랐다. 그가 사용하던 쌍절곤은 전기조차 들어오지 않던 시골 마을까지 파고들었다. 당시 서울 동대문 체육기구상가에서 판다는 쌍절곤을 사러 무작정 지방에서 상경한 학생도 있었다. 책가방 깊숙이 쌍절곤을 감추고 등교한 까까머리들은 쉬는 시간 화장실 뒤에 모여 마구 휘두르다가 머리가 터지고 코피를 쏟았다. 생전 브로마이드 한 장 사지 않던 청춘들은 책상 앞에 이소룡의 사진을 붙여두고 언젠가 이소룡처럼 멋진 근육질 몸매로 붕붕 날아다닐 그날을 꿈꾸었다. 남몰래 뒤뜰에 나가 쌍절곤을 휘두르고, 나무기둥을 새끼줄로 두른 뒤 주먹에 피멍이 들도록 두드렸다.

그렇다. 숨어 들어가다시피 한 영화관에서 홍콩의 영화제작사인 골든하베스트나 워너브라더스의 로고가 떠오르기만 해도 가슴이 콩당콩당 뛰었다. 〈당산대형〉, 〈용쟁호투〉, 〈맹룡과강〉은 보고 또 볼 수밖에 없는 질리지 않는 영화 중의 영화였다. 이소룡의 영화는 검술과 와이어 액션으로 과장됐던 홍콩 영화의 판도를 하루아침에 바꾸어놓았다. 과장이 아닌 맨몸으로 개척한 리얼리티가 이소룡 영화의 생명이었다. 이소룡의 그것이 카메라로 조작된 연기라고 생각하는 이는 거의 없었다. 그

◆이소룡이 출연한 영화들 〈맹룡과강〉, 〈용쟁호투〉, 〈사망유희〉

가 로마 콜로세움에서 미국의 액션배우 척 노리스(〈맹룡과강〉)를 때려눕히고, 홍금보(〈용쟁호투〉)와 레슬러 카림 압둘 자바(〈사망유희〉)를 쓰러뜨릴 때마다 그에 대한 신앙심은 깊어만 갔다.

당대의 청춘들은 이소룡이 몸을 단련하기 위해 익혔다는 태극권과 영춘권, 공력권을 익히기 위해 우후죽순처럼 생겨난 쿵푸 도장으로 몰려갔다. 동네 패싸움에 쌍절곤이 등장하여 피가 튀는 혈전이 펼쳐지기도 했다. 그가 〈사망유희〉에서 입었던 노란 색깔에 검은 줄무늬가 쳐진 트레이닝복은 선망의 대상이 됐지만 그걸 사 입을 만한 형편이 되는 청춘들도 많지 않았다.

당대의 문화아이콘 이소룡이 맹활약하던 시기는 한국 정치사의 암흑기였다. 1972년 10월 당시 박정희 대통령은 자신의 집권 연장을 위해 10월유신을 선포했다. 박 대통령은 대통령 직선제를 폐지하고 소위 통일주최국민회의에서 대통령을 뽑는 간선제로 만들면서 국회해산권과 긴급조치권까지 가졌다. 불황의 시대였지만 당대의 성인들은 영화 〈대부〉나 〈007 시리즈〉를 보면서 독재의 아픔을 삭였고, 청소년이나 젊은 층들은 이소룡의 영화에 빠져서 고단한 세월들을 잊었다. 당시 각 가정에는 금성사(현 LG)에서 생산한 흑백TV가 막 보급되기 시작했지만 70㎜ 와이드 화면에서 총천연색으로 즐길 수 있는 영화와는 결코 비교할 수 없었다.

  1973년 7월 영화 〈사망유희〉를 찍던 이소룡이 사망했다는 소식이 전해졌을 때 이 땅의 까까머리들은 절망했다. 자신들의 유일한 영웅의 죽음 앞에서 닭똥만 한 눈물을 흘리며 주먹으로 훔쳐내야만 했다. 이후에도 이소룡의 죽음을 둘러싼 소문들이 끊이지 않았다. 염문을 뿌리던 여배우와 함께 있다가 죽었다고도 했고, 그의 무술을 시기한 폭력조직이 암살했다고도 했다. 이 땅의 청춘들에게 그의 죽음은 엘비스 프레슬리나 제임스 딘의 그것과 달랐다. 노랑머리 서양인들 사이에서 아시아인의 자존심을 세웠던 한 배우의 죽음이었고, 영화배우를 넘어 진정한 무도인의 길을 걷던 '스승'의 죽음이었다. 이후 한국과 홍콩 시장에 당룡·거룡·여소룡·한소룡 등 많은 배우들이 출현하면서 이소룡의 후광을 기대했지만 어느 누구도 그를 뛰어넘을 수 없었다. 70년대 최고의 인기를 구가하던 홍콩의 액션영화도 이연걸과 성룡·주성치 등이 뒤를 이으면서 명맥을 이어왔지만 이소룡의 죽음과 함께 세가 기울었다.

  "미성년자 입장불가였던 이소룡의 영화를 보기 위해 아빠의 모자와 바바리코트는 필수였다"는 영화 〈말죽거리 잔혹사〉의 감독 유하는 그의 책 《이소룡 세대에게 바친다》에서 이렇게 쓰고 있다.

'서투른 쌍절곤 돌리기로 붕붕거리던 추억의 한때, 그 쌍절곤 덕분에 하루도 뒤통수가 성할 날이 없었다. 이소룡처럼 살고 싶다는 욕망, 아니 이소룡이 되고 싶다는 욕망. 과장되게 말하자면 그 욕망이 내 교복의 나날을 견디게 해줬다.'

굵고 짧은 인생을 살다 간 부르스 리. 미국 워싱턴대학교 철학과를 거쳐 무도인이자 영화배우로 살다 간 이소룡에게 70년대 청춘들이 열광했던 이유는 그의 진정성에 매료됐기 때문이다. 그런 진정성에 열광했던 세대였던 베이비부머들은 산업사회 역군으로서 그 몫을 다하고 서서히 은퇴를 시작하고 있다. 그리고 이소룡이 남긴 말 역시 이 시대에 유효하다. 부르스 리는 여전히 현재진행형이니까.

당신이 어떤 삶을 산다 해도 당신 자신에 대해서 알지 못한다면 결코 인생의 어떤 달콤함도 맛보지 못할 것이다.

— 이소룡의 일기에서

정윤희, 가슴 떨리는 그 이름

그녀를 기억하는 많은 이들은 그녀가 다시
스크린이나 브라운관으로 돌아오는 걸 달가워하지 않을 듯하다.

누구에게나 가슴속에 한 번쯤 연모의 정을 품었던 스타가 있을 것이다. 나에게는 정윤희라는 이름 석 자가 불같은 열정으로 들끓던 청춘의 한 가운데에 화인처럼 남아 있다. 기자로 살면서, 많은 시간을 엔터테인먼트 뉴스를 다루면서 당대를 뒤흔든 수많은 여성 스타를 직접 만났지만 얼굴조차 본 적이 없는 정윤희만큼 가슴 떨리게 만들던 스타는 한 명도 없었다.

80년대를 수놓은 여배우들 중에서 정윤희는 유지인·장미희와 함께 신트로이카로 불렸다. 유지인이나 장미희도 정윤희에 비해 결코 외모가 뒤지지도 연기력이 떨어지는 것도 아니었지만, 정윤희를 향한 남성 팬들의 열광에 비하면 다소 뒤쳐지는 게 사실이다.

지금도 70년대와 80년대 정윤희가 활동한 시기에 청소년기나 청년기를 보낸 사내들과 얘기하다 보면 정윤희를 향한 연모의 정을 추억담으로 꺼내는 이들이 많다. 정윤희라는 배우 때문에 개봉관부터 재개봉관, 동시상영관을 누비면서 그녀의 출연작들을 보고 또 본 유명인사도 있었다. 요즘처럼 성형이 일상이 아니었던 그 시절, 정윤희는 보는 이들의 숨을 멈추게 만드는 미모를 갖고 있었다. 160센티미터의 크지도 작지도 않은 체구, 잘 익은 사과처럼 봉긋한 가슴, 앵두 같은 입술과 우수에 찬 검은 눈동자까지. 정윤희는 요즘의 이영애나 송혜교·김태희·심은하 등과 비교해도 결코 뒤지지 않는 미모의 소유자였다.

그녀는 문화와 예술의 도시인 경남 통영 출신이다. 부산 혜화여고 재학 시절에 부산 경남 일대의 최고 '얼짱'으로 남학생들의 가슴을 설레게 했다. 그녀는 졸업과 함께 스타를 꿈꾸면서 서울의 언니 집에 올라왔다. 정윤희는 명동 일대에서 '부산 미니스커트'로 불리며 출중한 미모가 화제가 됐다. 그녀는 명동에서 이경태 감독의 눈에 띄어 영화계에 입문한다. 요즘으로 치면 '길거리 캐스팅'이 된 것이다.

이렇게 해서 1975년 이경태 감독의 〈욕망〉에 얼굴을 내밀었지만 그녀를 눈여겨본 사람들은 그리 많지 않았다. 얼굴은 예쁘지만 연기력이 뛰어난 배우는 아니었기 때문이다. 같은 해 영화 〈청춘극장〉(변장호 감독)에 출연한 이후에 하이틴 영화 〈고교 얄개〉와 〈고교 우량아〉에도 잇달아 출연했지만 여전히 얼굴만 예쁜 조연급 배우일 뿐이었다. 오히려 대중들이 그녀를 기억하게 된 건 해태제과 CF에 출연하면서부터였다.

■ 호스티스 영화로 스타 반열에 오르다

1977년은 배우 정윤희 인생에 전환점이 된 한 해였다. 사극 〈임진왜란과 계월향〉에서 정윤희는 임권택 감독과 만났다. 폭력 액션영화를 하루에 두세 편씩 겹치기로 찍던 임권택 감독이 모처럼 영화다운 영화를 찍기 시작한 첫 작품이었다. 영화로서는 큰 인기를 얻지 못했지만 정윤희는 이 영화를 통해 연기에 눈떴다.

정윤희는 아이러니하게도 호스티스 영화와 향토색 짙은 에로영화를 통해 스타덤에 오른다. 70년대 후반 한국은 급격하게 도시화가 진행되면서 경제성장을 최고의 기치로 삼던 시기였다. 그 당시 한국 사회가 기댈 언덕은 자본이나 기술력이 아닌 풍부한 노동인력이었다. 농촌과 어촌에서 처녀, 총각들이 도시로 올라와서 구로공단이나 청계천에서 밤낮없이 일하던 시절이었다. 누군가는 가정부나 버스안내양이 됐고, 또 누군가는 공사장 잡역부로 일했다. 그 와중에 명동과 무교동 일대에는 경제개발의 수혜자들이 몰려드는 각종 바와 룸살롱 등이 번성하기 시작했다. 수출을 위해 바이어를 접대하고, 건설업자들은 공사를 따내기 위해 접대를 했다. 시골에서 올라와 구로공단이나 청계천에서 일하던 누이들이 생활고에 못 이겨 술집의 호스티스로 나가던 시절. 그 시대적 변환기에 나온 영화들이 소위 호스티스 영화였다.

정윤희의 출세작 〈나는 77번 아가씨〉는 욕망이 들끓던 시대, 그런 욕망에 기름을 붓는 영화 중의 한 편이었다. 정윤희는 이 영화에서 생계를 위해 이것저것 안 해 본 것 없는 가련한 여인으로 출연한다. 아버지의 빚을 갚아준다고 속인 사내 김희라에게 딸을 빼앗기고, 딸을 되찾기 위해 무교동에 와서 77번을 단 호스티스가 된다. 호스티스 여인의 고군분투기로 성공한 정윤희는 또 다른 호스티스 영화 〈꽃순이를 아시나요〉(정인협 감독, 1978)에서 시골에서 상경한 다방레지 역을 맡았다. 결국 예쁜 얼굴 때문에 뭇 사내들의 노리개로 전락, '꽃순이'란 이름으로 환락가를 전전하는 역할이었다.

영화 속 정윤희는 청순가련한 여인의 초상이었다. 영화적으로 높이 평가받는 영화들은 아니었지만 그냥 정윤희가 주연을 맡았다는 게 중요

◆ 정윤희

◆ 정윤희 주연의 〈임진왜란과 계월향〉(위),
〈나는 77번 아가씨〉(아래 왼쪽),
〈꽃순이를 아시나요〉(아래 오른쪽)

했다. 인면수심의 뭇 사내들의 노리개로 전락한 젊고 예쁜 정윤희의 영화 속 삶은 보는 이들의 분노를 자아내기에 충분했다. 또 한편으로는 스크린 속 정윤희의 빛나는 속살을 훔쳐보려는 남성 관객들의 욕망도 영화 흥행에 큰 지렛대 역할을 했다.

70년대 후반 정윤희는 김호선 감독의 영화 〈죽음보다 깊은 밤〉(1979)을 비롯해 이두용 감독의 〈최후의 증인〉(1980)에 출연한다. 이 영화를 통해 정윤희는 단순히 예쁜 몸매와 얼굴을 내세운 배우가 아닌 연기도 무르익은 배우로 인정받는다.

80년대 이문열의 소설을 임권택 감독이 영화화한 〈안개마을〉에서 정윤희는 시골 학교의 여선생으로 출연하여 무르익은 연기를 선보인다. 정윤희는 마을의 바보이며, 이상한 남자 안성기에게 강간을 당한다. 안성기는 모자란 사내지만 여성이 섹스에 목말라 히스테리를 일으키는

◆정윤희 주연의 〈뻐꾸기도 밤에 우는가〉와 〈앵무새는 몸으로 울었다〉

냄새를 기가 막히게 알아차리고는 여성의 욕구를 해소해 주는 이상한
남자다. 그의 존재에 대해 마을 남성들이나 여성들도 모두 암묵적으로
인정하는 것이다. 정윤희가 약혼자와의 약속이 어그러져 허망해하는
순간 안성기가 따라와 그녀를 겁탈한다. 정윤희는 섬세한 여성 심리를
스크린에 구현해 내면서 큰 호평을 받는다. 아직도 그 영화 속에서 비
를 흠뻑 맞은 가련한 한 마리 새처럼 떨던 정윤희의 실루엣이 강렬하게
떠오른다.

그리고 또 하나의 영화 〈뻐꾸기도 밤에 우는가〉(정진우 감독, 1980)는 토

◆일본 언론에 소개된 정윤희

속 에로영화 붐을 불러일으켰다. 정윤희는 〈앵무새 몸으로 울었다〉(정진우 감독, 1981)에 출연하면서 토속적인 에로영화의 정점을 찍는다. 아직도 그 영화의 줄거리는 가물가물하지만 비에 젖은 삼베옷 사이 언뜻언뜻 드러나던 정윤희의 속살은 생생하게 기억한다.

■ **아시아 각국의 러브콜을 받았던 정윤희**

정윤희는 영화뿐 아니라 방송과 광고모델 활동으로도 눈부셨다. 그는 영화 데뷔와 함께 당시 동양방송 TBC 최고 인기 쇼프로였던 〈쇼쇼쇼〉의 MC로 활약했고, 화장품·제과 등의 CF모델로도 각광받았다. 또 같은 방송사의 드라마 〈맏며느리〉, 〈야, 곰례야〉 등도 모두 시청자로부터 좋은 반응을 얻었다.

기록에 의하면 정윤희는 뛰어난 미모 덕분에 국내는 물론 일본과 중화권에도 알려져 외국 감독들로부터 몇 차례 러브콜을 받았다. 그는 1984년 4월 일본 도쿄에서 열린 동경세계가요제에 시상자로 초청됐다. 이 가요제에서 정윤희는 영화 〈러브스토리〉의 여주인공 알리 맥그로우와 공동 시상자로 나섰다. 동경가요제 참석 직후 일본의 송죽영화사와

TBS TV가 출연 교섭을 해왔지만 국내 스케줄을 이유로 포기하기도 했다.

또 정윤희가 주연한 영화 〈사랑하는 사람아〉가 대만 및 홍콩에 수출 상영되면서 현지에 초대돼 국빈급 환영을 받았고, 홍콩 스타 성룡이 언론을 통해 공개 프러포즈를 해서 화제가 되기도 했다.

그녀는 또 〈목마른 소녀〉라는 노래를 발표하면서 아마추어 수준을 뛰어넘는 노래 실력을 과시하기도 했다.

정윤희는 1984년 12월 24일 중견 건설업체인 중앙산업개발 조규영 회장과 결혼식을 올린 후 은퇴했다. 결혼에 앞서 터진 정윤희 간통사건은 그녀와의 이별을 예고하는 사건이었다.

지인의 소개로 여덟 살 연상인 중앙건설 조규영 회장을 만난 정윤희는 조 회장과 사랑에 빠졌다. 그러나 당시 조 회장은 전 부인과 이혼 절차를 밟고 있는 상태였지만 법적으로는 유부남이었다. 두 사람은 함께 잠을 자다가 조 회장 부인의 급습으로 경찰에 연행됐다. 초췌한 모습으로 수갑을 찬 채 경찰에 연행되던 정윤희의 모습은 그를 사랑하던 많은 팬에게 큰 충격이었다. 그로부터 4개월 뒤 정윤희는 한 지아비의 아내 자리를 택해 스크린을 떠났다.

■ 정윤희, 영원히 지지 않는 꽃

어느덧 그녀의 나이도 이순耳順이 됐다. 그동안 매스컴을 통해 그녀의 모습이 공개된 적은 거의 없다. 신혼 초에 한 여성지가 시장을 보러 나온 그녀를 포착하기도 했지만 그녀는 여전히 아내이자 어머니로 살아가고 있다.

신의 질투 때문일까. 2011년에는 미국에서 유학 중이던 막내아들을 불의의 사고로 잃는 아픔을 겪기도 했다. 그가 조규영 회장 사이에서 낳은 유일한 피붙이였기에 그녀의 슬픔은 더욱 컸을 것으로 짐작된다.

2011년 9월, MBC 한가위특집 다큐 〈우리가 사랑한 여배우—카페 정윤희〉를 제작한 MBC 최윤석 PD는 "정윤희는 한 시대의 판타지이자 동경의 대상이었다"면서 "지금도 그의 인터넷 팬클럽 회원이 4천여 명에 이를 정도로 인기가 높다"고 말했다.

그러나 그녀를 기억하는 많은 이들은 그녀가 다시 스크린이나 브라운관으로 돌아오는 걸 달가워하지 않을 듯하다. 그것은 첫사랑의 여인이 그립고 궁금하지만 다시 만나는 것을 원치 않는 심리와 비슷하리라. 정윤희는 그냥 영원히 지지 않는 꽃이기를 원한다.